삼한지 6

삼한지 6

초판 1쇄 발행 | 2009년 12월 25일

지은이 | 김정산
펴낸이 | 공혜진
펴낸곳 | 도서출판 서돌
편집 | 조일동 김진희
마케팅 | 임채일
경영지원 | 김복희
디자인 | 남미현

출판등록 | 2004년 2월 19일 제22-2496호
주소 | 서울시 마포구 합정동 412-28
전화 | 02-3142-3066
팩스 | 02-3142-0583
메일 | editor@seodole.co.kr
홈페이지 | www.seodole.co.kr

ISBN 978-89-91819-45-0 04810
        978-89-91819-39-9 (전10권)

김정산 역사소설

새로운 영웅들

삼한지

6

서울문학

차례

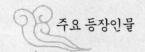

주요 등장인물

연개소문 淵蓋蘇文

고구려의 명장. 연태조의 아들로, 젊어서부터 큰 야망을 품고 당나라 장안에서 많은 경험을 쌓는다. 귀국한 뒤 줄곧 당나라에 저자세로 일관하는 건무(영류왕)의 외교 정책에 반감을 가지다가 역모를 일으킨다. 이후 1인 철권통치로 고구려 전체를 휘어잡고 탁월한 전략과 용병으로 당에 맞서 싸운다.

을지유자 乙之留子

억울하게 죽은 단귀유의 아들로, 을지문덕의 양자가 된다. 연개소문과 함께 정변을 일으킨 뒤 평생 연개소문을 그림자처럼 돕는다.

보장왕 寶臧王

고구려의 마지막 임금. 휘는 고보장(高寶臧). 시해당한 영류왕의 조카로, 역모에 성공한 연개소문에게 발탁되어 허수아비 임금으로 보위에 오른다.

양만춘 楊萬春

고구려의 명장. 신성 성주로 있다가 연개소문이 정권을 장악한 뒤 안시성으로 자리를 옮긴다. 당나라 대군이 쳐들어왔을 때 성루에서 화살을 쏘아 당태종 이세민의 눈을 멀게 함으로써 당군이 패주하는 데 결정적인 구실을 한다.

부여윤충 扶餘允忠

성충의 아우. 용맹이 뛰어나고 성품이 과격하다. 의자왕을 도와 큰 공을 세우고 신라의 대야성을 공취하지만 성주 김품석과 그의 아내인 고타소(김춘추의 큰딸)의 목을 베어 신라로 보냄으로써 김춘추의 깊은 원한을 사게 된다. 그 일은 결국 백제와 신라, 양국의 씻을 수 없는 원한으로 비화한다.

김품석 金品釋

신라의 장수. 명문의 자제로 김춘추의 맏딸 고타소와 혼인하고 대야성 성주가 된다. 그러나 호색한의 기질 때문에 성을 잃고 끝내는 목숨마저 잃는다.

덕만왕(선덕여왕) 德曼王

신라의 27번째 왕. 김유신, 김춘추, 알천, 천존 등의 도움으로 나라를 재건하는 데 힘을 쏟는다. 그러나 주변국들에게 여자라고 무시를 당하던 끝에 결국 호시탐탐 왕위를 노리던 사촌 아우 비담의 손에 희생되고 만다.

한 번은 얻고
한 번은 잃고

"대왕께서는 어떻게 옥문지의
일을 아셨습니까" 하고 묻자 왕이
웃으며 답하기를. "청개구리는
그 모습이 노한 눈을 하고 있어서
군사의 형상이요 옥문이란 여인의
음부로 그 색깔이 흰데 흰색은
서쪽을 뜻하기 때문에 군사가
대궐 서쪽에 있음을 알았소.
또한 남근이 여근 속에 들어가면
반드시 죽어 나오기 때문에 쉽게
잡을 수 있음도 안 것이오."

칠악 여막에서 들은 성충의 말은 육순이 넘은 백제 임금 부여장에게 날이 갈수록 지대한 영향을 끼쳤다.

　보위에 오르기 전인 20대 청년 시절부터 한결같이 달려온 외길이었다. 신라에 뺏긴 구토 회복과 전조의 화려했던 시절을 재건하는 일 외에 다른 것은 생각할 엄두도, 그럴 여유도 없었다. 들에 나락이 패면 군사를 일으킬 때를 엿보았고, 밤에 별이 밝으면 천문을 살피며 길흉을 점쳤다. 왕정에 핀 꽃 모양을 보고도 역술을 헤아리고 병법을 구사하던 그였다. 한 해 3백 날이 그러했다. 그에게 유일한 휴식과 위안거리라면 밤에 금실 좋은 왕비와 어울려 운우지락(雲雨之樂)에 젖는 일뿐이었는데, 계사년(633년) 8월, 백기와 은상을 장수로 삼고 1천 군사로 신라 서곡성(西谷城)을 친 일은 바로 선화비와 가진 잠자리 때문이었다.

하루 전날 장왕은 서곡성 일대에 역풍이 일고, 개구리 떼가 처마 밑으로 모여들며, 비는 오지 않는데 왼종일 마른번개가 친다는 보고를 받았다. 밤에 내전에 들어 옷을 벗고 눕자 그날따라 선화가 감투거리를 제안하고 위로 올라가서는 요란하게 감탕질을 해대다가 제 흥에 못 이겨 금방 나가떨어지고 말았다. 조금 뒤 싱겁게 일을 끝낸 왕이 다시 손을 뻗어 살을 어루만지자 선화가 기진맥진한 채 누워서,

"신첩은 이제 꼼짝달싹도 못하겠나이다. 이런 날이 흔치는 않으나 대개 그럴 때는 아침부터 몸이 나른하고 여근이 심하게 젖어 속옷을 자주 버립니다. 오늘이 바로 그런 날이었습니다."

하며 수줍게 웃었다. 그 말에 왕은 가만히 무릎을 쳤다.

"옳거니, 그럼 내가 서곡성을 얻겠구나."

이튿날 그는 백기와 은상을 불러 1천 군사를 내주며 말했다.

"서곡성에 첩자를 보내 성안 동정을 엿보다가 추수가 끝났거든 성을 치고 아직 벼가 그대로 있거든 여유를 갖고 기다려라. 성을 칠 때는 비가 오기를 기다렸다가 치고, 군사를 내면 속전속결로 한꺼번에 들이쳐야 이길 수 있다."

그리고 왕은 과거에 하지 않던 다짐을 덧붙였다.

"그러나 군사들을 철저히 단속해 성안의 백성들을 함부로 상하게 하는 일이 없도록 하라."

왕명을 받고 떠난 백기와 은상이 서곡성 밖에 이르러 방물장수로 가장한 첩자를 보내 성안의 동정을 엿보았더니 성민들이 한창 가을 걷이 중이라 하므로 적당한 곳에 몸을 숨기고 사나흘을 기다렸다. 그 사이 수시로 돌풍이 일고 마른번개가 번쩍거리더니 어느 순간부터 무섭게 장대비가 퍼붓기 시작했다. 오죽하면 비 오기를 기다리던 백

기와 은상조차도,

"이런 폭우에 어떻게 군사를 낸단 말이오?"

"그렇기야 하지만 왕명이 지엄하니 안 따를 수도 없지 않소?"

하고 고민까지 했을 정도였다. 두 장수는 빗발이 약간 잦아들기를 기다렸다가 벼락같이 군사를 이끌고 성문으로 진격해 쳐들어가니 서곡성의 신라군은 응전다운 응전도 해보지 못한 채 무기를 버리고 뿔뿔이 달아났다. 비가 와서 나락이 유실되기 전에 수확을 서둘렀던 성안 장정들은 이미 지칠 대로 지쳐 싸울 기력이 남아 있지 않았던 탓이었다.

백기와 은상이 사비성을 떠나 서곡성을 얻고 돌아온 날까지 정확히 13일이니 기록에 남을 만한 속전속결이 아닐 수 없었다.

때는 바야흐로 거지도 신선처럼 산다는 8월. 장왕은 승전보를 듣자 크게 기뻐하며 개선한 두 장수를 위해 성대한 연회를 베풀었다. 그 자리에서 백관들을 대신해 개보가 하례주를 올리며,

"대왕마마의 신통한 책략과 영묘한 계략은 실로 무궁무진하여 그 끝을 알 길이 없나이다. 어떻게 그런 계책을 내셨나이까?"

하고 묻자 장왕은 한참을 껄껄 웃고 나더니,

"이번에 계책을 낸 사람은 내가 아니라 왕후다."

하고서,

"역풍이 일고 개구리 떼가 처마 밑으로 모여드는 것은 반드시 큰 물이 질 조짐이요, 마른번개는 땅의 음기에 하늘의 양기가 제대로 순응하지 못함을 뜻한다. 이럴 때 군사를 내면 대개는 지기(地氣)의 보호를 받게 마련이다. 그런데 서곡이란 음의 계곡, 즉 여자의 음부를 뜻하며, 여인의 음부가 물이 많고 기름지면 남근을 당하지 못하는 법

이다. 그래서 비가 오고 추수가 끝나기를 기다렸다가 여근의 음기가
한창 달아올랐을 때 속전속결로 군사를 내면 쉽게 이길 것을 알았
다."
하니 이 말을 들은 신하들치고 탄복하지 않는 이가 없었다. 이처럼
내외간 잠자리조차도 신라를 치는 일과 결부시키던 사람이 부여장이
었다.

그 30년 일로매진(一路邁進)에 차츰 심각한 변화가 일기 시작한 것
은 성충이 나타나면서부터다. 부여장은 서서히 변해갔다. 그는 서곡
성을 얻고 나자 성안에 남아 있던 신라인들을 모두 자유롭게 놓아주
었다. 가잠성을 취할 때 성민들을 무자비하게 짓밟았던 것과는 판이
한 조치였다.

사람이 변하면서 즉위 이후 신라 토벌에만 전념해온 장왕의 동진
책(東進策)도 중대한 변화를 일으키며 급선회하였다. 그는 자신을 도
와 백제 부흥에 앞장섰던 대신과 장수들에게 일제히 벼슬을 높여주
고 땅과 노비를 하사해 위로하였고, 군비 충당을 위해 모아둔 곡식과
재물을 백성들을 위해 사용했으며, 장정을 징발해 군역에 동원하는
대신 나라 안에 대규모 역사를 일으켰다.

"백제는 이제 화려하고 찬란할 때가 되었다. 뉘라서 우리를 얕본
단 말인가. 백성은 백제 사람임을 천하의 자랑으로 여길 때가 왔고,
지난 서른 해 동안 고생해서 이룬 것을 이제쯤은 마음껏 향유해도 좋
으리라."

장왕은 이런 말을 자주 입에 올렸다.

갑오년(634년) 2월, 귀족들의 반대를 무릅쓰고 공역을 강행한 왕흥
사(부여군 규암면)가 마침내 완공되었다. 부산(부소산)을 등지고 강가

에 그림같이 지은 왕흥사였지만 왕은 그것으로 만족하지 않고 백공들을 동원해 최대한 장엄하고 화려하게 치장하였다. 절이 완공되자 왕은 나룻배를 타고 신선처럼 한가롭게 절 문을 드나들었다.

그런데 절 앞쪽 언덕에는 10여 명이 한꺼번에 앉을 만한 꽤 너른 바위가 있었다.

절을 장엄하고 화려하게 치장한 직후 임금의 첫 행차가 있던 날이다. 나룻배로 왕흥사를 찾아온 왕이 그 바위에서 부처를 향해 예불을 올리자 신기하게도 바위 전체가 저절로 따뜻해졌다. 이후에도 왕이 올 때마다 바위가 번번이 똑같은 이적을 보이므로 사람들은 그 바위를 자온대(自溫臺)라고 불렀다.

3월부터는 궁성 남쪽에 연못을 파고 20여 리 밖에서 물을 끌어들이는 또 다른 공사가 진행되었다. 장왕은 사방 언덕에 버드나무를 심고 연못 한가운데 섬을 만들어 중국의 방장선산*처럼 꾸몄다. 수만의 장정들이 동원되고도 만 2년이 걸린 엄청난 규모의 대역사였지만 누구 하나 불평하는 이가 없었던 것은 왕에 대한 백성의 신망이 그만큼 두터웠기 때문이다.

"세상 참 좋아졌네. 경사 한복판에 섬을 만들다니 이런 사치가 어디 있나 그래?"

"사치도 할 만하니까 하는 게지. 우리 임금과 같은 분은 방장선산에서 신선처럼 살아도 무방하지. 암만, 무방하고말고."

"하긴 군역에 나가 개죽음을 당하는 것보다야 힘들어도 노역이 백

---

* 방장선산(方丈仙山) : 봉래산·영주산과 더불어 중국 삼신산(三神山)의 하나. 중국의 옛 설화에 따르면 삼신산에는 신선과 불사약이 있고, 황금과 백은으로 궁궐을 지었다고 한다.

배 낫지. 내가 군역 대신에 공역에를 간다니 집안 어른들이 호시절을 만나 호강한다고 여간 부러워들 하는 게 아님세."

"우리가 시절 하나는 기가 막히게 타고난 셈이야. 역선 타고 나라 밖에 나갔던 장사치 얘기를 들어봐도 당인이건 왜인이건 백제서 왔다고 하면 알아들 준다더만. 그까짓 땅덩어리가 암만 크면 뭘 해? 사람이란 그저 등 따습고 배부르면 그게 제일이지."

"절에서 최고로 치는 왕생극락이 별건가? 천하에 밥 걱정 옷 걱정 없이 사는 족속은 우리 백제인들뿐인가 봐. 서동대왕 아니면 누가 우리를 이처럼 걱정 없이 살도록 해주겠어. 아무튼 대왕이 오래 살아야 해."

"버들 그늘에 불사초가 자란다니 많이 구해 심어야 대왕이 오래 살지."

불평은커녕 노역에 동원된 장정들은 그렇게들 입을 모았다.

장왕은 국력을 과시하듯 거의 해마다 당에 조공사를 파견했고, 조공물의 양도 가히 엄청났다. 방장선산 공역이 끝난 병신년(636년) 2월, 왕은 춘궁기임에도 또다시 당에 조공사를 파견했다.

3월에는 좌우에 신료들을 거느리고 사비하(泗沘河 : 금강) 북포(北浦)에서 성대한 연회를 베풀며 놀았다. 포구의 양쪽 언덕에는 기암괴석을 세우고 그 사이에 희귀한 꽃과 이상한 풀들을 심었는데 마치 전설에나 나오는 한 폭의 그림과 같았다. 왕은 술을 마시고 흥이 극에 달하면 친히 북을 치고 거문고를 타며 스스로 노래를 지어 불렀다. 따라온 신하들도 위신과 체면을 벗어던지고 흥에 겨워 덩달아 춤을 추었다.

이런 일들이 거듭되자 백제인들은 그곳을 대왕포(大王浦)라 칭하며 성지로 여겼다. 왕에 대한 백제 사람들의 숭모가 대개 그러했다.

한편 우소(于召)라는 자는 목기루와 함께 국왕을 근시(近侍)하던 전내부 장수로 벼슬이 덕솔(4품)이었는데, 계사년에 자신보다 나이 어린 은상이 전장에서 무공을 세워 단숨에 은솔(3품)이 되자 이를 늘 불만스럽게 여겼다. 우소가 목기루를 보고,

"나는 임금을 가까이 뫼시느라 싸움다운 싸움은 해본 일이 없고, 따라서 이렇다 할 무공도 세우지 못하니 안타깝기 짝이 없네. 내가 만일 전내부의 장수가 아니었다면 근본도 미천한 은상 따위에 비기겠는가?"

하고 불평하여 목기루가,

"임금을 아무나 가까이 뫼시나? 그게 다 각별한 승은이지."

하고 달래었으나,

"글쎄 그 각별한 승은이 원수라 그렇지. 그게 내게는 도리어 해일세."

하며 일변으론 게정을 피우고 일변으론 땅이 꺼져라 한숨을 쉬었다. 우소가 왕의 거둥을 호위하여 행차마다 따라다니느라 딴에는 적잖이 공도 세웠는데 죄 자랑도 못하고 광도 안 나는 공이어서 갈수록 일생이 억울하고 부당하게 느껴지기까지 했다.

병신년 4월에 왕이 또 신료들을 거느리고 풍광 명미한 곳에서 흥에 겨워 놀다가 뒷전에 장승처럼 버티고 선 우소를 보고는,

"너도 갑옷을 벗고 이리로 와서 함께 어울려라."

하니 우소가 미동도 아니한 채로,

"괘념치 마소서. 신은 언제나 흥도 없고 공도 없고 그저 있는 거라

곤 뒷전 신세일 뿐입니다."

대꾸를 비틈하게 하였다. 왕이 웃음을 거두고 우소를 돌아보며,

"어째 말 가운데 뼈가 있구나?"

하니 우소가,

"신과 같은 것은 난세나 와야 흥이 날까, 지금 같은 태평세에 무슨 흥이 나오리까?"

다시금 비 맞은 중이 담 모퉁이 돌아가는 소리를 내므로 왕이 비로소 정색을 하고 악사들의 연주와 무희들의 춤을 그치게 하였다.

임금의 흥겨운 연회에 찬물을 끼얹었으니 웬만한 사람 같았으면 불벼락이 떨어질 판이었으나 평소에 우소가 충직한 인물임을 알던 장왕은 그를 가까이 불러 자초지종을 물었다. 이에 우소가 설움에 북받쳐 씩씩거리며, 저는 그간 무공을 세울 기회가 한 번도 없었음을 토로하고 아울러 벼슬을 높일 기회 또한 없었음을 울먹이는 소리로 하소연하였다. 그제야 우소의 불만을 알아차린 왕은 잠시 생각에 잠겼다가,

"네게 기회를 줄 테니 조금만 기다려보라."

하고서 중단한 여흥을 계속 이어갔다. 여느 때와 마찬가지로 왕은 해가 뉘엿뉘엿 저물 때까지 신하들과 어울려 노래를 부르고 춤을 추며 놀았다. 거나하게 취한 왕이 중신들을 불러모으고 입을 연 건 연회의 막바지였다.

"짐은 아주 옛날부터 신라의 백정왕이 천사로부터 받았다는 옥대를 한번 구경해보고 싶었지만 아직 동적을 궤멸하지 못해 그 꿈을 이루지 못하였도다. 왕후한테 얘기를 들어보면 그 천사옥대는 황금으로 새기고 옥으로 꾸몄는데, 길이가 열 뼘이요 단추가 예순두 개나

되며, 일광 아래에 두면 천하가 빛나고 달빛을 받으면 비기(秘氣)마저 감돌아 절로 춤을 추는 것과 같다고 한다. 왕후는 백제에서 여러 진귀한 보물을 보았지만 아직 천사옥대와 같은 것은 구경하지 못했다 하니 과인으로선 더욱 궁금증이 일지 않을 수 없다."

왕은 잠깐 사이를 두었다가 다시 말을 이었다.

"그런데 들리는 말에 신라는 만조 고금에 유례가 없는 여자를 임금으로 삼아 국사를 경영한다고 하니 그 무도와 난정이 극에 달했을 것이다. 가만히 두어도 어찌 저절로 망하지 않으랴마는 그때까지 기다려 옥대를 보자니 지루하기 짝이 없구나. 짐은 신라왕의 보물 요대를 가져다가 곤전(坤殿)에 선물로 주고 싶은데 제신들 가운데 누가 과인의 이 같은 소원을 이루어줄 텐가?"

왕이 만면에 엷은 웃음을 띤 채 좌우를 둘러보았다. 백제 중신들은 임금의 말이 군사를 일으켜 신라를 치자는 뜻인 줄 알고 마침내 기다리던 때가 왔다고 판단했다. 제일 먼저 나선 사람은 병관좌평 해수였다.

"그러잖아도 지난 몇 해 동안 대왕께서 군령을 내리지 아니하여 신은 엉덩이에 곰팡이가 슬고 칼날에는 녹이 슬 지경입니다. 신에게 군사 1만만 내주시면 단숨에 동적을 궤멸하고 천사옥대를 가져다 바치겠나이다."

해수의 말이 끝나기 무섭게 칠순에 가까운 노장 부여망지가 나섰다.

"신이 청운의 부푼 꿈을 안고 남령에서 부여헌을 따라온 지 올해로 어언 30년이 지났습니다. 그사이 본국 사정은 날로 좋아져 사람마다 넉넉하고 풍요로우며, 백성들은 입만 열면 태평세를 논하니 대왕의 덕업은 눈부시게 빛나는데, 정작 신은 수발이 황락하도록 태산 같은 성은만 입었지 이룬 게 없어 부끄럽습니다. 이제 땅내가 고소한

지경에 이르러 내일 일을 장담할 수 없는 터에 마침 대왕께서 소원을 말씀하시니 이는 바로 신을 위한 마지막 기회가 아니고 무엇이오리까. 이 늙은 것에게 군사를 주십시오. 그리하면 반드시 동적을 멸하여 백제 7백 년 숙원을 풀겠나이다."

술에 취한 망지였으나 그 음성은 사뭇 비장할 정도였다. 망지의 말이 미처 끝나지 않아 이번에는 은상이 나섰다.

"여자가 왕노릇을 하는 동적 따위를 짓밟는 데 어찌 연로하신 장군에게까지 수고를 끼치겠나이까? 신에게 5천 군사만 주십시오. 요대뿐 아니라 요대를 찬 여주까지 함께 생포하여 마마의 노리갯감으로 바치겠나이다."

그러자 장왕은 가볍게 고개를 저었다.

"군사를 일으켜 신라를 치는 건 오늘같이 흥겨운 자리에서 논할 일이 아니다. 지금 과인이 바라는 것은 다만 옥대일 뿐이다."

그리고 왕은 뒷전에 버티고 선 우소를 힐끔 돌아보았다. 임금의 뜻을 간파한 우소가 급히 앞으로 나섰다.

"신이 혼자 가겠나이다!"

순간 대신들의 시선이 일제히 우소에게 집중되었다. 우소는 감격에 겨워 떨리는 목소리로 울부짖었다.

"신에게 맡겨주십시오! 기어코 요대를 가져오겠나이다!"

우소의 말에 왕은 크게 흡족한 표정을 지었으나 이내 정색을 하며 팔을 휘저어 만류했다.

"이 일은 성곽 하나를 쳐서 뺏는 것과는 그 격이 다르다. 군사들로 겹겹이 둘러싸인 구중심처에 침입해 더군다나 여주의 허리에서 어떻게 요대를 훔쳐온단 말이냐? 내가 취중에 괜한 말을 했으니 우소는 너무 마음에 담아두지 말라. 아무리 천사옥대가 탐이 난들 아끼는 장수만 하겠는가?"

우소가 그 말에 단념할 턱이 없었다.

"신은 명색이 일국의 장수로서 천복을 타고나 고금에 유례없는 성군을 만났지만 이 나이가 되도록 아직 한 번도 말을 타고 달리며 전장을 누벼보지 못하였나이다. 모름지기 장수란 피비린내 나는 적진 속을 종횡무진 치달리며 창칼로써 왕업을 돕고 무공을 세워야 하는 법인데, 신에게는 대왕의 성총(盛寵)이 지나쳐서 그럴 기회를 얻지 못하였을 뿐 아니라 심지어 장수인지 아닌지 스스로 의심스러울 때마저 있었나이다. 이제 대왕께서 말씀하신 그 일은 바로 신을 위한 일입니다. 우소가 비록 용렬하나 보내만 주신다면 기필코 원하시는 물건을 취하여 돌아오겠습니다. 부디 신에게 그 일을 맡겨주십시오!"

왕은 그 뒤로도 몇 번을 더 말렸지만 이미 욱기가 발동한 우소는 고집을 꺾지 않았다. 장왕은 마침내 중신들을 둘러보며,

"과인을 생각하는 우소의 마음은 실로 가상하고 장하구나. 내 비록 임금이지만 무슨 자격으로 그가 가고자 하는 충신과 맹장의 길을 가로막으랴."

우소를 한껏 추켜세운 뒤에,

"가라! 가서 과인이 그토록 소원하는 신라 보물을 취하여 무사히 돌아오라!"

하고 허락하니 우소가 어린애처럼 좋아 날뛰며,

"마마의 성은이 태산과 같습니다!"

너무 감격한 나머지 눈물까지 글썽였다. 우소가 말 떨어진 즉시 가려

고 서두르는 것을 왕이 날이 저물었으니 내일 아침에 가라 하고 다른 신하들도 한결같이 만류하며, .

"언제 가져와도 공이 가져올 옥대이니 하루 늦는다고 달라질 게 있겠소. 오늘은 예서 향기로운 술이나 마시고 여흥이나 즐깁시다."

하여 하는 수 없이 주저앉았는데, 임금이 무사히 환궁하고 나서 자신의 거처로 돌아온 우소는 그때부터 비로소 고민에 휩싸였다.

비록 큰 소리로 장담은 해둔 마당이었지만 사실 그는 의욕만 앞섰을 뿐 아무런 대책이 없었다. 우소가 시름에 잠겨 하룻밤을 꼴딱 새고 새벽녘에야 잠깐 눈을 붙였는데, 아침 일찍 궐에서 내관이 나와,

"대왕께서 급히 찾으십니다."

하였다. 그러잖아도 하직 인사를 하러 입궐하려 했던 우소인지라 먼 길 떠날 채비를 하고 내관을 따라 왕에게 갔더니 왕이 주위를 물리고,

"정말 가려느냐?"

어제 이미 끝난 말을 또 물었다. 우소가 속으로야 걱정이 태산 같아도,

"신심직행(信心直行)이올시다. 장부가 어찌 두말을 하오리까!"

하자 왕이 빙그레 웃음을 띤 채로,

"따로 무슨 복안은 있느냐?"

사뭇 음성을 낮추어 반문하였다. 우소가 밤새껏 제 나름으로 궁리한 바에 따라,

"신이 승복 한 벌을 구하여 당나라 중으로 위장하고 당나라 말을 쓰면서 지경을 통과하면 금성까지는 무사히 갈 수 있을 것입니다. 그런 다음 적당히 기회를 보아 궐내로 들어가는 방법을 찾아볼 작정입니다."

하자 왕이 여전히 웃는 낯으로 고개를 저으며,

"지금부터 내가 일러주는 대로 하라. 신라왕 덕만은 나이 쉰이 넘도록 불문에서 불도를 닦은 여자로 임금이 되고 나서 산곡간에 불사를 많이 일으킨다고 들었다. 재작년에는 왕도 금성에 분황사(芬皇寺)라는 대찰을 지었다더니 작년에는 또 대궐 서쪽 부산(富山) 골짜기에 영묘사(靈廟寺)라는 절을 짓고 자주 그곳을 드나든다고 한다. 너는 먼저 신라로 가서 덕만의 행차가 지나가는 때와 길목을 알아두라. 그러나 너 혼자로는 군사들이 호위하는 임금의 행차를 감당할 수 없다. 내가 이곳에서 맹졸들을 선발하여 각각 중이나 장사치로 위장시켜 보낼 테니 적당한 장소에서 합류하여 매복하고 있다가 덕만이 지나가거든 한꺼번에 들이쳐 공을 세우라."

하고 소상한 방법까지 가르쳐주었다.

왕의 말을 듣자 우소는 뛸 듯이 기뻐했다. 더구나 신라 산곡간 지리를 훤히 꿰고 있던 왕은 우소에게 자객들과 합류할 장소까지 지정해주었다.

"부산 골짜기라면 전날 아도화상(阿道和尙)이 말한 일곱 군데 법수지(法水地: 가람터) 가운데 사천미(沙川尾)가 틀림없다. 신라인들에게 사천의 끝을 물어 찾아가면 독산성(獨山城)이란 곳을 지나치자마자 묘하게 생긴 계곡이 하나 나올 것이다. 그곳은 지세가 영락없는 여자의 음부를 닮아 예로부터 여근곡(女根谷)으로 불려왔는데, 계곡 한가운데 옥문지(玉門池)라는 못이 있다. 옥문지 주변은 음기가 드센 장소라 사람들이 꺼려서 인적이 드물 뿐만 아니라 숲이 깊고 나무가 울창하여 복병을 숨기기에 그저 그만이다. 내달 초순에 그곳에서 군사들과 만나기로 약속하면 크게 일을 그르치지는 않을 게다."

그러나 왕은 말미에 한마디를 덧붙였으니 이 또한 예전 같으면 하지 않았을 소리였다.

"불가피한 경우가 아니면 신라의 무고한 백성들은 상하게 하지 말라. 그리고 사정이 여의치 않거든 언제든 중단하고 되돌아오라."

우소가 영을 받고 떠나자 장왕은 해수를 불러 날쌘 보졸 가운데 신라 말에 능통한 자들을 선발하라고 지시했다. 그렇게 뽑혀온 자들이 대략 5백 명가량 되었다. 왕은 이들에게 독산성과 여근곡 옥문지의 위치를 친히 설명하고 일부는 승려로, 일부는 장사치로 변복을 시켜 사방 국경으로 보내면서 목적지에 이르거든 모두 우소의 절도를 받도록 지시하였다.

한편 신라 여주 덕만은 이즈음 이름 모를 괴질을 앓아 군신들 사이에 걱정이 태산 같았다. 보위에 오른 지 햇수로 5년, 그사이 연호를 인평(仁平)으로 고치고, 한동안 우여곡절 끝에 당으로부터 부왕의 봉작을 이어받았으며, 용춘과 수품을 전국의 주와 현에 차례로 파견해 민심을 달래고 국정을 안정시켜가던 그였다. 전조에 유례가 없던 여주의 등극으로 일부 신하와 백성들 사이에 동요가 아주 없었던 바는 아니지만 덕만은 용춘을 전면에 내세우고 민심을 다스릴 만한 잇단 정책들을 발표하여 덕과 신임을 쌓아가고 있었다. 특히 반란에 가담했던 비담과 염종을 처벌하지 않은 것과 백반의 장례를 성대하게 치르도록 허락한 일은 여주의 그릇이 결코 작지 않음을 입증하였고, 한때 여주의 등극을 수상하게 여기던 당주 이세민이 두 번에 걸친 춘추의 간곡한 설득에 못 이겨 지절사를 파견하고 덕만을 주국낙랑군공신라왕(柱國樂浪郡公新羅王)으로 책봉한 일은 비록 그 모두가 형식과 상징에 불과했지만, 여주의 등극을 반대하던 일부 귀족과 백성들의 불안감을 해소하는 데는 큰 도움이 되었다. 이웃 나라에서 인정한 임금을 자국에서 인정하지 않을 수 없었다. 이것이 덕만이 보위에 오르고 4년째인 을미년(635년)의 일이었다.

그해 10월, 임금은 안팎으로 신망이 두터운 이찬 용춘과 수품을 지방 군현에 순방시켜 이 같은 사실을 알리고 외주 군주와 관속들의 신임을 얻었다. 그런데 임금을 도와 국정을 총리하던 을제가 노환을 얻어 물러나기를 청했다. 왕은 용춘이 임무를 마치고 돌아온 병신년(636년) 정월에 을제 대신 그에게 상대등을 맡기고자 했다. 하지만 용춘은 이를 극구 사양했다.

"신은 이제 나이 일흔이 넘었나이다. 이번에 소임을 맡아 외관을 돌면서도 수품이 매사를 도맡아하고 신은 그저 수품을 따라다닌 것밖에 아무 한 일이 없습니다."

용춘은 또 이렇게 말했다.

"신이 상신이 되면 젊은 사람들이 자랄 수 없습니다. 게다가 사사롭게는 폐하와 인척간이기도 합니다. 이제는 산곡간의 민심도 많이 안정이 되었으므로 신은 그저 뒷전에 머무르며 여생을 편히 보냈으면 합니다."

그러면서 용춘은 수품을 천거하였다.

덕만이 용춘의 진언을 받아들여 수품을 상대등으로 삼고 얼마 안 있어 을제가 세상을 떴다. 덕만은 즉위 초에 태산처럼 믿고 의지하던 을제의 죽음을 크게 슬퍼하여 자주 침식을 거르곤 했는데, 그러구러 본인 또한 덜컥 병을 얻어 자리에 눕고 말았다.

왕은 신열이 올라 사지가 불덩이와 같고 밤낮을 구분하지 못할 만

큼 심하게 앓았다. 아우인 천명이 부랴부랴 입궐해 수발을 들고 어의
들이 다투어 약을 쓰기도 했지만 이렇다 할 효력이 없었다. 홍륜사
승려 법척(法惕)이 조서를 받들어 병태를 돌보았으나 결과는 마찬가
지였다.

안타까운 날이 며칠 지나갔을 때다. 천명이 혼자서 병수발 들기가
버거워 하루는 사가에 잠시 도다녀가는 길에 며느리인 문희를 보고,

"아가, 네가 나를 좀 도와주어야겠다."

하고는 궐로 데려갔다. 문희가 시모 천명과 함께 병난 왕의 사지도
주무르고 약 달이는 일도 감독했는데, 밤이 되니 시모는 고단하여 먼
저 꾸벅꾸벅 졸고 젊은 문희가 혼자 덕만을 보살폈다. 뒷날 아침에
천명이 눈을 뜨고는,

"네 덕에 모처럼 잘 잤다. 그래 간밤에 별일은 없었느냐?"

하고 물으니 문희가 갑자기 음성을 낮추며,

"어머님, 자장이란 분이 원녕사에 계시는 그 잘생긴 스님이 아닙
니까?"

하고 반문하였다.

"그렇지. 한데 자장 스님 얘기는 갑자기 왜 꺼내니?"

"아무래도 임금님께서 그 스님에게 각별한 마음이 있는 것 같습니
다."

"각별한 마음이라니?"

"글쎄, 밤에 그 스님 이름을 자주 뇌이시며 가끔은 제 손을 꼭 붙
들기도 하시더이다."

천명이 문희의 말을 듣고 문득 짚이는 바가 있었으나 며느리 앞이
라 별다른 말은 아니하고,

"자장 스님과 친분이 깊으시니 그러시는 게지. 너는 행여 궐 밖 사람에게 쓸데없는 말을 옮기지 말아라."

주의를 주고는 그날 밤 용춘이 안부를 물으러 들렀을 때 문희 말에다 자신의 말을 보태어 전했다.

"그러니까 대왕께서 지금 상사병이 나신 게요?"

자초지종을 들은 용춘이 임금 병나고 처음으로 웃음을 내었다. 두 내외가 잠깐 공론 끝에 원녕사로 급히 사람을 보내 자장을 대궐로 부르자 잠시 뒤에 자장이 헐레벌떡 뛰어왔다. 용춘이 자장을 보고,

"아무래도 스님이 대왕의 회도를 기원하는 약사기도를 좀 올려주어야겠소."

하고 부탁하니 자장이 쾌히 수락하며,

"용한 의원들도 보지 못하는 병이라면 필시 귀신의 장난일 겝니다. 소승이 사악한 허깨비를 쫓는 데 능통한 도반 한 사람을 데리고 다시 오겠나이다."

하고 밖으로 나갔다가 밀본(密本)이란 중과 함께 들어왔다. 밀본은 임금 침전 밖에서《약사경(藥師經)》을 읽고 자장은 여왕 곁에 머물며 향을 피우고《금강경(金剛經)》을 낭독했다. 그러자 백약이 무효하던 왕의 용태가 조금씩 차도를 보이기 시작했다. 이에 용춘은 두 승려와 의논해 황룡사에서 백고좌(百高座)를 베풀고 중들을 모아《인왕경(仁王經)》을 강독하게 하는 한편 1백 명의 젊은이가 중이 되는 것을 허락하였다.

그 일이 있고 난 뒤 여주 덕만은 몸에서 열이 내리고 찾아오는 사람을 알아볼 정도가 되었다. 달포가량 신섭을 잘한 왕이 4월에 접어들고는 새로 지은 분황사며 한창 공역 중인 사천미의 영묘사까지도

바람을 쐬러 행차를 놓곤 했는데, 그럴 때마다 자장이 임금의 어가를 가까이서 모셨다.

얼마 뒤 여주와 자장은 구설과 염문에 휩싸였다. 드러내놓고 표현하지는 않았지만 내심 여주라고 업신여기던 일부 신하와 장수들은 여왕이 국사보다 연애질에 더 열중한다며 해괴한 말과 노래를 퍼뜨리고 다녔다.

사찬 벼슬의 장수 필탄(弼呑)도 그 가운데 하나였다. 필탄은 전조의 명장 거칠부의 손자요 장연의 아들인데, 장연은 백반이 꾸민 용춘 역모 사건에 연루되어 벼슬을 내놓고 물러난 뒤 줄곧 술과 한탄으로 소일하다가 말년에 자신의 본향인 전날의 장산국(萇山國 : 거칠산군, 부산 동래)으로 돌아가 죽었다.

황종 장군 거칠부가 본래 거칠산군 사람이요, 그 아들 장연이 거칠산군에 돌아와 비참하게 지내다가 죽으니 거칠산군 백성들은 장연이 남긴 식솔들을 동정하며 나라의 정사가 바르지 않음을 욕하였다. 그래 십시일반으로 곡식과 재물을 모아 장연의 식솔들을 돕곤 했는데, 필탄은 거칠산군 백성들의 보살핌 덕에 의식(衣食) 걱정을 면하고 날만 새면 거칠산(居漆山 : 금정산)에 올라가 조부가 쓰던 70근짜리 백련검(百鍊劍)으로 지며리 무예를 익혔다.

필탄이 외모부터 저희 아버지인 장연보다 조부인 거칠부를 더 닮았고, 기운 쓰는 것에서 칼 다루는 솜씨까지 아는 사람들은 다 조부를 판에 박았다고 입을 모았다. 백반 반란 사건이 났을 때 거칠산군 군수 오지(伍之)가 금관주 군주의 절도를 받고 향군을 소집하여 출동할 때 필탄을 선봉장으로 삼아 나갔는데, 나중에 필탄이 알천의 휘하에 배속되어 반란군과 싸운 막판 접전에서 누구도 넘보지 못할 무공을 세웠다. 거칠산의 방목장에서 말 키우는 노인으로부터 얻은 찬간자*를 타고 백련검을 작대기처럼 휘두르며 싸우는 필탄의 모습은 그야말로 보는 이들의 넋을 빼앗기에 충분했다. 알천이 월성 문 앞에서 반란군들 사이를 종횡무진 치달리는 필탄의 무예를 한동안 구경하다가,

"저 장수가 대체 누구인가?"

하고 물어 비로소 그가 황종 장군의 손자임을 알았다. 이에 난리가 평정되고 공을 논할 때 알천이 입에 침이 마르도록 필탄의 무공을 극찬하고 또 용춘이 죽은 장연의 억울한 사연을 여주에게 아뢰니 여주가 필탄을 불러 친히 위로하고 난리 때 죽은 구평의 뒤를 이어 삼도 대감직을 맡겼다.

그러나 필탄은 성격이 그다지 겸손한 편이 아니었다. 그 바탕에는 왕실을 불신하는 마음이 있었고, 제아무리 종사에 공을 세워도 하루아침에 쫓겨나 비참한 말년을 보낼 수 있다는 불안감이 짙게 깔려 있었다. 게다가 임금은 유사 이래 듣지도 보지도 못한 여주였다. 그는 삼도 대감으로 국왕을 근시하는 처지임에도 늘 입버릇처럼 말하기를,

"나는 조부를 능가하는 무예를 익혔지만 임금은 조부가 모시던 임금보다 못하니 아무래도 시운을 잘못 타고났지 싶네. 심지가 굳은 남자들도 간신배 몇이 작심하면 언제 악정을 펼지 모르는 판인데 하물며 여자 임금임에랴. 내 비록 삼도의 일원으로 대궐을 지키기는 하지만 야밤에 임금이 앉아서 오줌 누는 광경을 떠올리면 말할 수 없이

* 찬간자: 털빛이 푸르고 얼굴과 이마만 흰 말.

허무한 느낌이 드네."

하니 필탄과 생각이 다른 사람들이야 그저 허허 웃을 뿐이었으나 더러 같은 부류를 만나면 서로 여주 흉을 보느라 날 새는 줄을 몰랐다.

　그런 필탄이 여주가 자장이란 중과 정분이 나서 비영비영한 몸을 이끌고 분황사로 영묘사로 바쁘게 돌아다니자 어가를 호위하면서도 마음이 흡족할 리 없었다. 하루는 어가와 나란히 가던 자장의 수레에서 바퀴가 빠져 독산성 내리막길을 쏜살같이 내달린 사고가 생겼는데, 필탄이 말을 달려 능히 구할 수 있었음에도 그대로 구경만 하였다. 다행히 자장이 수레에서 몸을 날려 가까스로 큰 봉변은 모면했지만 얼굴이며 몸에 피를 흘릴 만큼 상처가 깊었다. 여주가 필탄을 불러,

　"너는 어찌하여 스님이 탄 수레를 구하지 않았느냐?"

하고 꾸중하자 필탄이 사뭇 못마땅한 표정을 지으며,

　"신은 어가를 모시는 시위부 대감이지 중의 승여(乘輿)를 모시는 사람이 아니올시다."

대답을 부러지게 하였다. 여주가 이 일로 종시 마음이 편하지 않다가 환궐한 뒤 수품을 불러 필탄의 일을 말하였더니 직언 잘하는 수품이 아뢰기를,

　"송구하오나 성조황고께서 남자가 아니라고 더러 믿지 못하는 이가 있는 게 사실입니다. 필탄과 같은 사람이 만조에 적지 않습니다."

하고서,

　"차차 나아질 테니 심려를 거듭시오."

하며 위로하였다. 여주는 자신을 대신해 조정을 통솔하던 을제 생각이 더욱 간절했다. 을제가 살았을 때는 여주라고 털끝만큼이라도 깔보는 이가 있으면 당석에서 지위 고하를 불문하고 호통을 쳐 꾸짖었

지만 이제는 아무도 그럴 사람이 없었다. 용춘이라도 있다면 좀 나았을 테지만 용춘 역시 어느 순간부터는 고령을 핑계 삼아 특별한 일이 아니면 궐에 나오지 아니하였다.

수품이 물러간 뒤에 덕만은 제왕의 권위를 세우는 일이 급선무라고 판단했다. 그것은 아무도 대신할 수 없고, 누구한테도 의지할 수 없는, 바로 자신이 해결해야 하는 문제였다. 그는 채 병색이 가시지 않은 몸을 이끌고 지혜와 묘안을 얻고자 좌선에 들었다. 상악 장안사를 떠난 이래 가부좌를 틀고 앉아보기는 이때가 처음이었다.

며칠 뒤 여주가 편전에서 백관들을 모아놓고 정사를 살피는 중에 영묘사 공역을 맡긴 공장(工匠)의 대사 하나가 장인(匠人)을 구하러 경사에 왔다가 임금 안부를 물으러 입궐하였다. 대사는 공역의 진척 상황을 아뢴 말미에,

"그런데 사나흘간 청개구리가 떼를 지어 여근곡 옥문지에서 시끄럽게 울어대니 과연 상서로운 징조인지 어떤지 모르겠습니다."

하고 일렀다. 순간 여주 덕만의 시선이 빛을 머금었다. 장안사 승방에서 좌선 삼매에 들면 때로 육신통(六神通)이 터지고 오안(五眼)이 열려 성도(成道)에 이르렀다는 소리를 듣던 덕만이었다. 어느 해 방선(放禪) 기간에 덕만이 절 마당으로 툭 떨어지는 밤송이를 보고서,

"벌써 가을이 왔구나."

하며 떨어진 밤송이를 집어들었다가 화들짝 놀라며,

"수나라에 망조가 들었다."

하였는데 그러고 얼마 뒤 수나라에 정변이 일어나 양광이 부형을 죽이고 등극하자 시자들이 덕만의 예측을 신통하게 여겨 그 까닭을 물었다.

"절 앞 밤나무 묘목은 전날 중국에서 옮겨다 심은 것인데 그 열매가 채 익기도 전에 떨어지고, 또 도사리 속을 들여다보았더니 알맹이가 어긋나게 자리를 잡아 서로 자라지 못하게 방해를 하고 있었다. 태산에 지진이 나면 그 산의 쇠를 녹여 만든 풍경이 1만 리 밖에서도 저절로 운다고 하였는데 살아 있는 밤나무야 더 말해 무엇하랴."

덕만의 스승 연적이 이 말을 전해 듣고 크게 고개를 끄덕였다.

"덕만에게 남은 건 오안(五眼) 가운데 마지막 경지인 불안(佛眼) 하나로구나."

또 을미년 봄, 당주 이세민의 책봉문을 들고 온 지절사가 홍색, 자색, 백색의 3색으로 그린 모란꽃 그림과 그 그림들의 씨앗 석 되를 가져왔다. 덕만이 지절사로부터 그림을 받아본 연후에,

"이 꽃은 아름답긴 하지만 향기가 없겠구나."

하여 신하들이 그 까닭을 물으니,

"대체로 여자가 국색이면 남자들이 따르듯이 향기 있는 꽃에는 봉접이 다투어 몰려드는 법인데 이 꽃은 매우 고우나 그림에 벌과 나비가 없으니 반드시 향기가 없는 꽃이다."

하고서,

"이는 당주가 배필이 없는 나를 놀리는 것이다."

하였는데, 뒷날 신하들이 종자를 심어 꽃을 보았더니 과연 여주의 말과 한 치도 어긋남이 없었다.

여주 덕만은 영묘사에서 온 대사의 말을 듣고 가만히 무릎을 쳤다. 그는 곧 알천과 필탄 두 장수를 불렀다.

"너희는 당장 정병 2천을 소집해 영묘사로 달려가보라! 독산성을 지나면 부산 자락에 지형이 기묘하게 생긴 여근곡이 눈에 띌 것이다.

여근 계곡에는 옥문지란 못이 있는데, 거기를 찾아가면 십중팔구 흉측한 무리가 불충한 마음을 품고 도사리고 있을 테니 발견하는 즉시 모두 죽이고 돌아오라!"

알천과 필탄은 잠시 어리둥절했지만 임금이 사뭇 위엄을 갖춰,

"무엇들 하는가? 너희는 이제 왕명도 따르지 않을 참이냐?"

하고 다그치는 바람에 하는 수 없이 국궁하고 물러났다. 두 장수는 즉시 군사 1천씩을 이끌고 임금이 말한 여근곡 옥문지를 향해 달려갔다. 가는 도중에 필탄은 알천을 보고,

"과연 여줍니다. 천하에 여자를 임금으로 세운 나라도 우리 계림밖에는 없지만 청개구리가 운다고 군사를 보내는 군주도 우리 임금밖에 없을 거요."

하고서,

"아침부터 집에 딸년이 울어 일진이 사납겠다 싶었더니 공연히 헛수고만 하게 생겼소."

하며 시종 볼멘소리로 투덜댔다. 필탄과는 달리 여주를 극진히 모시던 알천조차도 화적패라면 모를까 국경도 아닌 도성 인근에 무슨 군사가 있으랴, 여근곡을 찾아갈 때까지 내심 미심쩍게 여겼다.

그러나 독산성에서 향도(嚮導 : 길잡이)를 얻어 기묘하게 생긴 여근 계곡으로 접어들자 사정은 달라졌다. 귀가 따갑게 울어대는 사방의 개구리 소리도 소리지만 부산 골짜기에 접어드는 순간 석연찮고 섬뜩한 기운이 왈칵 살갗에 닿았다.

"장군, 느낌이 제법 수상합니다."

먼저 입을 연 사람은 도성을 떠날 때부터 줄곧 불평을 늘어놓던 필탄이었다.

어려서부터 무예를 몸에 익힌 두 장수가 계곡에서 전해오는 뭉쳐진 살기(殺氣)를 느끼지 못할 턱이 없었다. 알천은 황급히 대장기를 거꾸로 세워 군사들의 행군을 멈추었다.

"하긴 희한하게 생긴 저 계곡의 음기 때문일지도 모르지요."

필탄이 약간 겸연쩍은 소리로 덧붙였다. 하지만 발소리를 죽이고 주의를 기울여 들어보니 여러 사람이 웅성거리는 소리와 함께 창칼 부딪치는 쇳소리도 들려왔다.

"어쨌거나 군사를 양쪽으로 나누고 척후를 놓아 알아보세."

알천의 말에 필탄도 쉽게 동의했다. 두 장수는 갈라진 여근곡 양편으로 군사를 나누고 독산성에서 데려온 향도에 발 빠른 척후를 붙여 옥문지로 보냈다. 조금 있으려니 척후가 안색이 백변하여 달려와 아뢰기를,

"옥문지에 정체를 알 수 없는 군사들이 매복해 있습니다!"

하므로 사정을 자세히 물어보았더니,

"군사들의 숫자는 대략 5백 명쯤 되는데 저희끼리 나누는 말을 엿들어보니 필시 백제인들 같았습니다. 각기 승려와 장사치 복장으로 위장하고 옥문지에 둘러앉아 한창 저녁밥을 지어 먹으며 희희낙락하는 중이었습니다."

하였다.

"백제가 이젠 여기까지 군사를 보낸단 말인가?"

알천과 필탄은 척후의 말에 새삼 놀라지 않을 수 없었다.

"한동안 조용하다 싶었더니 부여장이 또다시 교활한 수작을 부리는구나."

"저들을 단숨에 들이쳐 한 놈도 남김없이 주살합시다!"

의논을 마친 두 장수는 여근 계곡 양 갈래 길로 군사를 이끌고 진격하여 순식간에 옥문지에 이르렀다. 옥문지로 불리는 연못은 양 갈래 산길이 만나는 여근곡의 무성한 수풀 아래 비밀스럽게 자리를 잡고 있었다.

사비를 떠나온 백제군들은 신라왕의 행차를 기다리며 사나흘째 야영을 하던 중이었다. 옥문지에 도착한 시초만 해도 혹시 발각이 날까 두려워하여 사방 경계를 게을리 하지 않았지만 며칠 지내면서 보니 계곡이 깊어 사람의 왕래가 전무할뿐더러 산세도 여인 품에 안긴 듯이 아늑하여 자연히 마음이 풀어졌다. 그날도 해가 중천을 넘어설 때까지는 독산성 문밖에 초병을 세우고 신라왕이 행차하기를 기다렸으나 저녁때가 되자 우소가 말하기를,

"임금 행차가 야밤에 올 리 있느냐. 공연히 번잡한 데서 얼쩡거리다가는 의심을 살 수도 있으니 일찌감치 저녁이나 지어 먹자."

하고는 초병을 거두었다.

그런데 숫자가 얼마인지도 모를 신라 군사가 갑자기 들이닥치자 백제군들은 너무도 놀라고 당황하여 싸울 엄두조차 내지 못했다.

"웬놈들이냐?"

마상에서 눈알을 부라리며 묻는 알천의 고함 소리가 조용하던 숲 속을 쩌렁쩌렁 뒤흔들었다. 하지만 장수는 과연 장수였다. 아무도 대답할 말을 찾지 못해 쩔쩔맬 때 우소는 이미 말에 올라 무기까지 챙겨 들었다. 무슨 말로도 피할 길이 없음을 판단한 그는 쏜살같이 알천의 앞으로 달려나가며 위엄을 세워 소리쳤다.

"하찮은 계집의 군사들이 감히 뉘한테 큰 소리를 치느냐! 나는 대국 백제의 서동대왕을 모시는 장군 우소다! 우리 대왕께서 밤에 데

리고 노실 노리갯감이 부족하다기에 옥대 찬 신라 계집 하나를 잡아 가려고 특별히 먼 길을 왔으니 너는 냉큼 그 계집이 있는 곳으로 우리를 인도하라!"

우소는 부하들에게 싸울 채비와 각오를 하라고 뱉은 말이었지만 알천을 비롯한 신라군들은 그 소리를 듣자 눈알이 튀어나올 만큼 크게 격분했다.

"닥쳐라 이놈! 천한 마 장수의 졸개 주제에 어디서 추악한 주둥이를 함부로 놀리느냐! 너는 가잠성에서 2천 백제군을 개 잡듯이 토벌한 알천의 이름도 듣지 못했더란 말이냐!"

알천이 분함을 참지 못하고 벼락같은 고함을 지르며 달려나갔다.

우소는 알천이란 이름을 듣는 순간 약간 주춤했다. 은상이 가잠성에서 분패하고 돌아왔을 때 왕이 장수들을 모아놓고 특별히 당부하던 말이 떠올랐기 때문이다. 하지만 한편으론 은상이 당하지 못한 장수를 자신이 죽인다면 그만큼 공이 높아질 것이므로 은근히 욕심이 일기도 했다.

"사비의 군사들은 조금도 겁을 먹지 말고 응수하라! 상대는 한낱 계집이 부리는 오합지졸에 불과할 뿐이다!"

우소도 백제군을 독려하며 칼을 뽑아 들고 알천을 맞았다.

두 장수가 말 머리를 어울러 교전한 지 3, 4합, 그러나 우소는 알천의 적수가 아니었다. 힘에서 밀리고 기예로도 밀려 알천의 공격을 한 번 막는 데도 등골이 오싹하고 이마에선 식은땀이 났다. 그는 사력을 다해 알천과 6, 7합을 겨루었지만 갈수록 어렵다는 판단이 들자 그만 등을 돌리고 반대편으로 달아나기 시작했다. 당초의 등등하던 기세에 비하면 너무도 싱거운 싸움이었다.

"이놈아, 잘도 조잘대던 그 주둥이는 어찌하고 도망을 치느냐! 게서지 못하겠느냐!"

기세가 오른 알천은 우소를 뒤쫓으며 천지가 떠나가라 고함을 질러 군사들을 독려했다.

"계림의 신군들이여, 사악한 간적의 무리를 한 놈도 남기지 말고 모조리 토벌하라!"

우소의 호기에 고무되어 겨우 전의를 품었던 백제 군사들은 장수가 돌연 등을 돌리고 달아나는 광경을 보자 다시금 싸울 마음이 가셨다. 이들에게 사기 충천한 신라군이 함성을 지르며 달려드는 모습은 마치 저승에서 온 사자처럼 무서웠다. 사비성을 떠날 때는 다들 엄격한 기준에 들 만한 맹졸들이었지만 예상하지 못한 때에 적국 한복판에서 갑절도 넘는 군사들의 습격을 받으니 속수무책일 수밖에 없었다.

여기저기서 백제군의 처절한 비명 소리가 이어지고 평화롭던 옥문지 주변은 금세 피비린내 나는 아비규환으로 돌변했다. 그나마 산속으로 뿔뿔이 달아나는 자는 다행이었고, 급한 김에 못으로 뛰어든 자들은 궁척들이 쏜 화살을 맞고 붕어밥이 되었다.

"이 천하의 쥐새끼 같은 놈들아, 너희는 누구이며 대체 무엇을 하다가 어디로 달아나려 하느냐?"

알천에게 쫓긴 우소가 몇몇 말을 탄 군사들과 함께 허겁지겁 산길을 내달았을 때였다. 돌연 눈앞에 수백 명의 군사를 거느린 한 장수가 신비로운 찬간자를 타고 앉아 버럭 고함을 질렀다. 정신없이 도망치던 우소의 눈에 푸르스름한 명마를 탄 채 앞을 막아선 그 장수는 사람이 아니라 하늘에서 내려온 신장처럼 보였다.

미처 대꾸할 말을 찾지 못해 머뭇거리자 찬간자를 탄 장수가 별안간 목소리를 높여 호탕하게 웃었다.

"죽을 때가 되면 말도 나오지 않는다더니 너희가 바로 그렇구나. 황종 장군의 손자요, 성조황고의 심복 필탄이 왕명을 받고 간적들을 기다린 지 이미 오래다! 너희는 순순히 목을 내놓아라!"

필탄이 무게 70근의 백련검을 한 손으로 꼬나들고 여유 있게 으름장을 놓자 우소는 그만 가슴이 오그라드는 듯하였다. 하지만 사방을 둘러보니 더 도망갈 길도 없었다. 우소는 마침내 살기를 단념하고 필사의 각오로 칼자루를 단단히 고쳐잡았다.

"내 어찌 계집의 군사들에게 쫓겨 값없이 죽겠는가! 비록 운수가 사나워 사면초가에 처하였지만 마지막 순간까지 백제 장수의 기백을 유감없이 보여주리라!"

말을 마친 우소는 그대로 몸을 날려 필탄에게 덤벼들었다.

"곧 죽을 놈이 용기 하나는 가상하구나."

오랫동안 싸움을 해본 적이 없어 몸이 근질근질하던 필탄도 기꺼이 우소의 공격을 맞받았다. 두 장수가 화려한 무예를 펼치며 교전한 지 10여 합. 그러나 승부는 좀체 갈리지 않고 손에 땀을 쥐게 하는 절묘한 공방만 계속되었다. 죽음을 각오한 우소의 칼놀림은 알천과 싸울 때보다 한결 가볍고 날카로웠다. 칼과 칼이 허공에서 맞닥뜨릴 때마다 요란한 쇳소리와 함께 불꽃이 사방으로 튀었다.

하지만 승패는 진작에 갈린 싸움이었다. 두 장수가 엎치락뒤치락 싸우는 동안 우소를 따라온 백제 군사 10여 명은 모두 신라군에게 목숨을 잃고 말았다. 이제 남은 사람은 우소 하나였다. 그는 동료들이 죽어 땅바닥에 널브러진 것을 보자 합이 거듭될수록 기운이 빠졌다. 바로 그때 우소의 눈에 산 위로 달아날 만한 좁은 소로가 눈에 들어왔다. 우소는 적당히 기회를 엿보다가 사력을 다해 그곳으로 달아났다.

"게 섰거라, 이놈! 너는 독 안에 든 쥐다!"

잔뜩 약이 오른 필탄은 군사들과 함께 그를 뒤쫓았다. 사방에는 어둑어둑 땅거미가 내려앉고 있었다. 우소는 도중에서 말을 버리고 어디가 어디인지도 모를 산길로 정신없이 도망쳤다. 딴에는 서쪽으로 간다고 여겼지만 불행하게도 그가 택한 길은 동향이었다. 그렇게 밤새 산길을 타고 넘은 우소가 이튿날 아침에 이른 곳은 남산령(南山嶺)이었다. 우소는 남산령의 어느 바위에서 지쳐 쓰러졌다가 뒤쫓아온 필탄의 손에 죽고 말았다.

여근곡에 숨어들었던 백제군 5백 명 가운데 살아남은 자는 아무도 없었다. 이들은 최후의 순간에 민가를 습격해 마지막 저항을 할 수 있었지만 무고한 백성들을 상하게 하지 말라는 장왕의 당부 때문에 독산성이나 민가 쪽으로는 얼씬거리지 않았다.

알천과 필탄은 여근곡에서 잡아죽인 적군 5백 명의 시신을 수레에 나눠 싣고 도성으로 돌아왔다. 임무를 마친 직후 필탄이 알천을 보고,

"우리 임금이 청개구리 운다는 소리만 듣고 여근곡에 적군 은신한 걸 어떻게 그처럼 귀신같이 알아맞혔겠소?"

하고 물으니 알천이 고개를 저으며,

"자네가 아나, 내가 아나. 그렇게 궁금하거든 나중에 임금께 가서 직접 여쭈어보시게나."

하였다. 필탄이 그 뒤로 혼자 몇 번이나 머리를 갸우뚱거리다가 다시 얼마만큼 와서는 사뭇 풀이 죽은 음성으로,

"사람 마음이란 게 참 이상합디다. 제 절 부처는 제가 위하는 법이라고, 우소란 놈이 계집 운운하며 우리 임금을 능멸할 때는 정말이지

화가 머리끝까지 치밀어 참을 수가 없었습니다."

하며 그동안 임금이 여자라고 업신여겨온 일을 후회하듯 말하였다.

알천과 필탄이 은신한 복병을 모조리 섬멸하고 돌아오자 조정 백관들은 한결같이 여주의 신통함에 혀를 내둘렀다. 뒷날 신하들이 모두 모였을 때 상신 수품이 만인의 궁금증을 대변하여,

"대왕께서는 어떻게 옥문지의 일을 아셨습니까?"

하고 묻자 왕이 웃으며 답하기를,

"청개구리는 그 모습이 노한 눈을 하고 있어서 군사의 형상이요, 옥문이란 여인의 음부로 그 색깔이 흰데, 흰색은 서쪽을 뜻하기 때문에 군사가 대궐 서쪽에 있음을 알았소. 또한 남근이 여근 속에 들어가면 반드시 죽어 나오기 때문에 쉽게 잡을 수 있음도 안 것이오."

하므로 이 말을 들은 군신들은 일변 낮을 붉히면서도 여주의 비범한 성지(聖智)에 저마다 놀라움과 감탄을 금치 못하였다.

갈 사람은 가고

폐왕의 적자로 태어나 궁성 밖에

은거하며 천하를 떠돌다가

월성에 이르러 빼어남을 펼쳤네.

온 성읍 사람 우러름을 받았으나

허정한 마음 장한 기상으로

녹읍을 사랑하고 벗과 함께하며

시대와 더불어 부침하였다네.

고향으로 말고삐를 돌려 돌아와

오로지 광명한 날을 기다리다

세상의 일을 바로잡고 나더니

그만 훌쩍 저승길에 올랐구려.

옥문지의 일로 여주는 전에 비해 한결 제왕의 권위를 갖추게 되었다. 그러나 문제는 자장과 여주 사이에 끊임없이 나도는 염문이요, 염문을 뿌릴 만치 두 사람의 마음은 각별했다. 시초에는 험난한 구도의 길을 함께 걷는 산문의 도반으로 맺어졌던 두 사람 관계가 신묘년에 백반 일당의 역모 사건을 겪으며 한식구처럼 정이 깊어졌고, 드디어는 남녀 간의 연모로 이어져 하루라도 보지 않으면 목구멍에 밥도 넘어가지 않을 지경에까지 이르렀다. 여주가 그런 자신의 속내를 아무한테도 드러내지 않고 지내다가 신병이 어느 정도 낫고 난 뒤 궐에 놀러온 아우 천명에게,

"일생을 아무것도 이룬 것 없이 허무하고 고적하게 살기로 천하에 나만한 게 또 있을까. 하물며 산에 사는 새와 물에 노는 고기도 짝이 있고 자식이 있어 그 근본을 만대까지 이어가거늘 문득 내가 걸어온

지난 인생을 돌이켜보니 광대무변한 우주 천지 한가운데 끊임없이 팔랑거리며 떨어지는 나뭇잎과 하나도 다를 바가 없네. 이럴 줄 알았다면 젊어서 짝이라도 구할 것을. 시시각각 변하고 늙어가는 남자를 믿느니 차라리 삼보에 귀의해 평온함을 구하려고 했는데, 나이 쉰에 산문마저 떠나왔으니 그야말로 승도 속도 아닌 어정쩡이가 되고 말았어."

하며 깊은 한숨을 토했다. 천명이 감히 무슨 말을 꺼내지 못하고 가만히 앉았으려니 여주가 다시금 허공으로 눈길을 던지며,

"전에 칠숙이 죽어가면서 자신을 논두렁에 든 미꾸라지에 빗대어 말했다더니 내 신세가 꼭 그렇네. 여염의 이름 없는 촌부라면 쉰이 넘은들 어떻고 정인의 신분이 무엇이든 어떤가. 나는 만일 내 뜻에 부합하는 일을 벌이자면 세 가지 금기를 한꺼번에 깨뜨려야 하니 어쩌다가 이런 깊디깊은 논두렁에 들어와 오도 가도 못할 신세로 갇혀 버리고 말았는지 모르겠네."

하고 탄식하였다. 천명이 조심스럽게 세 가지 금기를 물었더니 여주가 더 말하지 아니하고 다만,

"임금이라서 오히려 더 깨뜨릴 수 없는 것들일세."

하였다. 늦게까지 여주와 말벗을 한 천명이 술시를 지나서야 집으로 돌아오니 용춘이 그때까지 자지 않고 기다리다가,

"무슨 일이 있었소? 왜 이리 늦게 오시오?"

하고 물어 천명이 여주의 말을 그대로 전하였다. 용춘이 그 말을 듣고,

"세 가지 금기라……."

하더니 별안간 고개를 끄덕이며,

"그렇지. 대왕께서 지금 배필을 구하려면 첫째는 나라에 짝이 될

만한 성골 남자가 없으니 신분의 벽을 깨뜨려야 하고, 둘째는 성혼하지 않는 불가의 벽을 넘어야 하며, 셋째는 법강과 풍기를 바로잡고 다스려야 할 임금의 벽을 허물어야 하니 세 가지 금기가 틀림없소."

하였다. 천명이 다른 말은 다 알아들었으나 불가의 벽이란 소리를 얼른 이해하지 못해,

"언니는 지금 불가의 사람이 아니지 않습니까?"

하였더니 용춘이 미연히 웃으며,

"당신께서야 물론 그렇지만 상대가 될 배필은 불가 사람일 수도 있지 않겠소?"

하므로 천명이 그제야 눈을 동그랗게 뜨고,

"자장 스님을 말씀하시는 게로군요?"

하였다.

좀체 바깥출입을 하지 않고 지내던 용춘이 원녕사에를 찾아가 자장을 만난 건 바로 그 뒷날이다. 용춘이 자장과 마주앉아 한동안 이런저런 말로 담소하다가 불현듯 정색을 하며,

"선종(善宗 : 자장의 속명)은 각별한 성총을 받는 몸인데 혹시 이제쯤은 환속하여 왕업을 신하로서 보필할 뜻은 없으시오?"

하고 물었다. 자장이 안색을 붉히며 즉답을 못하자 용춘이 다시금,

"작고하신 무림공(자장의 아버지)께서 이미 전조에 소판 벼슬을 지냈으니 만일 환속만 한다면 선친의 문벌을 고스란히 물려받도록 힘을 써보리다. 지금 여주께는 선종이 꼭 필요하오."

하니 자장이 눈을 감고 한동안 깊은 사색에 잠겼다가,

"소승도 근자에 여러 가지 일로 마음이 심란하고 생각이 번잡합니다. 며칠 심사숙고해서 찾아뵙겠으니 말미를 주십시오. 그리 오래 걸

리지는 않을 겁니다."

하였다. 그로부터 보름여 시일이 지난 뒤에 자장은 과연 집으로 용춘을 찾아왔다.

"소승은 일찍이 처자를 둔 몸이었지만 뜻한 바가 있어 세속과 맺은 인연을 끊고 중이 되었습니다. 금상과는 처음에 산문의 도반이었는데 어쩌다 보니 그만 여러 곡경을 함께 겪었고, 그러면서 마음이 통하고 정이 흘러 마침내는 만인의 입초시에 오르내릴 만큼 과분하고 두터운 은애(恩愛)를 입게 되었습니다. 하오나 소승은 본래가 불법을 구하는 중입니다. 소승이 환속하지 않아도 조정에는 임금을 보필할 인재들이 허다하며, 또한 비록 산문에 그대로 남아 있다 한들 어찌 왕업을 염려하지 않으오리까. 문사는 글로 임금을 보좌하고 장인(匠人)은 기예로 종사에 보탬이 되듯이 승려 또한 왕업을 도울 길을 찾아보면 반드시 있을 것입니다. 그간 잠시 마음이 흔들렸음은 사실이오나 이는 소승이 주제와 본분을 망각한 탓이요, 신심이 깊지 못해 일어난 일입니다. 이제 다행히 발심하던 시초의 마음을 되찾고 앞으로 가야 할 길을 명확히 보았으니 수일 안에 계림을 떠나 당나라로 가겠습니다. 소승이 나라에 없으면 구설은 저절로 가라앉아 대왕께는 더 이상 누를 끼치지 않을 것이며, 소승은 소승대로 이를 본업에 정진할 계기로 삼아 금생에서 반드시 큰 깨달음을 얻겠습니다."

용춘은 자장의 뜻이 이미 확고함을 알았지만 아쉬운 마음에서 몇 번이나 다시 생각해보라고 권하였다. 그러나 자장은 며칠 사이에 마치 딴사람이라도 된 듯 싸늘하고 냉정하기만 했다.

"청초한 얼굴과 꽃다운 웃음은 풀잎에 매달린 이슬이 되고, 지초 같은 정분과 난초 같은 약속은 가을 바람에 흔들리는 버들가지처럼 허무한 게 속세의 일입니다. 사람의 일을 자세히 헤아려보면 지나간 일은 모두 다 우환의 계단이었습니다. 밤은 점점 깊어가지만 빈도는 아직 밤을 밝힐 등불을 준비하지 못하였나이다. 차라리 하루 동안 계(戒)를 지키다 죽을지언정 파계(破戒)하여 백 년을 살고 싶지는 않습니다."

자장의 얼음장 같은 대답에 용춘도 그만 말문이 막혔다. 자장이 돌아가고 나자 용춘은 길게 탄식하며 혼잣말로 중얼거렸다.

"사랑을 논하기에 그는 너무 젊었구나. 성불은 내생에 다시 와서 하고, 이번 한 생은 훌쩍 덜어 후한 인연과 살뜰한 정분을 나누고 살아도 좋으련만……."

며칠 뒤에 입궐한 자장은 임금을 만나서도 같은 말로 자신의 의사를 밝혔다. 여주는 크게 낙담하여 한동안 입을 다물지 못했으나 그역시 산문에 거할 때는 대덕 소리를 듣던 사람이었다. 게다가 자장의 결심이 결국은 임금에 대한 더 크고 넓은 애정에서 나왔다는 점을 모를 덕만이 아니었다. 왕은 자장의 얼굴을 뚫어져라 바라보며 밥 한 솥을 능히 지어낼 시간만큼 말이 없다가 비로소 장부처럼 수럭수럭하고 박력 있는 말투로,

"가시거든 부디 대성(大成)하여 오시게나. 나는 도반이 부처가 되고서야 다시 만날 것이요, 만일 그렇지 못하면 지금 이 자리가 우리 인연의 마지막이오."

하니 자장이 자리에서 일어나 말없이 두 번 절하였다.

그해 가을, 자장이 당나라로 떠날 때 왕은 임금의 인(印)이 찍힌 공문(公文)을 써주었을 뿐 아니라 선부에 말하여 관선(官船)을 준비하고 승려 실(實)을 비롯해 10여 명과 함께 떠나도록 선처하였다.

자장이 금성을 떠난 이듬해, 하루는 용춘의 집으로 고승 원광이 위독하다는 전갈이 왔다. 용춘이 급보를 듣고 부랴부랴 황룡사에 도착해보니 원광은 이미 입적한 뒤였다. 시자들이 용춘을 보자 울며 말하기를,

"이레 전부터 몸이 조금 아프시다가 갑자기 청절한 계(誡)를 남기시고 방 한가운데 단정히 앉은 채로 숨을 거두셨는데, 임종할 때 동북 간 허공에서 음악 소리가 나고 이상한 향기가 절에 가득 차더니 곧 영롱한 오색 무지개가 스님 방 앞에 내려와 머물다가 방금 전에야 사라졌습니다."

하며 입을 모았다. 용춘 또한 눈물로 옷깃을 적시며,

"계림의 큰 별이 떨어졌구나. 법사가 가고 없으니 장차 이 나라는 어찌할꼬……."

하고는 더 말을 잇지 못했다.

원광은 속성이 박씨(혹은 설씨라고도 한다)로, 성품이 온화하고 겸허하며 정이 많았고, 항상 얼굴에서 웃음을 잃지 않았으며, 어떤 경우에도 노하는 법이 없었다. 처음 삼기산(三岐山 : 경주 안강읍)으로 출가한 이래 젊어서는 서쪽으로 유학하며 진(陳)과 수(隋)의 세대를 겪었고, 도유(道儒)를 섭렵하고 제자(諸子)와 사서(史書)를 공부하여 그 학문이 중국을 복종시켰다. 수나라 9년, 그가 장안으로 유람을 왔을 때에는 처음으로 불법이 모이고 섭론(攝論)이 일어나는 시기였는데, 원광은 그곳에서 문언(文言)을 받들어 가풍을 진작시켰으며, 미묘한 법리에 대한 지혜로운 해석으로 그 명성을 날렸다. 성실열반을 간직하고 삼장 석론을 열람한 뒤로도 정진을 계속하며 각관(覺觀)을 잊지 않으니 그의 주변에는 구도자들이 구름처럼 모여들고 법륜(法輪)이

한 번 움직일 때마다 강호를 크게 경탄시켰다. 귀국한 뒤로는 임금을 도와 정사를 보좌하고 세속오계를 지어 화랑들을 가르쳤는데, 나라에 보탬이 되는 표문이나 국서(國書)가 모두 그의 손에서 나왔다. 온 나라의 노유(老幼)가 그를 스승으로 받들어 도화(道化)를 묻고 말한 대로 행하니 실제로 벼슬을 산 일은 없었지만 마음은 항상 나라를 함께 다스리는 것과 같았다. 더러는 원광을 일컬어 '걸사표를 지은 중'이라고 비난하는 무리가 없지 않았지만 원광은 그런 비난에 초연했으며, 왕업이 번창해야 불법도 번성한다는 신념을 일평생 버리지 않았다. 말년에는 승여를 타고 궁궐에 들어가 왕을 돕고 신하를 가르쳤는데, 당대 여러 현사들 가운데 덕의가 감히 그보다 나은 이가 없고, 풍부하고 유장한 문장이 만인을 경도시키는 바였다. 진나라, 수나라 세대에는 해동 사람으로 서역에까지 항해하여 도를 구한 자가 드물었으며, 설혹 있었다 하더라도 그 이름을 크게 떨치지 못하였는데, 원광 이후에 유학하는 자의 발길이 끊이지 않았으니 원광이 처음 사해로 통하는 길을 연 것이나 다름없었다.

고승 원광의 죽음이 알려지자 전국 방방곡곡에서 사람들이 구름처럼 황룡사로 모여들었다. 승려와 신도, 화랑과 낭도들은 말할 것도 없고 평소 그를 흠모하고 존경하던 산곡간의 무명 속인들까지 대성(大聖)의 마지막 가는 길을 구경하려는 바람에 황룡사 주변은 며칠 동안 조문객들로 인산인해를 이루었다. 여주 덕만도 만조의 백관을 거느리고 원광의 빈소를 찾아와 슬피 울었고, 환궁한 뒤에는 장구(葬具)를 하사하고 중신들로 하여금 의례를 갖추도록 함이 국상(國喪)에 미칠 정도였다. 뒷날 한 산승이 원광을 다음과 같이 찬(讚)하였다.

처음 바다를 건너 한지(漢地 : 중국)의 구름을 뚫으니

그 뒤로 얼마나 많은 이가 오가며 향기로운 덕을 쌓았던가

옛날의 발자취는 청산에 남았는데

금곡(金谷)과 가서(嘉西)[*]에서 소식이 오네

航海初穿漢地雲 幾人來往挹淸芬

昔年蹤迹靑山在 金谷嘉西事可聞

　명활산 원광의 장지에서 용춘은 모처럼 반가운 얼굴들을 많이 만났다. 서현이야 같은 금성에 살며 오다가다 들러 말벗을 하고 지내는 사이였지만 구칠의 누이 지혜나 대세의 아우 만세, 그리고 한돈의 세 아들은 너무도 오랜만에 보는 사람들이라 상대가 알은체를 하지 않았으면 누군지 모르고 그냥 지나칠 뻔했다.

　그 가운데 뭐니뭐니 해도 가장 반가운 얼굴은 취산의 기승 낭지였다. 낭지는 백수가 훨씬 넘은 고령임에도 마치 청년처럼 건강하고 활달한 모습으로 참석해 그를 아는 모든 사람들을 놀라게 하였다. 장례를 주관하던 경사의 중들이 한때 원광을 가르친 고승을 알아보고 설법을 청하니 낭지가 몇 번을 고사하다가 마지못해 장지에 마련된 야단의 법석에 섰다. 구름같이 모인 사람들은 말로만 듣던 신승(神僧)의 입에서 무슨 거룩한 법어라도 나오려나 잔뜩 기대들을 하고 정숙하게 주의를 기울였는데, 정작 낭지가 원광의 널을 향하여 던진 영결

---

* 금곡(金谷)은 원광의 부도(浮圖)를 세운 삼기산 금곡사(金谷寺)를 뜻하며, 가서(嘉西)는 원광이 말년에 화랑들을 가르치던 운문산의 가실사이다. 금곡사 절터였던 경주시 안강읍에는 원광법사부도탑(경상북도문화재자료 제97호)이 유적으로 남아 그의 흔적을 오늘에 전한다.

사는 거의 독설에 가까웠다.

"새파랗게 젊은 놈이 나 먼저 가다니 되우 무엄하구나! 예끼 이 천하에 버릇없는 중놈아, 이번에 가거든 다시는 오지 말아라!"

입적한 원광의 세수가 물경 아흔아홉이나 되었지만 낭지가 그보다 한참 위인지라 다들 할 말이 없었다.

그래 놓고도 모자랐는지 낭지는 널 위에 퉤, 하고 침까지 뱉었다. 용춘과 서현이 낭지를 발견한 것도 바로 그때였다. 이에 두 사람이 달려가 반갑게 인사를 건네니 낭지가 어린애처럼 활짝 웃으며,

"오랜만이야."

하고서,

"세상 오래 살 거 아니네. 그저 한 7, 80만 넘기면 새파란 애들이 맥을 못 추고 다투듯이 죽어가니 내가 어디다 정을 붙이고 살겠나. 자네들은 제발 저 버릇없는 중놈처럼 요절하지 말게나."

하였다. 두 사람이 낭지 말에 한참을 웃다가,

"어찌하여 법사께서는 통 늙지를 않으십니까?"

서현이 물으니 용춘이 곁에서,

"늙지 않는 게 다 무언가? 오히려 나날이 젊어지시는걸."

하고서,

"그 비결이 대체 무어랍니까?"

하자 낭지가 웃지도 않고,

"내야 이미 늙을 것도 없고 안 늙을 것도 없네."

대꾸를 선문답하듯 하였다.

용춘이 장지에서 돌아올 때 낭지를 자신의 집으로 달고 와서 같이 하룻밤을 유하고 뒷날 낭지가 취산으로 갈 때 몽암 구경이나 한다고

따라나섰다. 낭지가 용춘을 데리고 산을 오르는데 용춘보다 더 걸음이 가볍고 빠르니 용춘이 연신 숨을 헐떡거리며 따라가다가,

"아이고 스님, 좀 천천히 갑시다. 내가 전과 같지 않소!"

하고 몇 번이나 주저앉았다. 용춘이 바위에 퍼더버리고 앉아 숨을 고르며,

"아무래도 스님이 먹을 나이를 내가 다 먹은 모양이오. 누가 법사를 백수 넘은 어른으로 보겠습니까?"

또 나이 말을 하니 낭지가 그제야 정색을 하며,

"늙지 않는 게 좋을 법하지만 그게 실은 업연이야. 내가 이승서 받는 벌이네."

하고는 전생에 자신이 북량의 이름난 장수로 사람 목숨을 파리 목숨 죽이듯이 했던 일과 또 삼한(三韓) 어느 고을에서 남의 집 종살이하면서 숱하게 짐승 잡아죽인 일들을 열거한 뒤에,

"그때 나로 말미암아 죽은 생목숨들이 셀 수 없을 만큼 허다한데 그 뒤에 남은 수를 모다 내가 살아야 해. 그래야 겨우 업장 소멸이 되니 반드시 자네가 부러워할 일만도 아님세."

하였다. 낭지 말이 사실이든 아니든 용춘은 그저 부럽기만 했다.

"하면 앞으로 남은 수가 얼마나 됩니까?"

"그런 건 모르겠고 내가 이승서 만나 법통 전해줄 아이가 둘 있는데, 하나는 조만간에 만날 테지만 뒤에 날 놈은 아직 생기지도 않았네. 그놈이 나서 산문에 들 때까지는 살아야지."

그러구러 용춘이 쉬엄쉬엄 몽암에 이르러 며칠을 마음 편히 묵다가 하루는 낭지를 보고,

"스님, 비형은 요즘 어디에 사는지 아십니까?"

하며 생전 입에 안 올리던 제 이복 아우 소식을 물었다.

"비형이야 잘 있네. 어디에 사는가는 모르지만 좌우간 이 산 저 산 옮겨다니면서 신령처럼 살지. 일전에는 죽은 원광이 중창한 가실사에서 화랑들을 훈육한다고 들었네. 어디 화랑뿐이야? 지금 이 나라 산곡간에서 도술 부리고 유술 공부하는 자치고 비형을 모르는 이가 없다네. 참 비형이라면 모를 사람이 많으련가? 두두리 거사가 바로 비형일세."

용춘은 낭지의 말에 크게 고개를 끄덕였다.

"여러 사람한테서 두두리 거사라는 이름을 듣고 혹시 비형이 아닐까 싶었는데 과연 그랬군요."

"그런데 자네는 만인의 신망을 얻고 나라에도 적잖은 공을 세운 사람이 어찌하여 비형한테만은 일생을 두고 그토록 모질고 까다로웠던가?"

그러자 용춘의 시선이 천천히 허공으로 향했다.

"비형을 인정하면 폐위된 부왕의 허물도 스스로 인정하는 꼴이 되니 자연히 멀리하게 되었지요. 젊었을 때야 어떻게든 부왕에게 씌워진 누명을 벗기고 집안의 실추된 명예를 회복할 일념으로 살았으니까……."

용춘은 말허리를 끊고 길게 한숨을 토했다.

"지금 돌아보면 죄 허망하고 쓸데없는 짓이었지요. 차라리 그보다는 그저 마음 흐르는 대로 형제간의 정리나 원 없이 나누고 살 걸 그랬어요. 비형이란 놈이, 처음 부왕 능에서 만났을 때부터 싫지가 않았습니다. 그래 일부러 더 쌀쌀맞게 군 건지도 모르지요. 나이를 어느 정도 먹고 나서는 행여 나를 찾아올까 기다린 날도 숱합니다. 그런데 통 현형하지 않는 걸로 봐선 아마 제 녀석도 뭐가 잔뜩 틀어진 모양이에요……. 내가 비형만 생각하면 마음이 언짢고 아픕니다. 그래도 형이라고, 일전에 한 번은 운문산 폭포에서 내 목숨을 구해준 일도 있지요. 나중에라도 스님이 만나거든 살아생전 형 노릇 한번 하게 해달라더라고 말이나 전해주세요."

이에 낭지가 용춘의 심정을 알고 고개를 끄덕이며,

"알았네. 그리하지."

하고는,

"그래도 자네와 비형은 둘 다 나라에 큰일을 한 사람이야. 세상에 나서 자네들만큼만 살면 장하지. 왕후장상에 따로 씨가 있냐고들 하지만 자네 형제가 살아가는 걸 보면 더러 씨앗도 있나 보이. 어쨌거나 오래오래 사시게."

하며 위로하였다.

용춘이 몽암에서 꽤 여러 날을 묵고 집으로 돌아와 뒷날 여주에게 문후나 여쭙는다며 관복을 말끔히 손질하여 머리맡에 고이 접어두고 잠자리에 들었는데, 이튿날 아침에 보니 어느덧 이승 사람이 아니었다. 원광이 가고 불과 달포 안쪽의 일이었다.

목숨이란 본래가 생멸 변화 어디에도 상주(常住)함이 없는, 가고 가고 또 가는 것이라지만 의인 용춘의 갑작스런 죽음은 아무도 예측하지 못한 하룻밤 사이의 변고여서 더욱 무상하고 절통한 데가 있었다. 죽음도 그 사람의 생시 성정을 닮는다던가. 젊어 월성 밖에서 역부를 단칼에 베던 그 성품 그대로, 하룻밤 자는 잠에 태산보다 높다는 생사 경계를 훌쩍 넘으니 당자로야 고통 없는 유복을 논할지언정 유언 한마디 듣지 못한 처와 종신하지 못한 자식으로서는 여간 아쉽고, 섭섭하고, 또한 비통한 일이 아니었다.

　뒷날 용춘의 손자인 법민(문무대왕) 대에 한 문사가 그를 다음과 같이 노래했다.

　　폐왕의 적자로 태어나
　　궁성 밖에 은거하며
　　천하를 떠돌다가
　　월성에 이르러 빼어남을 펼쳤네

　　온 성읍 사람 우러름을 받았으나
　　허정한 마음 장한 기상으로
　　녹읍을 사양하고 벗과 함께하며
　　시대와 더불어 부침하였다네

　　고향으로 말고삐를 돌려 돌아와
　　오로지 광명한 날을 기다리다
　　세상의 일을 바로잡고 나더니
　　그만 훌쩍 저승길에 올랐구려

　　生廢王子　沈跡外宮
　　周行天下　發秀月城

　　傾城仰觀　心虛氣壯
　　讓祿契友　興時汚隆

紆轡故鄕 專至俟光
世事匡正 騰贊幽冥

　이때 서현은 각간 벼슬을 지내며 병부령의 일을 맡아보고 있었는
데, 막 조반상을 받고 앉았다가 용춘이 죽었다는 기별을 듣자 신발도
신지 않고 한달음에 용춘의 집까지 달려왔다. 대문을 들어서며 이미
본정신을 잃은 그는 아직 식지 않은 용춘의 몸을 붙들고 몇 번이나
고함을 지르며 통곡하다가 그대로 정신을 잃고 시신 위에 쓰러졌다.
　서현을 뒤따라온 유신과 흠순이 상주인 춘추와 함께 두 사람을 떼
어놓으려 했지만 서현이 혼절을 하면서도 수의(壽衣) 깃을 움켜쥔 손
아귀를 놓지 않아 애를 먹었다. 천명이 그 모습을 보고 울며 말하기를,
　"그냥 놓아두어라. 두 어른은 젊어서부터 생세지락을 함께하고 한
날 한시에 생을 마치기로 약속한 분들이시다. 어찌 그만한 슬픔이 없
겠느냐."
하여 서현이 깨어날 때까지 입관을 미루었다.
　거인 용춘의 죽음은 원광의 입적에 이어 또다시 신라 조정을 비탄
으로 몰아넣었다. 여주 덕만은 대궐에서부터 울며 나와 사흘을 상가
에 머물며 슬퍼하였고, 대소 신료들과 궁중 나인들도 임금을 따라 상
가에서 밤을 지새며 한마음으로 고인을 기리고 추모했다.

칼 한 자루에
국운을 걸고

서현은 자신이 일생을 통해 느낀

점을 솔직하게 털어놓았다.

그런 다음 그윽한 눈길로 아들 둘을

바라보며 이렇게 말했다.

"늙은 아비가 벼슬살이에서 물러나

집으로 돌아왔으니 사사로운 일은

모두 내게 맡기고 너희는 크고 넓은

세상으로 나가라. 오늘 이후로 천하는

너희 것이다. 사직이 흥하고 망하는

것도 전장에서 이기고 지는 것도

하물며 구름이 일고 새가 날아가는

것까지 일체가 다 너희 일이다."

한편 이 무렵 고구려 조정은 당나라와 맺어온 밀월 관계에 심각한 변화의 조짐을 깨닫고 몹시 당혹스러워하고 있었다. 당이 서고 건무왕(영류왕)이 즉위하면서부터 시작된 양국 간의 우호는 해가 갈수록 돈독함을 더하여 10여 년 가까이 화친의 세월이 이어졌다. 그러나 이연이 물러나고 이세민이 당주가 되면서 고구려를 대하는 당의 태도에 조금씩 변화가 일기 시작했다.

건무왕은 병술년(626년)에 남진을 시도하려다가 이연이 시랑 주자사를 보내 삼국의 화친을 말하자 즉시 글을 올려 사죄하고 오히려 당의 중재를 요청하기까지 했는데, 그로부터 3년 뒤인 기축년(629년)에 신라가 아무 까닭 없이 낭비성을 습격해 성을 뺏고 장졸들을 무참히 죽였음에도 당에서는 이를 거론조차 하지 않고 그냥 지나갔다.

성을 뺏긴 직후 건무왕은 당에 조빙사(朝聘使)를 파견하여 자초지종을 알리고 신라로 하여금 낭비성을 반환하도록 해달라고 요구했지만 젊은 당주 이세민은 그 사실에 대해 일언반구도 없었다. 이세민이 보위에 오른 뒤로 당조에 끝까지 저항하던 돌궐의 힐리가한(頡利可汗)을 사로잡은 일을 치하하고 겸하여 고구려 지도인 봉역도(封域圖)까지 스스로 바치면서 선주(先主)와 맺은 우호를 변함없이 이어가고자 했던 건무왕으로서는 여간 서운한 일이 아니었다.

그러던 차에 장손사(長孫師) 사건이 일어났다. 신묘년(631년) 정초, 당은 광주사마(廣州司馬)로 있던 장손사를 요동에 파견해 수나라 전사(戰士)들의 무덤에 제사 지내고 요하 하류의 경관(京觀)을 허락도 없이 함부로 헐어버렸다. 장손사가 임의로 파괴한 경관은 고구려에서 수나라 전사자의 유해를 쌓고 그 위를 봉토하여 세운 일종의 전승(戰勝) 기념관이었다. 고구려의 친당파 조정은 이 사건으로 당에 대해 더욱 충격과 분노를 느꼈다. 소식을 들은 건무왕은 머리털이 곤두설 만치 크게 노했다.

"이세민의 무도함이 어찌 여기까지 이르렀단 말인가! 이는 아무리 고쳐 생각해도 인국에 대한 예가 아닐뿐더러 그 버르장머리없는 아이놈이 우리를 만만히 보고 뒷구멍으로 무슨 야심을 키워가고 있는 게 틀림없다. 이를 알고도 대비하지 않는다면 반드시 땅을 치고 후회할 일이 생길 것이다."

비록 화를 내긴 했지만 고구려왕 건무는 젊은 당주 이세민에 대해 내심 두려운 느낌을 떨치지 못했다. 그도 그럴 것이 이세민은 진왕(秦王)으로 있을 때부터 대륙 도처에서 할거하던 숱한 군웅들을 평정하며 크게 용맹을 떨쳤을 뿐만 아니라, 형과 아우를 살해하고 아버지를 위엄으로 눌러 보위까지 빼앗았고, 황제가 된 뒤로도 맹렬한 기세로 사방 인국들을 아울러 그 위용을 만천하에 드러내고 있었다. 그런 활달한 기질과 호전적인 성향의 이세민이 만일 요동을 치려고 군사를 일으킨다면 이제 겨우 국세를 회복해가던 고구려로선 또다시 사활을 건 대전을 치를 수밖에 없었다. 건무왕과 친당파 조정으로선 결코 바라지 않는 일이었다. 왕은 중신들과 공론 끝에 요동 8성을 감싸는 방어용 성곽을 구축하기로 결심했다.

장손사 사건이 있고 난 직후 건무왕은 나라 전역에 노역 동원령을 내리고 수만 명의 역부를 징발해 장성(長城) 축조에 나섰다. 그것은 부여성에서 시작해 통정진과 요하를 가로지르고 백암성과 안시성을 거쳐 비사성 바닷가까지 이르는 엄청난 규모의 역사였는데, 그 길이가 무릇 1천여 리나 되었다.*

무술년(638년) 10월, 고구려왕 건무는 휘하 장수들을 편전으로 불러모으고 이렇게 말했다.

"과인은 지난번에 무도한 신라가 감히 낭비성으로 쳐들어와 우리 장군 솔천수와 성주 적문을 죽이고 성과 성민들을 빼앗아갔을 때도 이를 단숨에 응징할 수 있었지만 당나라 체면을 고려해 함부로 군사를 내지 않았다. 이는 새로 황제가 된 이세민에게 기회를 주고 당이 서방 강국으로 자리잡기를 바라는 과인의 호의였음에도 이세민은 이를 알아주기는커녕 도리어 장손사를 보내어 우리를 능멸하였다. 과인은 우리와 당이 동서 양대 강국으로 나란히 사방 번국들을 거느리고, 서로 존중하고 조력하여 천하를 사이좋게 경략하기를 바랐지만

* 부록 274쪽. 〈요동 9성과 천리장성〉 지도 참조.

이세민의 생각은 사뭇 다른 듯하다. 어쩌면 그는 우리를 경계하는 마음이 지나쳐서 남적(南狄)들과 손을 잡고 오히려 우리를 궁지에 몰아넣으려는 뜻을 품고 있는지도 모르겠다."

왕은 잠시 말허리를 끊고 장수들을 천천히 둘러보았다.

"만일 그렇다면 더 이상 그의 체면을 고려할 이유가 없으며, 마땅히 신라를 쳐서 낭비성의 앙갚음을 하고 솔천수와 적문의 묵은 원한을 갚아야 할 것이다. 항차 신라에선 만고에 유례가 없는 여자로 임금을 세웠다는데, 근자엔 여주 뒷전에서 정사를 마음대로 좌지우지하던 김용춘마저 죽었다 하니 국정이 문란하고 민심이 흉할 일은 불을 보듯 뻔하다. 또한 우리가 신라를 응징했을 때 이세민이 과연 어떻게 나올지도 알아볼 좋은 기회가 될 것이다. 신라가 우리를 칠 때는 가만히 있다가 우리가 신라를 칠 때만 간섭하고 나온다면 이는 곧 이세민의 본심과 그 아래에 깔린 흉악한 저의를 그대로 드러내는 게 아니고 무엇이랴!"

이어 왕은 고웅과 갑회, 자신의 매제인 동부 욕살 고명화와 젊은 장수 고정해(高正海), 시윤(侍允)과 책사 맹부(孟負) 등의 이름을 차례로 불렀다. 그리고 이들에게 군사 1만을 나눠주며 칠중하(七重河 : 임진강)를 넘어 신라의 북한산주를 치도록 명령했다. 국내 장정들을 죄 북방의 천리장성 쌓는 일에 동원한 고구려 형편에서 이때 1만 군사는 도성 부근을 지키던 전군(全軍)이라고 해도 과히 틀린 말이 아니었다.

"아리수(고구려에서 부르는 한강) 북녘은 본래 우리 땅이다. 동쪽 구석의 일개 분토(糞土)에 불과하던 신라가 근년에 저토록 방약무도하게 변한 이유는 아리수를 장악하고 서해를 얻어 중국과 직접 교통하기 때문이니 그 화근이 모다 칠중하 이남에 있다. 이제 벼락같이 저들을 들이쳐서 하루아침에 우리의 구토를 되찾는다 한들 무슨 잘못이 있겠는가!"

왕명을 받은 대군이 막 출병하려 할 때였다. 나라의 병권을 책임지고 있던 고유림이 돌연 임금 앞에 부복하여 아뢰었다.

"신에게는 어찌하여 아무런 말씀이 없으십니까, 폐하!"

왕은 고유림을 보고 웃으며 말했다.

"한낱 신라 따위를 치는 일에 노장의 수고로움까지 동원할 까닭이 있는가. 공은 편히 대궐에 머물며 가끔 사람을 보내 북방의 천리성 쌓는 일이나 차질 없이 감독하면 그만이다."

그러자 고유림은 새삼 분하다는 듯이 언성을 높였다.

"낭비성에서 비명에 간 솔천수는 신과 둘도 없는 막역지간으로 젊어서부터 대왕 폐하를 보좌하며 마치 한배에서 난 형제처럼 지내왔습니다. 그가 동이(東夷)의 새파란 아이인 김유신이란 자에게 목숨을 잃고 나서 신은 하루도 밥그릇을 제대로 비워본 일이 없고, 한시도 복수를 생각하지 않은 때가 없었나이다. 비록 뒤늦기는 하오나 이제라도 대왕께서 동이의 무리를 박멸하시겠다니 이는 신이 꿈에서도 바라던 일이올시다. 어찌 신에게서 천수의 원한을 갚을 만큼 같은 기회를 빼앗으려 하시나이까!"

그는 눈물까지 글썽이며 따졌다. 평양성 성주로 있으며 대형 벼슬에까지 오른 고웅이 나서서,

"노장군께서는 저희를 믿고 편히 기다리십시오. 천수공은 저와도 막역했던 사이지만 저기 소형 갑회와는 옹서 간이올시다. 굳이 노장군께서 가지 않더라도 천수공의 원한은 반드시 갚겠습니다."

하며 임금을 거들자 고유림이 벌컥 역정을 내며,

"고웅은 입을 다물라! 전장에서 공을 세우는 데 어찌 노소의 구분이 있을 것이며, 벗의 복수를 어떤 자가 남의 손에 미룬단 말인가!"

하고는 다시 왕을 향해,

"신이 비록 나이는 들었으나 아직도 기운을 쓰는 데는 부족함이 없고, 마상에서 칼을 휘두르면 젊은 장수 서넛쯤은 능히 감당할 수 있나이다. 엎드려 비옵건대 부디 신으로 하여금 앞장서게 해주옵소서!"

하고 간청하였다. 그제야 왕은 하는 수 없다는 표정으로,

"내 어찌 평생을 지켜본 공의 기운과 무예를 의심하랴. 다만 수고로움을 덜어주고자 했을 뿐인데 공의 결심이 정 그렇다면 어쩔 수 없구나."

하고서 친히 절도봉을 끌러주며,

"제장들은 모두 고유림의 절도를 받도록 하라."

하고 명하였다.

고유림이 1만 군사를 이끌고 산양(蒜壤 : 개성 남쪽)을 거쳐 양국 국경인 칠중하 강변에 도착한 때는 10월 중순경이었다. 칠중하 건너에는 칠중성(七重城 : 積城)이 있었다. 칠중성은 일곱 겹의 높은 구루로 겹겹이 축조되어 예로부터 아녀자의 속곳에 곧잘 비유되던 옹성 중의 옹성이었다. 강변에 도착한 1만 고구려군은 곧 작은 배 수십 척에 군사를 나누어 태우고 야간을 틈타 칠중하를 건넜다.

이때 신라의 칠중성 현령은 내마 주평(柱平)이란 자였다. 주평은 변품이 신임하던 인물로 덕이 있고 영특한 사람이었다. 그는 몇 달 전부터 이미 고구려가 쳐들어올 줄 알고 사방에 궁척들을 배치해 하루도 경계를 게을리 하지 않았다. 그해 3월이었던가, 주평은 관내를

순시하다 말고 성의 남쪽에 있던 집채만 한 큰 돌이 저절로 35보나 옮겨갔음을 발견했다. 이를 본 주평은 성내 군사들을 불러모았다.

"발이 달린 것도 아니고 누가 옮기지도 않았는데 돌이 까닭 없이 옮겨갔다면 이는 필시 사람의 앞날을 하늘이 미리 일러주는 것이다. 그런데 돌이 옮겨간 거리가 서른다섯 보이니 35란 양수(陽數)의 합으로 군사를 뜻하고, 그 옮겨간 방향이 남쪽이니 우리가 퇴각함을 뜻한다. 머지않아 반드시 북적의 침입이 있을 것이다."

그렇게 대비를 철저히 해온 주평이었지만 1만에 달하는 대군이 새카맣게 강을 건너오자 보기만 해도 등골이 오싹했다. 그는 성루에 배치한 궁수들로 하여금 도강하는 배들을 향해 활을 쏘도록 하는 한편 황급히 봉수대에 불을 지펴 구원을 요청했다.

그러나 정작 더 큰 문제는 신라 백성들의 동요였다.

적의 침입을 알리는 봉화가 올라가자 변방에 살던 백성들은 물론 북한산주 전역과 더 남쪽, 심지어 도성 백성들까지도 크게 놀라고 당황하여 산곡간으로 도망하느라고 난리였다. 일이 여기에 이른 데는 신라 사람들이 백제보다 수나라 대군을 물리친 고구려 군사들에게 더 큰 두려움을 가진 때문이었지만 한편으론 여주를 신뢰하지 못한 까닭도 있었다. 게다가 원광과 용춘, 두 거인마저 죽었으니 백성들로선 믿고 의지할 사람이 없었다.

소문을 들은 여주 덕만은 급히 알천을 불렀다.

덕만이 보위에 오른 직후에 알천은 변란을 진압한 공을 인정받아 시위부 장군이 되었다. 여주는 알천에게 병부를 맡기려 했지만 국정을 총리하던 을제가 이를 반대하며,

"만일 알천에게 병부를 맡기려면 신은 벼슬에서 물러나겠습니다.

알천은 아직 연소할 뿐만 아니라 부자가 일국의 권세를 독점한다면
이는 만대의 조롱거리가 되고 말 것입니다."
하고 극간하여 하는 수 없이 시위부에 그대로 두었다. 그 뒤 을제가
신병으로 물러나자 여주는 알천에게 품주를 맡겼고, 을제가 죽은 뒤
에는 벼슬을 두 계단이나 올려 잡찬에 두었는데, 정유년(637년) 7월
에 다시 여근곡 옥문지의 공을 거론하며 그를 대장군으로 삼았다. 알
천에 대한 여주의 지극한 총애가 대략 이러했다.

알천이 왕명을 받고 불려오자 여주는 어두운 표정으로 입을 열었다.

"과인은 용춘공 부자와 공의 부자에게 의지함이 새가 숲을 의지하
듯 하였는데, 이제 왕가의 두 어른께서는 이 세상에 계시지 않으니
믿을 사람이라곤 공과 춘추, 두 족친뿐이오. 그런데 춘추는 아직도
상중(喪中)이므로 공이 나서서 동요하는 백성들을 안심시키고 저 흉
악한 북적을 보란 듯이 물리쳐주오. 과인의 왕업이 실로 공의 손에
달렸소."

여주의 수심 깊은 용안을 마주 대한 알천이 자신감에 넘치는 얼굴
로 대답했다.

"마마께서는 조금도 근심하지 마십시오. 신이 비록 용렬하오나 어
찌 고구려 군사 따위를 겁내오리까."

그리고 알천은 이렇게 덧붙였다.

"신이 혼자 가도 모자람은 없사오나 서현공의 장자인 김유신을 함
께 보내주신다면 한결 도움이 되겠나이다. 유신은 혼자서도 만군을
상대할 큰 장수입니다."

알천의 씩씩한 기백에 여주는 크게 마음이 놓였다.

"나도 유신에 대해서는 귀가 따갑도록 들은 바가 있소. 다만 서현

공이 아직 병부령 자리에 있어 그 자제를 중용하지 못했을 뿐이오."

여주는 곧 사람을 시켜 유신을 데려오도록 했다. 하지만 어찌 된 영문인지 심부름을 갔던 자는 털레털레 혼자 돌아왔다.

"어찌하여 유신을 데려오지 않았는가?"

"김유신을 찾지 못하였나이다."

"찾지 못하다니?"

"집안 사람들이 사방으로 수소문을 해보았지만 유신이 간 곳을 아는 이가 아무도 없었습니다."

"허허, 거 답답한 일이로고……."

"식솔들이 사방으로 흩어져 찾고 있으니 조금만 기다려보십시오."

그러나 반나절을 기다려도 유신은 오지 않았다. 더군다나 사정은 다급하여 없는 사람을 무작정 기다릴 수만도 없는 형편이었다.

"유신이 아마 답답해서 멀리 출타를 한 모양이올시다. 신이 혼자 임무를 마치고 오겠으니 대왕께서는 편히 계십시오."

하는 수 없다고 판단한 알천은 혼자 도성의 군사 3천여 기를 거느리고 대궐을 나섰다.

그는 군장을 화려하게 치장하고 북소리와 나팔 소리를 요란하게 울려대며 도성을 한바퀴 시위했다. 말할 것도 없이 동요하는 백성들을 안심시키기 위한 행군이었다. 알천의 군대는 북향하는 도중에도 백성들의 동요가 심한 주와 군을 만나면 반드시 들러 군사들의 위용을 과시했다. 그러다 보니 자연히 시일이 지체되었다. 알천은 동요하는 주군이 예상보다 많음을 깨닫고 편장으로 데려간 김품석(金品釋)을 불러 말했다.

"너는 도성에서 예까지 해온 대로 군사를 이끌고 행군을 계속하

라. 나는 먼저 칠중성으로 달려가 성을 구해야겠다."

그리고는 군사 가운데 날쌘 기병 2백 명만을 추렸다. 품석이 깜짝 놀라며,

"칠중하를 넘어온 고구려 군사가 1만에 가깝다고 합니다. 어찌 2백 명으로 대군을 상대하려 하십니까?"

하고 묻자 알천이 태연히 대답하기를,

"지금 중한 것은 성곽 하나를 잃고 말고가 아니라 임금과 조정을 불신하는 산곡간의 백성들을 안심시키는 일이다. 그런데 만일 많은 군사를 데려간다면 북적을 물리치더라도 백성들의 불안감은 사라지지 않을 게 틀림없다. 이번만큼은 무슨 수를 쓰더라도 가능한 적은 군사로써 이겨야 한다. 그래야 비로소 임금의 왕업이 순탄해질 것이다."

말을 마치자 곧 2백 명의 기병을 이끌고 말에 박차를 가하였다.

알천이 칠중성에 도착했을 때는 11월 초순, 고구려 군사가 칠중하를 건너온 지 보름이나 된 때였다. 그사이 성주 주평은 칠중성의 구루 다섯을 잃고 화살마저 떨어져 낭패를 겪었지만 변품이 보낸 원군 2천여 기와 화살 3만 개가 도착하면서 가까스로 전세를 회복하여 여섯 번째 구루를 사이에 두고 치열한 접전을 벌이는 중이었다. 알천은 칠중성에 도착하자 먼저 성곽 주변의 지형 지세를 유심히 살펴보고 나서 이렇게 말했다.

"그간 노고가 컸다. 주평은 내일 새벽 일찍 성민들을 거느리고 남쪽으로 빠져나가 호로하(瓠瀘河 : 임진강 하류)의 평산 숲 속에 매복해 있으라. 날이 밝거든 그곳에서 불을 피워 밥을 지어 먹으며 성민들로 하여금 노래도 부르고 가끔 먼지를 일으키며 함성을 지르도록 하라. 나머지는 내가 다 알아서 할 것이다."

주평은 알천이 시키는 대로 이튿날 날이 밝기 전에 여섯 번째 구루를 버리고 남쪽으로 이동했다. 해가 뜨자 알천은 여섯 번째 성문을 활짝 열어젖힌 다음 일곱 번째 구루 앞에 진채를 만들고 2천여 군사를 횡렬로 늘여 세웠다. 그리고 자신은 군사들과 얼마간의 거리를 격하고 을제가 생전에 자식처럼 아끼던 거로현의 애마 돗총이*에 올라 달랑 칼 한 자루만을 꼬나든 채 홀로 평원에 버티고 섰다.

　잠시 뒤 고구려 군사들이 활짝 열린 성문으로 쏟아져 들어왔다.

　알천을 제일 먼저 발견한 사람은 선봉장을 맡았던 젊은 장수 시윤이었다.

　"저자가 김유신인가?"

　시윤이 주위에 묻자 고구려 군사 가운데 전날 낭비성에서 신라군과 싸웠던 자가 실눈을 뜨고 한참을 보다가,

　"그런 듯도 하고 아닌 듯도 합니다."

대답을 애매하게 하였다. 시윤은 그 말을 김유신이란 의미로 받아들였다.

　"김유신이라면 내 어찌 저자의 목을 베지 않겠는가."

　막리지 시명개의 집안에다 조의선인 출신으로 나이 스물에 구사자(九使者)에 뽑혔던 시윤이었다. 그는 다른 장수들보다 먼저 공을 세우고 싶은 욕심에 칼을 뽑아 들고 알천 앞으로 달려나갔다.

　"김유신은 듣거라! 나는 천하가 두려워하는 고구려 장수 시윤으로, 우리 대왕의 명을 받고 낭비성에서 죽은 솔천수 장군의 원수를 갚으러 왔다! 어디 너의 그 알량한 칼 솜씨를 구경이나 해보자!"

* 돗총이 : 털빛이 검푸른 말.

시윤이 위엄과 거벽을 떨며 큰소리를 치자 알천은 호탕한 너털웃음으로 응수했다.

"김유신의 이름이 제법 알려진 모양이구나. 그러나 나는 김유신도 아닐뿐더러 너 따위 이름 없는 졸개를 베는 데 어찌 김유신까지 동원하겠는가! 김유신은 지금 풍류를 즐기고 있어 너희와 싸울 형편이 못 된다."

시윤은 자신을 깔보고 고구려 전체를 무시하는 알천의 말에 분기가 탱천했다. 곧 말 배를 걷어차고 뽑아 든 칼을 휘두르며 알천을 향해 달려드니 알천도 피하지 않고 시윤의 공격에 맞섰다. 칼과 칼이 허공에서 어울리고 말과 말이 땅에서 어우러지기를 여러 번, 시윤은 기량을 총동원하여 이를 악물고 분전했지만 갈수록 상대의 날카로운 공격에 자신감을 잃어갔다.

"칼깨나 써본 솜씨로구나."

잠시 말 머리가 떨어졌을 때 시윤이 가쁜 숨을 몰아쉬며 말했다.

"김유신이 아니라면 너는 대관절 누구냐?"

그러자 알천은 시윤이 이미 전의를 상실했음을 깨닫고 가소롭다는 듯 웃었다.

"너 따위가 감히 내 이름은 알아 무엇하랴마는 굳이 물으니 가르쳐주마. 나는 계림의 대장군 알천이다."

그리고 알천은 칼을 내리며 덧붙였다.

"살려줄 테니 돌아가라. 돌아가서 얌전히 성을 반환하고 군사들을 거두어 물러간다면 뒤쫓지 않겠다."

시윤은 분하고 원통했지만 이미 알천의 실력을 경험한 터라 더 싸울 엄두가 나지 않았다. 호기롭게 나갔던 시윤이 풀이 죽어 진채로 돌아왔을 때는 다른 장수들도 거의 도착해 있었다.

"저 적장이 김유신인가?"

주장(主將) 격인 고유림이 시윤에게 묻자 시윤은 그가 들은 대로 말하고 뒤이어 알천의 무예가 신기에 가깝다며 입에 침이 마르도록 칭찬을 아끼지 않았다. 시윤이야 자신이 공 없이 돌아온 사실을 변호하려고 지껄인 말이었지만 고유림은 속이 뒤집히고 화가 머리끝까지 치밀었다.

"닥치지 못하겠느냐! 너는 한창 끓어오르는 우리 군사들의 뜨거운 사기에 찬물을 끼얹고도 모자라서 이젠 세 치 혀를 나불거리며 적장을 찬양까지 하더란 말이냐!"

고유림은 전장에 따라 나온 도부수들을 돌아보며 벼락같이 소리쳤다.

"여봐라, 저 시윤이란 놈을 끌어내 당장 참수형에 처하라!"

추상같은 주장의 명령이 떨어지자 시윤은 겁에 질려 안색이 백변했다. 여러 장수들이 고유림을 만류했다.

"고정하십시오, 장군. 시윤의 죄가 비록 죽어 마땅하나 어찌 적을 눈앞에 두고 아군 장수를 베겠습니까?"

"그렇습니다. 시윤은 앞길이 9만 리 같은 젊은 장수요, 막리지와는 숙질 간입니다. 나라의 장래와 막리지의 안면을 봐서라도 목숨만은 살려주십시오."

고웅과 맹부의 간청에도 고유림은 군령을 거두지 않았다.

"시윤을 죽이지 않으면 군사들의 사기가 진작되지 않을 것이오. 이는 작은 것을 아끼려다 큰 것을 잃는 것과 같소."

그러자 시윤과 절친한 고정해가 나섰다.

"떨어진 군사들의 사기는 제가 나서서 되살리겠습니다. 알천이란 자의 목을 취해서 올 동안만 시윤의 참형을 미루어주십시오."

좀체 누그러질 것 같지 않던 고유림도 고정해의 말이 끝나자 표정에 변화가 일었다. 양원왕 때 장수 고흘(高紇)의 후손으로, 그가 쓰는 쌍검술은 오히려 고흘의 경지를 능가한다는 고정해였다.

"정해라면 믿을 수 있지."

고정해의 검술을 익히 알던 고유림이 약간 어조를 눅여 말했다. 혈기방장한 고정해가 갑옷을 고쳐 입고 출정을 서두르자 고유림은 싸움판을 전전해온 노장답게 다음과 같은 당부를 잊지 않았다.

"상대는 동이(東夷)를 대표해서 나온 장수로 딴에는 무술에 일가를 이룬 자가 틀림없다. 지금 적진의 형세를 보라. 일부러 성곽 하나를 버리고 땅을 물려 진채를 꾸민 점과 또한 알천이란 자가 자기 군사 앞에서 필마단기로 버티고 선 것은 우리 장수를 하나씩 상대해서 기세를 꺾어놓고 동시에 저희 군사들에게는 사기를 북돋아주려는 일석이조의 책략이다. 어지간한 실력을 가지고서야 어찌 저같이 위태로운 계책을 쓰겠는가. 하지만 그렇기 때문에 우리는 반드시 저 자를 보기 좋게 베어넘겨야 한다. 대개 이런 형국에선 군사의 많고 적음은 별 의미가 없다. 이번 출정의 승패는 오로지 그대 손에 달렸으니 정해는 내 말을 각별히 유념하여 실수하는 일이 없도록 하라. 만일 비겁하게 싸우거나 패하여 돌아오면 누구나 시윤과 같은 신세를 면치 못할 것이다."

"장군께서는 조금도 염려하지 마십시오. 반드시 저자의 목을 취하여 오겠습니다."

고정해는 큰소리를 치고 말을 짓쳐나갔다. 그리고는 대뜸 벼락같은 고함을 지르며 알천에게 덤벼들었다. 고정해의 쌍검이 햇빛을 반사하며 알천의 목 언저리에서 한바탕 눈부시게 춤을 추는가 싶더니 다음 순간, 두 자루 칼은 각기 다른 방향으로 흩어져 바닥에 나뒹굴었다. 칼이 떨어지고 이내 칼 임자의 목도 뒤따라 떨어지며 사방에 선홍빛 피를 뿌렸다. 호기에 비하면 너무도 싱거운 패배였다.

"대체 어찌 된 노릇이냐?"

고구려 진영 장수들은 한결같이 눈을 의심했다. 특히 옛날부터 고정해의 무용을 인정해온 고유림은 귀신에 홀린 듯 어리둥절한 표정으로 사방을 두리번거렸다. 그러자 낭비성에서 죽은 솔천수의 사위 갑회가 분함을 견디지 못하고 자리에서 벌떡 일어났다.

"장군, 저자의 목은 내가 따오겠소!"

갑회는 미처 고유림의 허락이 떨어지기도 전에 성큼성큼 걸어가 말잔등에 훌쩍 뛰어올랐다. 을지문덕의 명을 받고 퍼붓는 장대비 속에서 우문술의 20만 대병을 무참히 짓밟았던 안주성(安州城) 신화의 주인공이 바로 갑회였다. 을지문덕을 깎아내리려는 자들은 흔히 살수대첩의 공을 말할 때 고웅과 갑회가 없었다면 을지문덕도 없었을 거라는 논리를 펴곤 했다. 그만큼 고웅과 갑회는 남진파의 두터운 신망을 얻고 있었다.

"난전에서 배운 거지 같은 검술을 감히 뉘 앞에서 자랑하느냐! 도무지 더 보고 있지를 못하겠구나!"

알천과 마주선 갑회가 눈알을 험상궂게 부라리며 호통을 치자 알천도 지지 않고 빈정거림으로 응수했다.

"고구려에는 시시한 장수들이 참 많기도 하구나. 너는 또 누구란 말이냐?"

"허허, 내 이름을 묻는가? 하긴, 왕시에 우문술의 20만 대군을 개 잡듯이 두들긴 갑회의 이름을 너 따위가 알기나 하겠는가?"

갑회가 제법 거드름을 피우며 대답하는 순간 알천은 갑자기 목청을 높이고 한참을 웃었다.

"우문술의 20만 군사가 살수에 빠져 죽은 일은 들어서 안다마는 너는 기왕 물에 빠진 시신을 무엇 하러 또 개 잡듯이 두들겼는가? 참으로 싱겁고 할 일 없는 놈이로구나."

알천의 놀리는 말이 채 끝나기도 전에 갑회는 모욕을 참지 못하고 칼날을 세워 달려들었다.

"네 이놈, 목이 떨어져서도 그놈의 주둥아리를 줄창 나불거리는지 어디 두고 보자!"

갑회의 칼날이 알천의 가슴을 예리하게 스치고 지나갔다. 놀란 알천이 돗총이를 두어 걸음 뒤로 물렸다가 갑자기 고삐를 왈칵 놓으니 말이 비호같이 앞으로 달려나갔고, 순간 허공에서 만난 두 자루 칼에서 휘황한 불꽃이 일었다. 칼과 칼이 마주치고 말과 말이 머리와 꼬리를 이어가며 어지럽게 맴을 돈 지 한동안, 승부는 좀체 갈리지 않았으나 갈수록 밀리는 쪽은 갑회였다. 이를 본 고웅이 황급히 일어났다.

"알천은 과연 놀라운 장수입니다. 저대로 가다간 갑회마저 당하기 십상이니 내가 가서 돕겠소."

"그게 좋겠구려."

손에 땀을 쥐고 구경하던 고유림도 쉽게 허락했다. 그런데 고웅이 막 말에 오르려 할 때였다. 갑자기 신라군 진채에서 뜨거운 함성이 솟구쳤다. 알천과 힘겹게 싸우던 갑회가 마침내 피를 뿜으며 말에서 떨어졌기 때문이었다. 그 모습을 본 고웅은 돌연 싸우려던 마음이 싹

가셨다.

"아아, 갑회마저 당하다니……."

고구려 장수들은 모두 기가 막히고 억장이 무너졌다. 그때 시종 말이 없던 동부 욕살 고명화가 나섰다.

"지금 알천이란 자가 홀로 나와서 우리 장수들을 차례로 베어 넘기는 건 저들의 숫자가 우리보다 적기 때문이오. 그렇지 않고서야 일부러 성곽 하나를 내주고 도망하여 저런 계책을 쓸 까닭이 있소? 하니 알천의 무예를 당하기 어렵다면 군사들을 풀어 적진을 덮칩시다. 여기서 이러고 있어봐야 공연히 시간만 가고 사기만 떨어질 뿐이오."

임금의 매제인 고명화의 말에 고유림도 잠시 귀가 솔깃했다. 한 가지 걱정스러운 점은 거푸 장수들이 당하는 것을 본 군사들의 사기였지만, 따지고 보면 그것밖에 다른 방법이 없다는 느낌도 들었다. 그런데 책사 맹부가 조심스럽게 말문을 열었다.

"이럴수록 신중하셔야 합니다. 지금 적진의 형세를 보니 성문과 성루에 횡렬로 늘여 세운 군사는 모두 합해야 2천 남짓하지만 그 뒤편 숲 속에는 다시 얼마의 복병이 더 있을지 알 수 없습니다. 알천이 홀로 나와 우리 장수를 거푸 쓰러뜨리는 건 일종의 유인책입니다. 이를테면 우리를 흥분시켜 숲 속으로 유인하려는 술수지요. 거기에 말려들면 아무도 살아서 돌아오기 어려울 겁니다."

듣고 보니 맹부의 말에도 일리가 있었다.

"하면 자네의 계책은 무엇인가?"

고유림이 묻자 맹부는 약간 맥없이 대답했다.

"글쎄올시다. 저도 아까부터 줄곧 그 생각을 하고 있었지만 이와 같은 형편에선 선뜻 계책이 떠오르지 않습니다. 게다가 날짜는 흘러

어느덧 11월입니다. 성민들도 모두 달아나 구루밖에는 없는 황량한 겨울 벌판에서 1만이나 되는 군사들의 식량과 마초를 조달할 일도 여간 걱정이 아닙니다."

맹부는 혀를 두어 번 찬 뒤에 책사로 따라온 자신의 구실이 스스로도 미미하다고 여겼던지 모든 책임을 장수들에게 전가했다.

"어떻게든 적장을 꺾어 땅에 떨어진 우리 군사들의 사기를 되찾아야 하는데 그럴 사람이 없으니 저 역시 딱하고 안타까울 따름입니다."

"맹부는 주둥이를 닥쳐라! 네 감히 어느 안전에서 혀를 함부로 놀리는가!"

고명화가 참지 못하고 버럭 역정을 냈다.

"숲에 복병이 있는지 없는지 네가 어떻게 안단 말이냐! 그리고 적장을 꺾을 사람이 왜 없단 말이냐!"

그런데 고명화의 말이 끝나는 순간 마치 맹부의 예언을 증명이라도 하듯 건너편 숲에서 연기가 모락모락 피어오르고 이어 왁자지껄한 함성도 들려왔다. 무참해진 쪽은 고명화였다. 그런 명화 앞에서 맹부가 헤실헤실 얄미운 표정으로 야죽거렸다.

"지금 적진의 형세는 병법을 조금만 아는 사람이 보면 누구든 능히 짐작할 수 있는 것입니다. 장군만 모르고 계실 뿐이지요. 하오나 비록 복병이 있다 해도 범처럼 날뛰는 저 적장만 장군이 해치운다면 문제는 다릅니다. 그럼 앞에 보이는 구루를 공취하고 숲에다가 불을 놓으면 그만일 테니까요."

그러잖아도 무참해 있던 고명화는 맹부의 빈정대는 말에 이성을 잃을 만큼 크게 격분했다.

"뭐라구? 이 설삶은 말대가리 같은 놈아! 네까짓 게 감히 뉘를 능멸하느냐!"

고명화는 서부 출신의 젊은 맹부가 자신을 예우하지 않는 것에 벌써부터 불만을 품고 있던 터였다. 그는 허리에 찬 칼을 뽑아 들고 단숨에 찔러 죽일 기세로 맹부에게 덤벼들었다. 고웅이 두 사람 사이를 막아서서 간신히 뜯어말리긴 했지만 군사를 인솔해온 고유림의 입에선 한숨이 절로 새어나왔다. 장수 둘을 잃은 것도 모자라 이제 적전(敵前)에서 장수와 책사 간에 자중지란까지 일어났으니 여간 착잡한 노릇이 아니었다. 그런 판에 갑회를 쓰러뜨린 알천은 코앞에까지 말을 타고 와서 시종 우렁찬 소리로 약을 올려댔다.

"고구려의 오합지졸들은 들으라! 우리 성조황고께서는 성품이 너그럽고 인자하여 비록 전장에서 만난 적병이라도 함부로 주살하지 말고 자비를 베풀라 하셨다! 너희가 무슨 연유로 남의 땅에 허락 없이 왔는지 알 길은 없지만 이제라도 잘못을 뉘우치고 항복한다면 부처가 중생의 죄를 용서하듯 살아갈 길을 마련해줄 것이요, 만일 강을 건너 돌아간다면 뒤쫓아 죽이는 일은 없을 것이다! 하지만 참고 베푸는 데도 한계는 있다! 여기서 더 시일을 끌거나 저항을 한다면 한 놈도 살려두지 않을 테니 명심하라!"

주장 고유림은 사태가 결국 자신의 손에 이르렀음을 깨달았다. 그는 시윤을 풀어주고 고명화와 고웅을 불러 말했다.

"나는 옛 벗의 원수를 갚으러 왔으므로 김유신이란 자가 나오기를 기다렸지만 저자의 오만방자함을 더 두고 보지 못하겠소. 장군들은 군사를 세 갈래로 나누고 철갑 기병과 충차(衝車 : 성문을 파괴할 때 쓰는 무기) 부대를 전면에 배치하여 기다렸다가 내가 저자의 목을 치거든 동시에 적진을 벼락같이 습격하시오. 하지만 만일 내가 불귀의 객이 되더라도 서로 다투지 말고 힘과 지혜를 모아 맡은 바 소임을 다해야 하오. 아리수는 예서 그리 멀지 않은 곳에 있소."

노장은 비장한 어조로 유언 같은 말을 남기고 말에 올랐다.

고유림이 백발을 휘날리며 알천에게로 달려나가자 알천도 무기를 고쳐 잡고 싸울 태세를 취했다.

"젊은 것들은 다 어디로 가고 이제는 늙은이가 무기를 들고 나오셨소?"

알천이 상대의 기세를 꺾어놓고자 말을 건넸지만 고유림은 대꾸도 하지 않고 들고 나온 환도를 휘둘렀다. 그렇게 어울린 두 사람은 양편 구경꾼들의 탄성을 자아낼 만큼 화려하고 격렬한 마상 무예를 펼치며 꽤나 오랫동안 공방을 계속했다. 한쪽은 70 평생 싸움터와 병부를 전전하며 일국의 재상에까지 오른 사람이요, 다른 한쪽은 사직의 존망을 등에 걸머지고 나온 한창나이의 명장이었다. 두 장수는 사력을 다해 80여 합이나 겨뤘지만 워낙 손놀림이 빠르고 기예가 뛰어난 호적수라 쉽게 승부를 가리지 못했다. 그사이에 노장은 두어 번 머리카락을 베이고 수염과 볼에 칼날이 스치는 위험한 고비를 맞기도 했는데 그때마다 노련한 임기응변으로 화를 면했다. 그러나 공방이 끝없이 계속될수록 늙은이의 힘이 부치는 것은 어쩔 수 없는 섭리였다.

"말이 지쳤으니 갈아타고 나오겠다."

잠깐 말 머리가 떨어졌을 때 고유림이 말했다. 목숨을 걸고 싸우면서도 내심 상대의 날렵한 몸놀림에 탄복하던 알천은 순순히 노장의 부탁을 받아들였다. 고유림이 말을 바꾸려고 진채로 돌아가자 고웅이 말했다.

"장군께서는 잠시 쉬고 계십시오. 제가 한번 상대해보겠습니다."

그러자 고유림은 가쁜 숨을 몰아쉬며 단호히 고개를 가로저었다.

"자네가 상대할 사람은 아니네. 나는 아까부터 저 장수가 전력을 다하지 않는 까닭을 모르겠어."

"전력을 다하지 않다니요?"

그러나 고유림은 더 말하지 않고 물 한 바가지를 벌컥벌컥 마신 뒤 새 말을 갈아타고 나갔다. 두 사람은 다시 어울렸고 치열한 공방이 그로부터 30여 합 더 이어졌다.

말과 말이 엇갈리는 사이에 잠시 빈틈을 본 고유림이 알천의 가슴 팍을 향해 칼을 찔러넣었을 때였다. 갑자기 고유림의 말이 탄력을 잃고 앞으로 고꾸라지는가 싶더니 칼 한 자루가 허공으로 높이 치솟았고, 다음 순간 고유림은 말과 함께 바닥으로 나뒹굴었다. 알천이 허공으로 쳐올린 환도를 한 손으로 가볍게 낚아챘다. 가슴을 조이던 신라 진영에서는 요란한 북소리와 함께 뜨거운 함성이 일었다. 쓰러졌다가 일어난 고유림의 말은 미처 붙잡을 겨를도 없이 앞다리를 절뚝거리며 달아나버렸고, 그 바람에 고유림은 도망갈 수조차 없이 되고 말았다. 알천이 천천히 말을 몰아 쓰러진 고유림에게로 다가왔다.

"내가 졌네."

고유림은 무인답게 자신의 패배를 깨끗이 시인했다. 그는 자리에서 일어나 의연하고 당당한 태도로 알천을 마주보았다. 싸움에서 졌으니 죽음을 각오한다는 투였다. 알천이 마상에서 그런 고유림을 물끄러미 내려다보다가 손에 든 환도를 훌쩍 주인에게 집어던졌다.

"말의 실수로야 어찌 참된 승패를 가렸다 하겠소. 돌아가서 새 말을 타고 나오시오."

알천은 짤막하게 한마디를 남기고 바람처럼 말을 달려 자신의 진영으로 돌아가버렸다. 고유림은 하늘을 우러러 크게 탄식했다.

"아, 싸움은 끝났다. 저자는 시종 전력을 다해 싸우지 않더니 결국은 내 마지막 계책에도 걸려들지 않는구나!"

1백여 합을 겨루는 동안 알천은 몇 번이나 빈틈을 보고도 고유림을 공격하지 않았다. 다른 사람은 눈치 채지 못한 일이었으나 직접 상대한 당자로는 얼마든지 알 수 있는 일이었다. 말이 쓰러지고 칼을 손에서 놓쳤을 때 고유림은 자신의 목숨을 던져 군사들의 분기를 이끌어내려고 생각했다. 어차피 상대를 꺾지 못한다면 노장의 처참한 죽음을 보여줌으로써 실추된 전의를 되살리는 것도 한 방법이었다. 그러나 처음부터 상대의 의도를 미리 간파한 알천은 사책(死策)마저도 영악하게 빠져나갔고, 고유림은 적장에게 목숨을 구걸한 꼴이 되어 털레털레 자신의 진채로 되돌아왔다. 그것은 장렬한 죽음보다도 훨씬 욕되고 수치스러운 승부였다.

그 일로 신라군의 사기는 다시 한 번 높이 치솟았으며 고구려 군사들은 땅이 꺼져라 한숨만 쉬었다. 진채로 돌아온 고유림은 임금에게서 받은 절도봉을 고명화에게 건넸다.

"죽을 자리마저 잃은 패장이 무슨 할 말이 있겠소. 나는 살아 있어도 산목숨이 아니오. 하니 이제부터 공이 군사를 통솔하시오."

고명화도 앞일이 난감하긴 매한가지였다.

"말의 실수로 어찌 장군을 탓하겠소? 게다가 싸움터에서 이기고 지는 것은 조갯국에서 모래를 씹는 것처럼 흔한 일이오. 오늘 일은 그저 일진 탓으로 여기고 내일 다시 싸워봅시다."

"그렇습니다, 장군. 내일은 제가 나가서 알천을 상대해볼 테니 오늘은 일찌감치 군사들을 쉬게 합시다."

고응까지 나서서 패하고 돌아온 노장을 위로했지만 고유림은 참담한 낯으로 고개를 저었다.

"나는 죄인이오. 시윤을 참수하려던 내가 같은 꼴을 당하였으니 여러 장수들과 군사들 앞에 얼굴을 들고 있기도 괴롭소."

무장은 늙으면 전장에서 사라질 때를 아는 법인가. 알천에게 패하여 돌아온 뒤로 고유림은 싸울 마음이 아예 없는 듯했다.

이튿날 날이 밝자 고응이 말을 타고 나가 알천을 상대했다. 그러나 그 역시 알천의 적수는 되지 못했다. 좋게 10여 합을 겨루다가 틈을 보아 도망쳤을 뿐이었다. 고응이나 죽은 갑회보다 무술이 신통찮던 고명화는 아예 싸울 엄두조차 내지 않았다.

"시초에 군사를 내어 그대로 적진을 덮치지 않은 게 실수다. 이제 기회를 잃었으니 알천을 꺾지 않고는 촌보도 더 진격할 수 없다."

고명화가 이런 결론을 내린 것은 양 진영의 대치 형국이 여드레쯤 계속되고 나서였다. 그는 기왕 거기까지 온 김에 전군을 동원하여 보란 듯이 한판 전면전을 벌이고 싶었지만 적진의 뒤편 숲에서 시시각각 피어오르는 연기와 함성 때문에 섣불리 군사를 내지 못했다. 만일 그랬다가 참패라도 당하는 날이면 장정들이 대부분 장성 쌓는 일에 동원되어 군사가 없던 고구려로선 여간 난감한 일이 아니었다.

때는 바야흐로 11월도 중순으로 접어들고 있었다.

책사 맹부의 말처럼 날은 하루가 다르게 추워지고, 준비해온 군량과 마초도 거의 동이 났다. 1만 명이나 되는 군사들은 사방으로 흩어져 먹을거리를 찾느라 야단이었으나 민가도 없는 허허벌판에서 기껏 구하는 거라곤 칠중하에서 건져올린 물고기가 전부였다. 낚시나 작살로 드물게 한두 마리를 건져올리면 수십 명의 군사가 와르르 아귀처럼 달려들어 날것을 뜯어먹는 진풍경이 도처에서 벌어지곤 했다. 하지만 그마저도 동빙한설의 맹추위가 엄습해 강물이 두껍게 얼면서부터는 더 구경할 수 없이 되고 말았다. 설상가상 남서풍이라도 불 때면 적진과 평산 숲에서 건너오는 밥 짓는 냄새가 굶주린 고구려 군사들을 환장하게 만들었다.

헛고생에 날짜만 죽이던 고구려 장수들은 고명화의 단안으로 마침내 퇴각을 결정했다. 그러나 물러가는 것도 말처럼 쉬운 일이 아니었다.

신라군이 순순히 보내준다면 다행이었지만 언 강을 건너와 뒤쫓기라도 한다면 굶주린 군사들이 참변을 당할 것은 불을 보듯 뻔했다. 게다가 이들을 더욱 불안하게 만든 건 알천의 동태였다. 연일 홀로 말을 타고 나와 싸움을 걸던 알천이 그날은 어쩐 일로 아침부터 통 모습을 드러내지 않는 거였다.

"야음을 틈타 차례로 빠져나가도록 합시다. 장군께서는 초경이 되면 선군을 이끌고 먼저 떠나시오. 나는 적이 깊은 잠에 들고 나면 후군을 데리고 뒤따르겠소. 산양에서 만나기로 합시다."

고명화는 고유림에게 그렇게 제안했다.

그날 밤 고유림이 선군을 이끌고 떠난 뒤 고명화는 고웅과 의논하여 깃발과 무기를 성루에 그대로 걸어놓고 사람만 빼내 소리 없이 성을 빠져나갔다. 힘들게 공취한 여섯 구루를 눈물을 머금고 차례로 지나쳐올 때는 한숨이 절로 터지고, 함께 왔다가 같이 돌아가지 못하는 두 장수를 떠올리면 창자가 끊어지는 듯하였다. 그러나 퇴각하는 군사들을 더욱 괴롭힌 건 살을 에는 듯한 칠중하의 밤공기요, 장수들은 장수들대로 돌아가서 임금을 뵐 일이 꿈만 같았다.

"이럴 줄 알았으면 금태공과 맹진공처럼 요동에 가서 장성이나 쌓을 것을 그랬소."

칠중하 강변에 당도할 무렵 고웅이 투덜거렸다. 예원공주의 남편
으로 각별한 총애를 받아온 고명화도 마음이 언짢기는 고웅이나 크
게 다를 바 없었다.

"애초에 시윤이 잘못한 게라. 특히 군사를 움직이고 병법을 쓰는
막중대사일수록 한 번 실기(失機)를 하면 다시 기회를 얻기가 그만큼
어려운 법이오."

말 머리를 나란히 한 채 몇 마디 말을 주고받던 두 장수는 선군이
지나간 칠중하 강물을 유심히 살펴보았다. 그러나 자신들이 배를 타
고 건너온 곳은 강폭이 넓어 표면의 얼음이 두껍지 못했고, 하류 쪽
으로 3, 40보쯤 내려갔더니 폭이 일시적으로 좁아지는 여울이 나타
났는데, 능히 걸어서 건널 만했다. 그러구러 자세히 보니 선군도 그
곳으로 건넜는지 강변에 깃발 몇 개가 꽂혀 있었다. 고명화와 고웅은
후군을 모두 그쪽으로 이동시켜 강을 건너기 시작했다.

그런데 후군 선발대가 강의 중간쯤에 다다랐을 때였다.

갑자기 사방이 대낮처럼 밝아지더니 고막을 찢는 요란한 북소리와
함께 돌과 화살이 비 오듯 날아들었다.

"쥐새끼 같은 놈들아! 허락도 없이 감히 어디로 달아나려느냐!"

횃불을 밝힌 한 패의 군사들 틈에서 홀연 한 장수가 늠름하게 소리
쳤다. 고명화가 보니 그는 다름 아닌 알천이었다. 이때 알천이 이끌
고 온 군사들은 김품석이 데려온 원군들이었다. 알천을 걱정한 품석
은 행보를 바삐하여 알천의 예상보다 일찍 칠중성에 이르렀다. 알천
은 먼 길을 오느라 피곤한 원군을 일찌감치 재운 뒤 그날 아침 칠중
성의 마지막 구루를 성주 주평에게 맡기고 자신은 품석과 더불어 평

산 서쪽으로 우회하여 칠중하 하류에 막 도착하는 길이었다.

그러잖아도 추위와 굶주림에 지친 고구려 군사들은 알천을 보자 오금이 저려 발걸음도 제대로 떨어지지 않았다. 하물며 태반이 적의 눈을 속이느라 창칼을 성루에 그대로 버려두고 왔으니 싸우려 해도 싸울 무기조차 없었다.

"자랑스러운 성조황고의 용병들은 들으라! 상대는 우리가 두려워 무기마저 버리고 도망가는 북적의 오합지졸이다! 한 놈도 남김없이 모조리 주살하여 다시는 신성한 계림 땅을 넘보지 못하도록 버릇을 단단히 가르쳐주라!"

알천의 우렁찬 고함 소리에 힘을 얻은 신라 복병들은 겁에 질린 고구려 군사들을 마음껏 유린했다. 용기 백배하여 거침없이 달려드는 신라군은 한 사람 한 사람이 무서운 맹장이었다. 고명화와 고웅이 상대한 적군도 예외가 아니었다. 고명화는 누군가가 휘두른 칼에 허벅지를 베였고 고웅은 타고 있던 말을 잃었다. 이들은 앞을 막아선 적군 졸개 서넛을 사력을 다해 베고 나서 젖 먹던 힘까지 동원해 얼어붙은 강으로 달아났다.

무술년에 벌어진 칠중성 전투에서 고구려군은 대략 2천 군사를 잃고 무기 3천 점과 군마 1천 마리를 빼앗기는 수모와 참패를 당했다.

건무왕은 패하여 돌아온 장수들을 한동안 만나지 않다가 화가 어느 정도 가라앉고 나서야 이들을 모두 대궐로 불러들였다. 생각만 같으면 전군을 동원해 다시 신라를 치고 싶었지만 그렇게 하지 못한 이유는 요동에 쌓고 있던 장성 때문이었다. 왕은 패전의 책임을 물어 고유림의 관직을 삭탈하고 나머지 장수들은 집에서 근신하라는 명령을 내리는 선에서 일을 마무리 지었다.

그러나 사태는 여기서 끝나지 않았다. 고유림은 이 일로 마음의 병을 얻어 괴로워하다가 이듬해 봄, 도성 북쪽 영류산(대성산)으로 들어가 중이 되었다. 뒤에 왕은 이 소식을 듣고 별안간 내관에게,

"요즘 시윤은 어떻게 지내는지 은밀히 알아보고 오라."

하며 일렀다. 내관이 시윤의 이웃에 사람을 놓아 알아보니 하필이면 그 무렵에 시윤의 처가 죽어 시윤이 새로 장가를 든다고 잔치 준비가 한창이었다. 내관이 이 소식을 전하자 왕은 크게 노여워했다.

"본래 싸움을 망친 자는 시윤인데 그는 조금도 반성하거나 근신하는 빛이 없고 애꿎은 노장만 중이 되었으니 만일 이를 알고도 그대로 방치한다면 나라의 기강이 바로 서지 않을 것이다."

이어 서릿발 같은 왕명이 내렸다.

"시윤은 벼슬과 관직을 삭탈하여 북방 장성 축조에 3년간 노역을 시키고 그 형제들도 같은 벌에 처하라. 또한 고유림의 두 아들에게는 각기 의후사와 오졸 벼슬을 내려 그 아비의 충직하고 갸륵한 마음을 이어가도록 하라."

이 일로 고유림의 두 아들인 운(高雲)과 흥(高興)은 뜻밖의 출세를 하게 되었지만 시윤과 그 형제들은 뒤늦게 가혹한 처벌을 받게 되었다.

그러나 어찌 알았으랴. 이것이 곧 건무왕과 고구려 조정에 불어닥칠 거대한 피바람을 예고하는 전주(前奏)일 줄을.

알천이 한 자루 칼로 흔들리는 왕업을 반듯하게 세우고 개선하자 신라 여주 덕만은 친히 대궐 앞에까지 나가 개선군을 반갑게 맞아들이고 성대한 잔치를 베풀어 노고를 치하하였다. 여러 사람을 통해 알천의 신출귀몰한 무용담이 전해지면서 전날 가잠성 무공에 이어 또

다시 화제의 주인공이 된 알천은 일약 나라를 구한 영웅으로 부상했고, 태종(이사부)과 황종(거칠부)의 계보를 잇는 계림의 최고 장수로 확고한 자리를 잡게 되었다. 그를 대장군으로 삼을 때 더러 나이를 문제 삼아 반대하던 자들까지도 불세출의 명장이 났다며 침이 마르도록 찬사를 아끼지 않았다.

용춘이 죽고 나서 슬픔과 도탄에 빠져 있던 신라 조정과 백성들은 알천의 눈부신 활약에 힘입어 다시 활기를 되찾았고, 서현은 사직을 청하면서 자신이 맡고 있던 병부령 자리를 알천에게 양보하고자 표문을 올렸다. 그는 알천도 알천이지만 마흔이 넘은 유신의 벼슬길을 이제쯤은 열어주어야 할 때라고 판단했다.

여주가 글을 읽고 서현을 불러 몇 차례 만류하였지만 서현이 눈물을 흘리며,

"신의 나이 어느덧 일흔 하고도 다섯이옵니다. 한 세대가 흘러가면 다음 세대가 오는 것은 천연의 섭리요, 고목이 지나치게 오래 살면 주변 나무가 제대로 자라지 못함은 만고에 불변하는 이치올시다. 난정의 시기에 신은 죽은 용춘공과 약속하기를 여주께서 무사히 보위에 오르시는 것만 보기로 하였는데, 어느덧 때는 지나가고 맹약했던 벗마저 청산에 묻었으니 신이 지금 물러난다 한들 무슨 여한이 있으오리까. 대왕께서는 알천처럼 젊고 유능한 인재들을 발탁하여 새로운 세대를 열어가실 때입니다. 신과 같은 구세대 늙은이는 이제 남천과 황강의 물길처럼 순리대로 흘러가게 윤허하여주십시오. 사람의 세대도 강물과 마찬가지로 도도히 흐를 때가 아름다운 법입니다."

하고 간청하므로 하는 수 없이 사직을 허락하였다.

용춘이 죽은 뒤부터 서현은 매사에 별 의욕이 없는 듯했다. 주위

사람들의 눈에도 항상 짝을 잃은 기러기처럼 측은해 보였다.

그는 사직을 허락받고 집으로 돌아오자 유신과 흠순, 두 아들을 불러놓고 말했다.

"금관국 마지막 임금이셨던 할아버지 구해대왕께서는 내 아버지 무력 장군에게 계림과 가야의 사직이 둘이 아니라고 당부하셨다. 그로부터 많은 세월이 흘러갔으나 여전히 신라인과 가야인은 사직을 지탱하고 국가를 떠받치는 양대 기둥이다. 어느 하나라도 무너지면 사직과 나라가 망하는 건 필지의 일이다. 대개 신라인과 가야인을 나누어 말하는 자는 악신이고, 구분 없이 대하는 자는 충신이다. 나는 신라 왕실의 사람인 너희 어머니를 만나 평생을 서로 돕고 의지하며 만인으로부터 부러움을 받고 살았다. 그러니 너희 왼쪽 다리는 금관국의 것이지만 바른쪽 다리는 신라 것이 아니냐. 이제 내 세대는 끝이 났으나 유유히 흐르는 강물에 시작과 끝이 있을 리 없고, 앞 물과 뒤 물의 경계 또한 부질없는 나눔이다. 나는 젊어서부터 충신의 도리를 다하고자 했는데 기회가 오지 않음을 자주 한탄했다. 또한 시운이 불우하여 때를 만나지 못했다고 떠들고 다녔다. 그러나 일흔을 넘겨 생각해보니 기회와 때란 스스로 만드는 것이지 누가 대신 만들어주는 게 아니다. 이 이치를 젊었을 때 깨달았더라면 얼마나 많은 일을 이루었겠느냐!"

서현은 자신이 일생을 통해 느낀 점을 솔직하게 털어놓았다. 그런 다음 그윽한 눈길로 아들 둘을 바라보며 이렇게 말했다.

"늙은 아비가 벼슬살이에서 물러나 집으로 돌아왔으니 사사로운 일은 모두 내게 맡기고 너희는 크고 넓은 세상으로 나가라. 오늘 이후로 천하는 너희 것이다. 사직이 흥하고 망하는 것도, 전장에서 이

기고 지는 것도, 하물며 구름이 일고 새가 날아가는 것까지 일체가
다 너희 일이다."

의
자
왕

의자는 하는 수 없이 내관과

외관의 벼슬을 일제히 정리하면서

흥수와 의직 사택지적을 불러

좌평을 맡기고 당에 사람을 보내어

성충을 불러들이는 한편 노장과

죽친의 아들 가운데 아버지를

이을 만한 사람을 골라 큰 허물이

없는 한 선대의 벼슬을 고스란히

잇도록 하니 이로써 백제는 명실상부

의자왕 시대로 접어들게 되었다.

젊은 군주 이세민이 보위에 오른 뒤로 당나라 국세는 한 해가 달리 크게 번창해갔다.

이세민은 문무를 겸전한 용감하면서도 영특한 군주였다. 그는 천하를 평정한 후, 양광의 실패와 수나라 멸망을 거울 삼아 스스로 절제하고 자만함을 경계하면서 수많은 인재를 발굴, 육성하여 가히 '정관의 치세(貞觀之治 : '정관'은 당태종 이세민의 연호)'라 불리는 대륙의 황금기를 구가하기에 이르렀다. 안으로는 수족 같은 방현령(房玄齡)과 두여회(杜如晦)에게 정무를 총괄하게 하고, 형 건성의 심복이었던 위징(魏徵)을 간의대부*로 발탁해 내정을 풍요롭게 끌고 갔으며, 밖으로는 당대 명장 이정(李靖)과 이적(李勣), 군사참모 울지경

---

* 간의대부(諫議大夫) : 군주의 허물을 간하고 정사에 대한 견해를 기탄없이 말하는 관직.

덕(蔚遲敬德) 등의 보필에 힘입어 광활한 영토 확장을 꾀했다.*

또한 유불선(儒佛仙) 삼교의 철학을 치세에 적절히 이용하여 삼교정립(三敎鼎立)의 풍토를 이루었고, 이를 통한 문치(文治)에도 힘썼다. 그 가운데 특히 유가(儒家)의 민본사상에 기초를 둔 예악(禮樂), 인의(仁義), 충서(忠恕), 중용지도(中庸之道)가 충분히 실천, 발휘되는 밝은 정사를 강조하였다. 스스로가 공자에 대한 남다른 존경심을 지니면서 유학을 숭상하였을 뿐 아니라, 유학자들이 마음 놓고 학문에 몰두할 수 있도록 여건을 개선하려고 노력했다. 그는 아직 황제에 등극하기 전, 진왕으로 있을 때부터 이미 문학관(文學館)을 세워 18학사를 두고 두여회를 그 수장으로 삼기도 했다.

황제가 된 직후 정관 초기에 다시 문학관을 부활시켜 유학하는 선비들을 널리 모집하고 경전과 역사를 연구하도록 장려했다. 여기서 한걸음 더 나아가 홍문관(弘文館)을 설치하고 장안의 국학(國學)에는 학사(學舍)를 증설하여 팔방의 인재들을 널리 모집하기에 이르렀다.

정관 14년인 경자년(640년), 당나라 병부상서 후군집(侯君集)은 토번(吐蕃) 북쪽의 고창국(高昌國)을 토벌했다. 고창국 임금인 국문태(麴文泰)는 천하무적의 당나라 군대가 가까운 곳에 이르렀다는 소식만 듣고도 두려워하다 병이 나서 죽었는데, 후군집이 말하기를,

"장례 의식을 습격한다면 쉽게 이길 수는 있을지언정 이는 천자의 군대가 할 일이 아니다."

하고 장례가 끝나기를 기다렸다가 진군한 덕분에 적을 치고 천하의

---

* 태종대의 당나라 군대는 북방 돌궐에서부터 남방 북부 베트남까지 국토를 넓혔고, 중앙아시아 대부분의 지역을 장악해 군현을 설치했으며, 파미르 고원 서쪽 지역에까지 영향력을 확대시켰다.

인심까지 얻었다.

이세민이 등극한 이후로 이런 일들은 헤아릴 수 없이 많았고, 날로 번창해지는 당의 국력과 위세는 가히 세상을 경도시키는 바가 있었다.

사정이 이와 같으니 사방에서 인국과 번국들이 다투어 조공사를 파견했다. 이세민은 그런 위세를 등에 업고 문호를 활짝 개방하여 수도 장안을 천하의 중심이자 생동과 활력이 넘치는 사해 문물의 교역장으로 만들어갔다.

고창국을 토벌하던 바로 그해, 그는 황제의 특명으로 국자감(國子監)의 학사 1천2백 칸을 증축했다. 국자감이란 당나라 최고 학부인 국학으로, 국자학, 대학, 사문학(四門學) 등의 유학을 비롯해 율학(律學), 서학(書學), 산학(算學)을 가르치고 공부하는 곳이며, 경학(經學)은 대경, 중경, 소경으로 나누어 가르쳤다. 아울러 이름난 명유(名儒)를 학관(學官)으로 삼아 국학에서 학문을 강론하게 하고, 학생으로서 한 가지의 대경(大經:《예기》,《춘추좌씨전》) 이상을 통달한 사람은 누구나 관리에 등용하도록 새 법을 마련했다. 그러자 사방에서 학자들이 구름처럼 장안으로 모여들어 증축한 학사의 정원인 3천2백60명이 모두 찼다.

고구려에서는 경자년 2월에 세자 고환권(高桓權)을 당에 입조시켜 조공하고 왕가의 자제(子弟)를 국학에 입학시켜달라고 청했고, 백제 장왕도 같은 달에 자제를 당에 파견해 국학 입학을 요청했다. 신라에서는 그보다 조금 뒤인 5월에 역시 같은 부탁을 했다.

백제왕 부여장은 당나라가 나날이 크게 번창한다는 소문을 듣고 하루는 개보를 불러 이렇게 물었다.

"그대가 보기에는 어떠한가? 나는 솔직히 당이 일천한 시기에 저토록 크게 성할 줄은 꿈에도 몰랐다. 이세민은 대궐의 현무문(玄武門)에서 형과 아우를 쳐죽이고 아비를 압박하여 임금이 된 자라 수나라 양광이나 진배없을 줄 알았더니 그렇게 만만히 볼 인물이 아닌 모양이구나?"

그러자 개보가 대답했다.

"근자 당나라 국세가 욱일승천하는 건 사실이옵고, 당주 또한 당당하고 지혜로운 인물이어서 수나라 양광과는 격이 다릅니다. 오죽하면 고구려 임금 건무가 당을 두려워한 나머지 나라 전역의 장정들을 동원해 요하에 1천 리나 되는 장성을 쌓고, 당나라 관리인 장손사가 요하의 경관을 마음대로 헐어도 항의 한마디 하지 못하겠나이까? 신이 짐작건대 특별한 이변이 없는 한 당이 조만간 고구려를 치려고 군사를 일으킬 것은 필지의 일입니다."

개보는 자신의 소견을 밝힌 다음 이렇게 덧붙였다.

"그러나 당주 이세민이나 당나라 속사정을 자세히 알아보시려면 성충이나 사택지적을 부르옵소서. 그 두 사람은 당에 오랫동안 유학한 이들로 특히 성충은 지금의 당주와 깊은 교분이 있다고 들었습니다."

이에 장왕은 태자궁으로부터 성충과 사택지적을 불렀다.

"그대들은 당의 창성함이 어디까지 갈 거라고 보는가?"

임금의 질문에 먼저 연장자인 사택지적이 대답했다.

"당은 이제 막 시작한 나라이옵고 그 기세는 가히 하늘을 놀라게 하고 땅을 뒤흔들 만합니다. 유사 이래 천지간에는 헤아릴 수 없이 무수한 나라가 명멸했고, 개중에 더러는 불길처럼 일어났다가도 수년 만에 쇠락의 길로 접어드는 예도 없지 않았으나, 대개 이런 경우는 민심을 거슬렀거나 개국 초에 법강과 풍기를 바로잡지 못한 공통

점들이 있었나이다. 또한 몇몇 세력이 제휴하여 나라를 세운 경우엔 건국 후에 알력을 견디지 못해 자멸하기도 했습니다. 그런데 당은 나라를 세운 직후 곧바로 민심을 수습했고, 제도와 법률을 손질해 국기를 튼튼히 다졌으며, 이 모든 일을 앞장서서 주도한 이가 곧 지금의 당주 이세민입니다. 따라서 그가 현무문에서 형과 아우를 살해하고 스물아홉의 나이로 보위에 오른 일은 정변이나 하극상이 아니라 실은 난신을 토벌한 셈이며, 주인이 남에게 도둑맞을 뻔한 물건을 스스로 되찾은 것입니다. 어찌 철부지 양광 따위와 비교하오리까. 당의 창성함이 과연 어디까지 갈지를 점치는 일은 어렵지만 당이 쇠할 이유는 하나도 없습니다. 신이 보기에 당은 한동안 크게 번성할 것입니다."

장왕은 사택지적의 말이 끝나자 성충을 바라보았다.

"그대가 당주와 특별한 교분이 있다고 들었다. 이세민의 됨됨이와 그의 신하들에 대해 아는 만큼 말해보라."

성충은 허리를 굽혀 공손히 예를 표한 뒤에 입을 열었다.

"이세민은 자질이 명철하고 스스로 만군을 대적할 만큼 용맹스러우며, 학문을 숭상하고 백성을 애호하여 여러모로 빈틈없는 명군 성주의 자질을 갖춘 인물입니다. 그는 인재를 알아보는 비범한 눈을 가졌고, 인품에 덕이 있어 주변에는 늘 구름처럼 영웅호걸이 모여들 뿐 아니라, 한때 자신을 배척하고 반대하던 자들까지도 지금은 모두 그의 수족이 되어 충성을 아끼지 않습니다. 그에게는 목숨을 바쳐 섬기는 수많은 현사와 달재, 양신과 명장들이 있으나 특히 손꼽을 만한 자로는 흔히 8신(八臣)으로 불리는 방현령, 두여회, 위징, 이정, 왕규, 우세남, 이적, 마주 이렇게 여덟 사람을 들 수 있습니다."

성충은 당조 중신들의 이름을 일일이 거명한 뒤 그들에 대해 약간의 설명을 덧붙였다.

"8신 가운데 거록 사람 위징과 기현 사람 왕규(王珪)는 본래 이세민의 형인 건성의 심복들이었습니다. 고아인 위징이나 왕규는 제나라 명재상 관중에 비유할 인물로, 건성과 당주가 서로 헐뜯으며 보위를 탐할 때 언제나 건성의 편에서 적절한 계획을 만들어 당주를 궁지에 빠뜨렸던 사람들입니다. 당주가 형을 죽인 뒤에 위징을 불러 질책하자 위징은 조금도 굽히지 않고 오히려 건성이 자신의 말을 들었다면 틀림없이 재앙을 피했을 거라고 주장하니 당주는 그의 일관된 태도에 경의를 표하고 곧 중신으로 발탁했고, 위징 또한 자기를 진심으로 알아주는 군주를 만났다며 기뻐하고 이후 지금까지 전력을 다해 보필하고 있습니다. 위징과 왕규는 능히 일국을 다스릴 만한 재능이 있고 성품 또한 강직하여 누구에게도 굽히지 않으니 당주는 그들 두 사람을 간의대부(諫議大夫)로 삼아 자신의 실덕과 허물을 서슴없이 간언토록 하였는데, 무려 3백 가지의 귀에 쓴 말을 해도 화를 내기는커녕 오히려 칭찬을 아끼지 않았습니다. 위징이나 왕규가 당주에게 지은 죄는 제나라 관중이 환공에게 저지른 죄보다 더 컸지만 그들 두 사람에 대한 당주의 신임과 은전은 환공이 관중에게 베푼 것을 훨씬 뛰어넘습니다."

장왕은 진지한 태도로 성충의 말을 경청했다.

"방현령과 두여회는 창업을 보좌하고 당주와 처음부터 운명을 같이했던 사람들로 한때는 황태자 건성에게 밉보여 귀양살이까지 한 일이 있습니다. 보위에 오른 뒤로 당주는 대부분의 국사를 이들 두 재상에게 맡겨 조정 기구의 규모와 법령, 제도와 문물에 이르기까지 어느 하나도 상의하지 않는 게 없으므로 세간에서는 이들을 방두(房

杜)라고 묶어 마치 한 사람처럼 부르기도 합니다. 또한 섬서성 사람 이정과 조주 출신 이적은 모두 충직한 장수들로 당주는 매양 이 둘을 고대의 한신(韓信 : 초왕)과 백기(白起 : 전국시대 秦나라의 명장. 일명 공손 기)에 비유한다고 들었습니다. 이들은 건국 초에 당주를 도와 칭제건 원하는 반역의 무리를 차례로 토벌하였고 정관 초에는 북방의 돌궐 을 평정하였는데, 이정의 병법과 용병은 손빈에 필적하고, 이적의 용 맹함은 전한의 명장 곽거병을 능가한다는 게 세간의 정평입니다. 이 들 외에도 왕규는 사람을 보는 눈이 매섭고 정확하며, 우세남과 마주 는 두뇌가 명석하고 식견이 높아 하나같이 천하의 일을 맡길 만한 기 재들입니다. 이런 사람들이 당주의 곁에 있는 한 당나라의 위세는 당 분간 계속될 게 틀림없습니다."

성충의 설명이 끝나자 왕은 크게 고개를 끄덕였다.

"알았으니 그만 물러들 가라."

왕은 두 사람을 물리치고 혼자 깊은 생각에 잠겼다.

그가 보위에 올랐을 때는 수나라가 막 건국하여 사방을 아우르며 한창 맹위를 떨치던 무렵이었고, 이후 그는 수나라 역대 임금들과 돈 독한 친분관계를 유지하며 정성을 다하고 심혈을 기울여 삼한의 어 느 나라보다 강력한 선린정책을 구사하였다. 그 결과 마침내 수로 하 여금 군사를 일으켜 고구려를 치도록 하는 데는 성공을 했지만 고구 려가 승리하여 수나라를 멸망의 길로 몰아넣은 결과는 전혀 뜻밖의 것이었다. 향도(嚮導 : 길잡이)를 자청하면서까지 수나라와의 관계에 정열을 쏟아온 장왕으로서는 엄청난 충격이 아닐 수 없었다. 먼 곳의 수를 움직여 고구려를 치고, 수나라가 북방 패권을 확보하면 협공으 로 신라를 정벌하려 했던 당초 계획은 어떤 쪽으로든 수정이 불가피했다.

수나라가 망한 뒤 장왕이 재빨리 남역 평정으로 돌아선 것은 외교의 공백기를 틈타 우선 신라부터 정벌하겠다는 발 빠른 정책 전환이었다. 아울러 그의 마음속에는 중국에 대한 근본적인 불신이 자리 잡기 시작했다. 남북조를 통일한 거대 강국 수나라가 그처럼 허망하게 무너지는 것을 본 장왕은 뒤늦게 고구려와 손잡고 신라를 치는 게 나았을 뻔했다고 크게 후회했다. 하지만 고구려와는 이미 수나라 향도를 자청하면서 생긴 감정의 골이 깊어서 단기간에 우호를 논할 형편이 아니었다. 수나라 멸망을 전후해 장왕의 외교는 혼란과 도탄에 빠진 셈이었다. 그러던 차에 수를 이어 당이 건국했고, 그 형세는 자신이 등극한 직후 수나라가 일어나던 형세와 판에 박은 듯 흡사했는데, 이미 한 번 실망한 그로선 좀처럼 당의 위세를 인정할 수 없었다. 뒷일을 알 수 없으니 비록 의례적으로 사신을 보내고 철마다 안부를 주고받으면서도 마음속으로는 언제 망할지 모른다는 느낌을 떨치지 못했던 것이다.

당에 대한 장왕의 불신이 극에 달한 것은 이세민이 형과 아우를 살해하고 아버지를 압박하여 보위에 오른 직후였다.

"참 신기하기도 하다! 어쩌면 저리도 수나라 전철을 고스란히 되밟는단 말이냐? 이세민이란 자는 흡사 양광의 분신과도 같구나!"

그는 당나라도 곧 망하리라 확신하여 한동안은 사신조차 파견하지 않았다. 장왕은 당주 이세민을 천하의 패륜아로 규정하여,

"대저 천륜을 짓밟은 자가 어떻게 만인을 다스릴 수 있으며, 그런 패자역손이 다스리는 나라가 어찌 유구할 수 있으리. 두고 보라. 당이란 나라는 곧 스스로 무너질 것이다!"

하며 장담하였고, 정해년(627년)에 그가 신라를 치려 했을 때 갓 보위에 오른 이세민이 부여헌의 아들인 복신을 통해 보낸 글을 읽고는,

"육친을 살해한 장안의 더벅머리 아이놈이 주제도 모르고 감히 뉘를 다스리고 훈계하려 하는가!"

하며 끓어오르는 분을 삭이지 못하였다.

하지만 일은 장왕의 예상대로 흐르지 않았다. 곧 망할 줄 알았던 당의 위세는 오히려 날로 번성하여 장안을 다녀오는 사람마다 입에 침이 말랐고, 천하의 패륜아 이세민의 명성은 하늘 높은 줄 모르고 치솟았다. 그리하여 급기야는 이세민을 욕했던 자신의 입에서,

"이럴 줄 알았으면 당주와 처음부터 잘 사귀어둘 걸 그랬구나."

하는 후회의 넋두리까지 나오게 되었다. 만일 이제라도 당나라 위세를 인정한다면, 그간 중국을 무시하고 외교에 적극적이지 못했던 장왕의 정책은 또 한 번 수정이 불가피한 국면이었다.

그는 여러 날을 심사숙고한 끝에 다소 시일이 걸리더라도 당에 적극적인 외교 공세를 펴서 수대(隋代)와 같은 우호와 친분관계를 구축해보기로 결심했다. 일견 자존심이 상하는 일이기도 했으나 장왕은 신하들을 편전에 불러모으고,

"장안의 더벅머리 아이놈에게 먼저 허리를 굽히는 게 흔쾌할 까닭이야 없지만 백제의 장래를 위해 과인이 못할 일이라곤 아무것도 없다."

하고서,

"고구려왕이 비록 상주국에 봉해졌다고는 해도 당과 고구려는 지경을 인접한 탓에 반드시 그 우호에 한계가 있고, 신라가 김춘추를 통해 맺은 선린은 다분히 사사로운 것이어서 그다지 신뢰할 게 못 된

다. 항차 당주는 신라에 여자 임금이 들어선 점을 탐탁잖게 여겨 김춘추의 간곡한 요청에도 불구하고 4년 동안이나 책봉사를 보내지 않았다. 어찌 이런 기회를 놓치겠는가! 소문에 당주는 영특, 용맹하고 야심이 있는 인물이라 하니 만일 과인이 그와 깊은 말을 나눌 수 있게 된다면 반드시 마음을 사로잡을 계책이 있다. 그러므로 비록 한발 늦기는 했어도 아주 때를 놓쳐버린 건 아니다."

하며 외교에 강한 자신감을 내비쳤다. 이어 그는 조카 부여복신을 조공사로 삼아 이세민에 대한 자신의 마음을 전하도록 하고 아울러 철갑(鐵甲)과 조부(雕斧 : 도끼)를 선물로 바쳤다.

그러자 이세민은 장왕의 속마음을 읽기라도 한 듯 복신을 후하게 대접하여 돌려보내면서 금포(錦袍)와 채백(彩帛) 3천 단을 주어 호의에 화답하였다.

이 일로 장왕은 크게 고무되었다. 그는 이듬해와 그 다음 해에도 계속해서 당에 금갑(金甲)과 조부를 바치며 자신의 각별한 마음을 전했고, 드디어는 복신을 아예 장안의 숙위 사절로 파견하기에 이르렀다.

장왕은 당주의 환심을 사려고 이 기간 동안에 신라와 싸우는 일도 가급적 자제했다. 왜냐하면 당주는 삼한의 어느 쪽에도 치우치지 않는 무편무당(無偏無黨)의 등거리 외교를 펴면서 기회 있을 때마다 삼국이 서로 통호하고 화목하게 지낼 것을 거듭 당부해오고 있었기 때문이다. 이는 말할 것도 없이 이세민이 자신의 권위를 삼한에 고루 세우기 위한 것이었지만 장왕은 이를 알면서도 당주의 뜻을 좇았다.

경자년(640년) 2월, 백제가 신라보다 석 달이나 앞서 당나라 국학에 왕가 자제를 입학시키게 된 이유도 대략 이런 배경에서 벌어진 일이었다.

그런데 장왕은 당과 관련한 조치들을 취하면서 사택지적이나 성충의 도움은 받지 않았다. 젊어서부터 함께 일해온 왕의 신하들은 모두 그 까닭을 알고 있었지만 태자인 의자는 부왕의 진의를 알지 못해,

"아바마마께서는 어찌하여 당주와 친분이 있는 성충을 당나라에 보내지 않으십니까?"

하고 물으니 왕이 도리어 의자를 보고,

"성충을 보내는 게 좋겠느냐?"

하며 반문한 뒤에,

"네가 성충과 잘 의논하여 그가 만일 숙위로 갈 마음이 있거든 내게 다시 말하라."

하였다. 의자가 태자궁에 돌아와 성충과 이 말을 하니 성충이 웃으며,

"대왕께서는 저를 태자마마의 신하로 여기시는 탓입니다."

하고서,

"이는 곧 태자께서 결정해야 할 일이옵니다."

하므로 의자가 비로소 그 아버지의 뜻을 알아차렸다.

"그대의 생각은 어떠하오?"

의자가 묻자 성충이 대답했다.

"이곳에 특별한 일이 없다면 장안에 가서 복신의 외교를 돕는 것도 과히 나쁘지는 않을 듯합니다."

"그럼 내가 아바마마의 윤허를 얻을 테니 그렇게 하오."

의자는 자신이 직접 결정을 내리고 부왕을 찾아가 허락을 얻었다.

성충이 의자의 곁을 떠나 당나라로 향한 때가 경자년 겨울인데, 장왕은 성충이 떠난 뒤부터 가끔 가까운 신하들을 보고,

"근자에 와서 부쩍 마음이 늙는 것 같구나. 세상 일도 뜻대로 되지

않고, 언제부턴가는 예측이나 직감도 적중하는 것보다 어긋나는 게 더 많다. 우소가 죽은 뒤로는 계책을 내기도 겁이 나는구나. 사람이 죽을 때가 가까우면 운이 먼저 간다더니 아마 내가 갈 때가 되었는지 모르겠다."

하는 소리를 곧잘 입에 담았다. 이에 그 말을 들은 신하들마다,

"당치 않습니다. 춘추와 기력이 아직 왕성하신데 어찌 그토록 불길한 말씀을 입에 담으십니까? 신은 간담이 서늘하고 오금이 저리옵니다."

하고 펄쩍 뛰었으나 왕은 고개를 저으며,

"아니야. 나는 할 일을 거진 했어. 당주도 젊고 태자도 젊으니 당나라와 관계를 보더라도 나보다는 연부역강(年富力强)한 사람들끼리 어울려 일하는 게 훨씬 낫지. 내 나이가 곧 일흔일세. 임금이 늙으면 나라도 늙는 게야. 신라의 예를 봐도 그렇지. 백정왕이 8, 90을 사니 나라 꼴이 그 모양이 되지 않던가? 당나라만 해도 이연이 물러나고 젊은 아들이 임금이 되니 위세가 저리 당당해졌다고들 하지 않아?"

신하들이 듣기에 여전히 불안한 소리를 내뱉곤 하였다. 그래도 나이가 드니 공연히 하는 소리로 여기는 축들이 많았는데, 하루는 신하들 가운데 천문을 잘 보는 이 하나가,

"근년에 이르러 패성(孛星 : 혜성)이 수시로 도성 서북방에 나타나곤 하는 것이 아마도 나라에 큰 흉사가 있을 조짐입니다."

하여 이 소리가 편전에까지 이르렀다. 왕이 그 말을 듣고는 황급히 의자를 불러 말하기를,

"내가 당부할 일은 크게 두 가지다. 첫째는 내정을 돌봄에 대성 8족의 세력을 항상 경계해야 한다. 임금의 권위가 위축되고서는 국가

가 결코 강성할 수 없음을 늘 명심하라. 둘째는 나라 밖의 일을 살핌에 당나라와 왜국을 횡으로 연결하여 천년 사직의 숙원인 고구려와 신라를 정벌하는 것이다. 당주 이세민은 야심이 있는 인물이므로 조만간 고구려를 향해 군사를 일으킬 게 명백한데, 그때까지 우호를 돈독히 해두었다가 만일 이런 계획을 잘 협의하고 조력한다면 신라는 반드시 우리가 공취할 수 있다. 나는 수나라 예를 너무 크게 생각하여 당의 앞날을 잘 예측하지 못하였으나 너는 나와 같은 실수를 범하지 말라. 그리고 내가 죽거든 나의 신하들은 모두 물러나게 하고 네 사람들로 조정을 일신하여 새로운 정사를 펴도록 하라."

하니 의자가 소스라치게 놀라며,

"아바마마, 어찌하여 갑자기 그와 같은 말씀을 하십니까?"

안색이 백변한 채로 눈에 눈물까지 글썽였다. 왕이 그런 의자에게,

"부디 사람을 잘 가려 써서 삼한을 하나로 아우르되 만일 여의치 않거든 내가 이루지 못한 남역평정만이라도 네 세대에선 반드시 이루도록 해라. 그래야 우리 백성들이 사람마다 천수를 누릴 수 있고, 대국 백제의 옛 영화도 재현할 수 있다."

하고는,

"너무 놀랄 것 없다. 내가 나이를 먹었으니 만일을 몰라 미리 해두는 말이야."

하며 우는 아들을 안심시켰다.

하지만 그로부터 불과 며칠 뒤, 장왕은 편전에서 정무를 살피고 나오다가 몸의 중심을 잃고 쓰러졌다. 내관들이 혼비백산하여 쓰러진 임금을 침전으로 옮기고 어의를 부르느라 수선을 피우니 왕이 그새 정신이 돌아와 말하기를,

"부산 떨지 마라. 내 병은 의원이 와서 고칠 병이 아니다."
하고서,

"때가 얼마 남지 않았으니 너희는 어서 국상 준비를 서둘러라."
하므로 퇴궐했던 신하들이 모조리 다시 입궐하였다.

조금 뒤에 연락을 받은 어의가 이마에 신짝을 붙이고 달려와 임금의 병을 살폈는데 왕이 진찰을 마친 어의를 보고,

"천하만물이 소생하느라 야단인데 올봄에는 나만 소생하지 못하는구나."
하니 어의가 침통한 낯으로 아무 대꾸도 못하였다.

어의가 나갈 적에 선화비와 의자가 따라 나가서 임금의 용태를 묻자,

"아뢰옵기 황송하오나 옥체의 어느 곳에서도 맥이 잡히지 않습니다. 신이 알기로 본래 저 정도가 되면 이미 생사의 경계를 넘었어야 하는데 숨도 쉬시고 항차 말씀까지 하시니 불가사의하기 이를 데 없나이다."
하고 답하였다. 어의가 벌써 죽은 사람으로 단정한 임금은 스스로 자신이 갈 때를 아는지 초저녁 내내 평화롭고 안온하기가 그지없었고, 급보를 접하고 외관에서 달려온 족친 장수들에게도 면담을 허락해 일일이 다 만나보았다.

왕은 3경에 접어들자 다른 사람은 모두 물리치고 오로지 선화비만을 가까이 불러 그 섬섬옥수를 가만히 붙잡았다.

"한날한시에 갔으면 좋으련만 천수가 다르니 유한이오. 내 먼저 가서 기다리고 있을 테니 뒷날 꼭 오시오. 와서 함께 마 농사나 지읍시다."

"어찌하여 하필이면 또 마 농사입니까? 일생을 듣고 산 그놈의 마동, 서동 소리가 지긋지긋하지도 않습니까?"

모든 것을 각오한 선화비가 자꾸만 솟아나는 눈물을 연신 손등으로 훔쳐대며 간신히 억지웃음을 짓고 물었더니 왕이 덩달아 힘없이 웃으며,

"임자가 마 농사를 싫어하면 또 음부의 나라 하나를 들어 다스리지?"

하고서,

"마 농사를 짓건 나라를 다스리건 내 곁에는 임자가 있어야 하오. 이승에서는 나를 따라와 고생이 많았으니 저승에 가거든 그 보답을 꼭 하리다."

하며 붙잡은 손을 꼭 쥐었다. 부여장은 그 말을 끝으로 말문을 닫았고, 이어 순식간에 가쁜 숨을 몰아쉬다가 그대로 돌아가시니 이때가 신축년(641년) 3월, 보위에 오른 지 42년 만의 일이었다.

국상이 나자 백제에 살던 사람들은 남녀노소 할 것 없이 거리로 달려나와 땅과 벽을 치고 울부짖었으며, 내외관의 신하들 가운데는 슬픔을 이기지 못해 통곡하다가 혼절까지 하는 이가 한둘이 아니었다. 조정에서는 돌아가신 왕의 시호를 무왕(武王)이라 하고 사비 근교의 볕 바른 양지에 능을 써서 모셨는데, 현군의 마지막 가는 길을 보고자 모여든 사람들로 도성은 무려 반년간이나 인산인해를 이루었다. 의자의 명을 받은 사신이 당나라에 가서 소복을 입고 글을 올려,

"외신(外臣) 부여장이 죽었습니다."

하고 고하니 당주 이세민은 현무문에 나와 애도식을 성대히 거행하고 조서를 보내어 말하기를,

"먼 곳의 사람들을 위무하는 도리는 임금이 총애하여 내리는 명(命)보다 나은 것이 없고, 죽은 이의 마지막을 장식하는 의리는 길이 멀다고 막혀 있는 것이 아닙니다. 고인이 된 주국대방군왕(柱國帶方郡王) 백제왕 부여장은 산을 넘고 바다를 건너 멀리서 정삭을 받들고 보배를 바치며 글월을 올려 안부를 묻는 것이 시종 한결같았는데, 이제 별안간 돌아가셨다고 하니 슬픔에 잠겨 깊은 애도를 표하는 바입니다. 이에 마땅히 보통의 예우에 더하여 슬픈 영전을 표하고 광록대부(光祿大夫)의 벼슬을 추증합니다."

하고는 장례에 쓸 부의를 후하게 챙겨주었다.

부여장의 장례가 끝나고 태자 의자가 뒤를 이어 즉위하자 이세민은 사부낭중(祠部郎中) 정문표(鄭文表)를 책봉사로 보내 곧바로 선왕의 봉작을 이어받도록 하였다. 비록 관례와 형식에 불과한 것이었지만 신라 여주를 4년간이나 인정하지 않았던 데 비하면 지극히 발 빠른 행보였다. 의자왕은 그해 8월, 사신을 당에 보내어 글로써 감사의 뜻을 표하고 겸하여 약간의 방물을 바쳤다.

그런데 당나라 책봉사가 다녀간 직후 하루는 상좌평 개보가 여러 중신들을 이끌고 입궐하여 말하기를,

"신들은 선대왕의 두터운 총애를 입은 덕에 비록 견양지질이나마 오랜 세월 나라의 녹을 받았는데, 이제는 선대왕께서 계시지 않고 신들도 모두 나이를 먹었으므로 이만 사직을 청하오니 윤허하여 주시옵소서."

하고 간청하였다. 이때 개보를 따라 함께 사직을 청한 이가 여섯 좌평과 달솔 벼슬의 족친 장수들, 그리고 노장 연문진(燕文進) 등이었

다. 의자가 깜짝 놀라며,

"당치 않소. 선왕께서 아끼시던 중신들을 내 어찌 물러나게 할 수 있으며, 본래 충신은 대를 이어 섬기는 것이 만대를 흘러온 법도가 아니오? 나는 이제 보위에 올라 군국 사무를 빈틈없이 관장하기에 여러모로 부족하고 모르는 것도 너무 많소. 지금 물러난다면 과인에 대한 불충이오."

하고 극구 만류하였지만 노신들은 한결같이 뜻을 굽히지 않았다.

"선대왕께서 늙은 우리를 끝까지 버리지 아니하신 까닭은 바로 오늘과 같은 날에 폐하로 하여금 조정을 일신하여 새로운 정사를 펴게 하기 위함이었나이다. 제아무리 깨끗한 물도 너무 오래 한자리에 두면 썩어서 고기가 살지 못하는 법이온데 하물며 사람의 일이겠나이까? 선대왕께서도 춘추 아직 젊으실 적에 보위에 올라 연소몰각한 신들의 보좌로 오늘날 이만한 성취를 이루었나이다. 만일 정사를 돌보시다가 의심나는 일이 있어 저희를 찾으신다면 하시라도 촌각을 다투어 달려올 테니 폐하께서는 부디 안심하시고 사직을 윤허합소서."

의자는 그 뒤로도 여러 차례 더 만류하였지만 노신들의 마음을 끝내 돌이킬 수 없음을 알고는,

"하면 과인이 자주 부를 것이오. 부를 때마다 지체 없이 달려와 과인의 앞날을 밝혀주시오."

하니 노신들이 약속이나 한 듯 한꺼번에 머리를 조아리며,

"여부가 있겠나이까. 실로 성은이 망극하여이다!"

하고 목소리를 높였다.

의자는 하는 수 없이 내관과 외관의 벼슬을 일제히 정리하면서 흥수와 의직, 사택지적을 불러 좌평을 맡기고 당에 사람을 보내어 성충

을 불러들이는 한편, 노장과 족친의 아들 가운데 아버지를 이을 만한 사람을 골라 큰 허물이 없는 한 선대의 벼슬을 고스란히 잇도록 하니 이로써 백제는 명실상부 의자왕 시대로 접어들게 되었다.

　신왕 의자는 선대왕의 유지를 받들어 안으로는 8족 세력의 지나친 발호를 경계하고 밖으로는 당나라와 관계를 돈독히 하는 일에 심혈을 기울였다. 그리하여 임인년(642년) 정월에 그는 또다시 당에 조공사를 파견하였다.

연개소문

"장군께서는 어찌하여 아이들에게
헛걸음을 시킵니까." "대허가 보기에도
헛걸음 같소?" "다시 오면 헛걸음 아닙니까?
하물며 지금 요동에서 이세민을 상대할
인물은 개소문밖에 없다고 장군께서
늘 말씀하시지 않으셨는지요." "개소문은
얼마 안 있어 곧 다시 올 것입니다.
쉽게 얻은 것은 소홀히 여기게 마련입니다.
중한 것일수록 어렵게 얻어야지요.
헛걸음인 줄 알면서도 다시 보낸 이유는
그 때문이올시다."

당주 이세민이 장안에 설립한 국자감은 당대 최고의 배움터였다. 그곳에서 학문을 배우려는 사람들이 산지사방에서 구름같이 당의 수도로 모여들었다. 백제와 신라, 고창과 토번 등 주변국에서도 왕가의 자제를 장안에 입조시켜 국자감에 입학하기를 청하였는데, 이는 반드시 학문을 배우겠다는 뜻보다 각국의 왕실 자제를 당나라에 볼모로 보냄으로써 당조의 뜻을 거스르지 않겠다는 일종의 충성 서약과도 같은 성격이 짙었다.

　이런 조류에 제일 먼저 앞장선 사람은 어이없게도 고구려왕 건무였다. 그는 경자년(640년) 2월, 삼국 가운데 제일 먼저 자신의 장자인 태자 환권(高桓權)을 당나라에 파견해 조공하고 국자감에 입학시켜 줄 것을 청하였다. 당주는 크게 기뻐하며 환권을 친히 만나 위로하고 특별한 물건들을 후하게 주며 환대했다.

이듬해 이세민은 고구려 태자가 입조한 데 따른 보답으로 직방랑중(職方郎中) 진대덕(陳大德)을 고구려로 파견했다.

직방랑중이란 성곽과 해자, 진지의 형태와 봉수(烽燧) 따위를 조사하고 방국(邦國)의 원근(遠近)을 변별하며 외지에 흩어진 중국인 후손들의 귀화 업무를 도맡아 처리하던 관리였다. 따라서 직방랑중의 파견은 실은 답례를 가장한 염탐이요, 고구려를 치기 위한 사전 답사인 셈이었다.

진대덕 일행은 수십 대의 수레에 질 좋은 비단을 잔뜩 나눠 싣고 이르는 성읍마다 관리들에게 비단을 후하게 주면서,

"우리는 아름다운 경치와 빼어난 산수를 좋아합니다. 혹시 구경할 만한 곳이 있으면 인도하여주십시오."

하고 청하니 아무것도 모르는 성읍의 관리들은 기꺼이 그를 데리고 다니며 관내의 모든 곳을 보여주었다. 이들은 당에서 요하와 압록강을 거쳐 평양의 장안성에 이르는 요지 곳곳을 돌아다니며 수나라 말에 양광의 대군으로 종군했다가 고구려에 잡혀 있는 중국 사람을 만나면 친족의 생사를 묻고 자신들이 아는 사실들을 들려주며 손을 붙잡고 눈물을 흘리니 이르는 곳마다 구경하려는 사람들이 길가에 장사진을 이루었다. 이를 통해 진대덕 일행은 고구려의 허실을 샅샅이 염탐하였지만 고구려 조정에서 이를 알아차린 사람은 아무도 없었다. 건무왕은 호위병을 성대하게 늘여 세우고 진대덕 일행을 반갑게 맞이했다.

고구려 조정의 극진한 환대를 받고 돌아간 진대덕은 귀환하자마자 이세민을 만났다.

"노고가 많았다. 그래 의심은 사지 않았던가?"

"의심이 다 무엇입니까? 고구려에서는 고창국(高昌國)이 멸망한 사실을 소문으로 듣고 크게 두려워하여 우리를 대하는 태도가 여느 때보다 오히려 살갑고 후하였나이다."

진대덕으로부터 고구려의 사정을 낱낱이 전해 들은 이세민은 크게 기뻐했다. 그는 전날 건무왕한테서 받은 봉역도(封域圖 : 고구려 지도) 와 진대덕이 파악한 지형 지세를 비교해가며 자세한 부분까지 일일이 기록한 뒤 매우 흡족한 얼굴로 다음과 같이 말했다.

"고구려는 본래 한사군(漢四郡)의 땅이다. 내가 수만의 군사를 일으켜 요동을 치면 저들은 반드시 모든 국력을 기울여 저항할 텐데 이때 동래(東萊 : 산동반도)에서 따로 수군(水軍)을 내어 평양에서 수륙군이 합세한다면 별로 어렵잖게 평양을 취할 수 있을 것이다."

그러나 이세민은 잠깐 사이를 두었다가 크게 한숨을 쉬었다.

"다만 산동의 주현(州縣)이 피폐하여 아직 회복하지 못했으므로 그들을 수고롭게 하기가 마음에 걸릴 뿐이다."

고창국을 얻은 뒤 다음 정벌지로 요동을 치려는 이세민의 야심이 차츰 구체화되고 있을 무렵, 고구려에서는 서부 욕살 연태조가 고령으로 죽었다.

연태조는 건무왕 재위 기간 내내 임금과 사이가 좋지 않았다. 5부 욕살들의 수장으로 막리지를 지낸 연태조는 당에 대해 줄곧 강경한 외교를 주장했다. 신장 을지문덕이 양광(楊廣 : 수양제)의 1백만 대군을 물리침으로써 중국이 망하였는데, 건무왕이 20년 동안 그 승부를 뒤바꾸어놓았다는 게 연태조의 주장이었다. 그도 그럴 것이 당은 건국 초기에만 해도 고구려를 크게 두려워하여 매사를 조심했으나 건무왕의 저자세 외교 탓에 날이 갈수록 상국 행세를 하려고만 들었다. 이것이 연태조를 수장으로 한 강경파 신하들의 불만이었다.

신묘년(631년)에 광주사마 장손사 사건이 일어났을 때 연태조는 노구를 이끌고 직접 입궐해 눈물을 뿌려가며 왕을 설득했다. 그러나 왕은 오히려 충정으로 읍간하는 노신에게 호통을 치고 꾸짖으며 말하기를,

"곰곰이 생각해보니 장손사가 경관을 헐어버린 일은 당주의 의사와는 무관한 것이다. 신하가 저지른 잘못이 어찌 반드시 그 주군의 뜻이라고만 하겠는가? 그대와 나를 보더라도 알 수 있는 일이 아닌가?"

하고는 물리쳤고, 백성을 동원해 천리성을 쌓을 때도 연태조가,

"폐하, 그것은 하책 중의 하책이올시다. 노역에 동원될 백성들의 노고를 떠올리면 신은 밤에 잠이 오지 않습니다. 군사를 기르고 무기와 물자를 준비하면 될 일을 어찌하여 수십 년씩 백성들의 피고름을 짜서 스스로 속을 곪게 만드시나이까? 이는 자멸의 방책이오니 부디 통촉해주사이다."

하고 반대하자 듣기 싫다며 궐 옥에 며칠간 가두기까지 했다. 그렇게 시작된 장성 공역이 10년 이상 계속되자 백성들 간에는 조정에 대한 불만과 불신이 과거 어느 때보다 높았다. 수나라를 상대로 전서(戰書)에 길이 남을 혁혁한 무공을 세운 천하무적 고구려가 이젠 신라 장군 알천 한 사람에게 초주검을 당하고 개처럼 쫓겨와도 속수무책이었으니, 뜻 있는 사람들이 가슴을 치고 분통을 터뜨리는 것은 당연한 일이었다.

천리장성 축조가 10여 년째 계속되면서 고구려의 민심은 왕으로부터 완전히 돌아섰다. 고구려왕 건무는 인격이 야비하고 변덕이 심했

으며 심지가 약한 사람이었다. 젊어서는 한때 좌장군으로 복무하며 말 위에서 제법 이름을 떨치기도 했으나, 나이가 들수록 싸움을 싫어하고 변화를 두려워했다. 수나라 말엽에도 그는 영양왕의 위엄과 을지문덕의 패기에 내둘려 창칼을 들고 싸우긴 했지만 속으로는 양광의 대군을 무섭게 여기는 마음이 컸다. 그런 수나라를 단번에 제압하고 들어선 당조가 거대한 대륙을 달구며 찬란한 문물을 꽃피우고 파죽지세로 주변국을 아우르자 맞서려는 생각 따위는 진작 포기한 채 어떻게든 복종하여 섬기려는 마음을 갖고 있었다.

그는 측근이나 조정 대신들에게는 누구보다 무서운 강군이었지만 대외적인 일을 처리함에는 비굴할 정도로 유약한 임금이었다. 정사를 폄에 백성을 애호하는 마음이 없었으며, 뜻이 늘 일신의 안락함과 호의호식에 있었고, 누가 자신을 해칠지도 모른다는 이상한 생각을 항상 가슴에 품고 지냈다. 또한 계책을 내면 술수와 지략을 구분하지 못했고, 일의 순리와 역리를 몰랐으며, 신하를 부림에 간신과 충신의 차이를 알지 못했다. 군사를 낼 때도 스스로 무슨 방책이 없고 단지 지고 돌아오면 불같이 역정을 내며 엄벌로만 다스렸다. 얕은꾀를 탁견으로 여기는 일도 허다하고, 한번 뱉은 말은 아무리 잘못된 것이라도 고치지 않았으며, 충언은 귀에 거슬려 싫어하고 앞에서 발발거리기 좋아하는 자만 편애하니 비록 대궐은 조용했지만 궐 밖이 날로 소란스러워졌다.

그는 입만 열면 당나라를 별게 아닌 것처럼 말하면서도 언제나 외신(外臣)의 예를 충실히 수행하였다. 장손사가 경관을 함부로 헐어버린 사건이 났을 때만 해도 임금은 자신의 신하들에게는 머리털이 곤두설 만큼 화를 냈지만 정작 당에는 항의 한번 하지 못했고, 오히려 당나라 사신이 왔을 때는 더욱 후한 대접을 하는 이해하지 못할 면모를 보이곤 했다.

바로 어제까지 온갖 험한 말을 동원해 당조를 욕하던 왕이 갑자기 태도를 바꾸어 공손하고 너그러워지는 모습을 지켜볼 때면 임금의 총애를 받던 신하들조차 착잡한 기분에 사로잡히곤 했다. 이런 비굴함과 용렬함을 임금은 스스로 만국을 거느릴 덕치(德治)의 관대함으로 착각하는 눈치였다.

"천하는 창칼로써 다스리는 게 아니다. 언젠가는 철없는 젊은 당주도 과인의 너그러움에 감복하여 스스로 숙이고 들 때가 있을 것이다."

임금은 당나라 사신을 후히 접대하며 늘 그렇게 주장했다.

천리장성 축조만 해도 그랬다. 기왕 당의 침략을 경계할 양이면 요동 9성*의 성곽이나 손보고 안으로 군사를 키우며 군량과 무기를 차근차근 준비하면 될 일을, 자신은 온갖 진귀한 방물을 해마다 당에 갖다 바치면서 전국에 노역 동원령을 내려 애꿎은 백성들만 몇 년씩 들볶아대니 죽어나는 건 제 나라 백성뿐이었다. 아무리 어리석은 군주라도 제 백성을 잘살게 하려는 마음은 있는 법인데 건무는 오히려 해가 갈수록 백성을 괴롭히는 군주가 되어갔다. 그는 고구려 임금이 아니라 그야말로 당의 외신에 불과했다. 요동 7백 년 역사에 최악의 군주가 아닐 수 없었다.

안이 썩어들어가는데 밖이 순탄할 리 있으랴.

수나라 말엽만 해도 고구려에 복종했던 동돌궐은 시필(始畢)의 뒤

---

* 개모성·현도성·신성·요동성·백암성·안시성·비사성·오골성의 요동 8성에 건안성을 보태어 9성이 되었다. 건안성의 축조 연대는 밝혀지지 않았으나 고구려는 영류왕 말년에 천리장성을 쌓으면서 요동 전역의 성곽들을 대대적으로 정비한 것으로 추정된다.

를 이어 가한(可汗 : 칸)에 즉위한 힐리(頡利)가 당에 맞서 싸우다가 사로잡히자 당의 번국이 되고 말았다. 일이 그쯤 되면 군사를 내어 동돌궐을 돕고 팽창하는 당의 세력을 견제해야 마땅했지만 건무는 거꾸로 사신을 당에 파견해 당주를 치하하고 자진하여 봉역도까지 바쳤다. 사정이 이러니 예로부터 고구려를 따르던 거란과 말갈까지 태도를 바꾸어 당을 섬기려 들었고, 고구려에 대해서는 만만하고 우습게 여기는 기색이 역력했다. 스스로 동방의 맹주 자리를 포기한 당연한 대가였다.

한데 그것도 모자랐는지 왕은 자진해서 태자를 인질로 삼아 국자감에 입학시키고 아울러 또다시 조공사를 파견하자 궐 밖에서는 세 사람만 모이면 임금을 욕하고 조정을 비난하는 소리가 드높았다. 그런 민심을 입증이라도 하듯, 그해 9월 갑자기 해가 사라져 천지가 암흑으로 돌변하더니 사흘이 지나서야 다시 밝아졌다.

"대체 이게 무슨 조화란 말인가?"

임금은 편전에서 신하들을 불러모으고 물었다. 그러자 책사 사본(司本)이 입을 열었다.

"해가 빛을 잃음은 유사에 더러 있어온 일로 천지의 조화일 뿐 시속과는 무관합니다만 무지한 백성들이 이를 제대로 알지 못하고 동요하는 게 골칫거립니다."

"민심을 달랠 방법은 없는가?"

그러자 사본은 꼭 한 가지가 있다면서 이렇게 말했다.

"마침 동부 욕살이 맡고 있던 막리지의 임기가 다하였으니 서부대인 연태조를 조정으로 불러들이는 게 어떻겠나이까?"

"연태조를?"

임금은 연태조라는 말에 당장 상을 찡그리고 반문했다. 이때 막리지를 비롯한 고구려 요직은 20여 년째 건무왕의 남진파 신하들이 임기를 돌아가면서 독점하고 있었다. 중장년에 중신이 된 자들은 하나같이 머리가 허옇게 변했으나 천수를 다해 죽지 않으면 물러나는 법이 없었고, 사람이 바뀌지 않으니 정사나 정책이 바뀔 까닭도 없었다. 그들은 서로가 서로를 추켜세우는 방법으로 철통같은 유대를 과시하면서 장구한 세월에 걸쳐 권세를 유지하고 국정을 주도했다. 고금의 역사가 어찌 다를 것인가. 오래 한곳에 고인 웅덩이의 물이 썩지 않기란 사람이 늙지 않고 죽은 나무에 잎이 무성하기를 바라는 일과 다를 바가 없었다.

"그러하옵니다."

"그대는 연태조가 어떤 인물인지 모르는가? 나는 그 늙은이만 보면 밥맛도 달아나."

"하오나 폐하, 민심이 지금과 같은 때는 5부의 결속이 무엇보다 중요합니다. 연태조는 5부에서 골고루 신망이 두터우므로 오히려 폐하께서 그를 불러 중책을 맡기시면 지금 어수선한 민심을 제법 다스릴 수 있을 것입니다."

"적을 품에 안으라는 얘긴가?"

"그러하옵니다."

"그럼 그 귀신 같은 늙은이를 과인이 조석으로 눈에 담아야 한단 말인가?"

그러자 사본이 웃으며 말했다.

"연태조는 이미 나이 아흔이 가깝습니다. 소문에는 근년에 부쩍 기력이 쇠하여 집 밖 출입도 못 하는 날이 많다고 하니 어찌 폐하께서 조석으로 대하겠나이까? 신은 다만 그가 순번에 따라 오래전에 맡아야 했던 책무를 죽기 전에 맡김으로써 폐하의 덕업에 보탬이 되고자 할 뿐이옵니다."

막리지와 같은 상신(相臣) 직책은 국법에 5부 욕살들이 돌아가면서 맡기로 돼 있었지만 건무왕은 유독 연태조를 기피하여 그를 한 차례 궐번시킨 일이 있었다. 사본이 다시 말을 보탰다.

"순번에 따르면 다음에 막리지를 맡을 사람은 북부 욕살 고창개입니다. 칠순의 개보다 차라리 아흔 된 늙은 범을 취하시는 편이 인심도 더 얻고 피곤함도 덜한 일거양득의 인사입니다."

사본은 고창개가 연태조의 추종자임을 빗대어 한 말이었다. 달리 묘책이 없던 임금은 결국 사본의 말을 좇을 수밖에 없었다.

서부대인 연태조가 막리지가 되어 물경 20여 년 만에 다시 조정에 발을 들여놓았는데, 그때는 소문처럼 건강이 좋지 않아 정무는커녕 출면도 못 하는 날이 많았다. 그는 왕명을 받아 서부에서 도성으로 올 때 둘째아들인 개소문을 불러 말하기를,

"이는 임금의 자충수다. 내가 임금과 조정 대신들의 빤한 속셈을 알고도 왕명을 받드는 체 대궐로 들어가는 이유를 너는 아느냐?"
하니 개소문이 숙연한 얼굴로 고개만 끄덕였다.

도성에 온 연태조가 직방랑중 진대덕이 왔을 때 불편한 몸을 이끌고 주연에 참여하려는 것을 임금이 또 늙은이 입에서 무슨 망발이 나올까 염려하여 호위병을 시켜 막았더니 화를 벼락같이 내고는 집에 돌아와 그 길로 영영 일어나지 못했다. 노인이 사흘 밤낮을 물 한 모금 입에 대지 않고 숨만 쉬다가 비보를 듣고 서부에서 달려온 개소문의 손을 그악스레 붙잡으며,

"당이 우리를 친다. 당이 우리를 친다."

같은 말을 일고여덟 차례나 반복하고야 숨을 거두었다.

이때 개소문의 형은 이미 죽은 뒤여서 서른여덟 살의 개소문이 상주가 되어 아버지 초상을 치는데, 상가 한쪽에 따로 은밀히 방을 만들어놓고 그 아우인 정토(淵淨土)에게,

"이런 날이 올 줄 알았다. 너는 찾아오는 문상객 가운데 빈소에서 진심으로 슬퍼하는 자를 가려 뒷방으로 보내라."

하고 자신은 아예 뒷방에 틀어박혀 빈소에는 얼굴도 내밀지 않았다.

연태조의 막내아들인 정토가 형의 뜻을 받들어 문상객에게 일일이 절하고 곡을 하면서 보니 도성 관리 가운데는 소형(小兄) 고정의(高正義)와 뇌음신(惱音信), 의후사 고운(高雲) 정도가 눈물을 흘리며 슬퍼할 뿐 다른 사람들은 그저 인사치레로 들른 기색이 역력했다. 심지어 임금의 책사 맹부 같은 자는 곡 소리를 듣고도 헤죽헤죽 웃으며,

"노인네가 너무 오래 살면 자손들이 힘들지요. 호상이외다. 일흔만 넘어가도 호상인데 돌아가신 어른은 구순이 아닙니까?"

하여 상대하던 정토가 분을 참느라고 어금니를 깨물기까지 했다.

개소문은 뒷방에서 아우가 보낸 사람들을 만났다.

태대사자인 노신 고정의는 남진파 신하들과 생각이 좀 달랐지만 오랜 관직 생활 끝에 처신하는 법을 배워서 좀처럼 앞에 나서지 않고 뜻을 감춘 채 지냈다. 그러다가 무자년(628년)에 객부 책임을 맡으면서 사신으로 발탁되었는데, 그 무렵 임금이 당나라를 안심시킬 목적으로 기밀이나 다를 바 없는 봉역도를 자진해서 바치려 하자 크게 놀라 반대했다가 그만 소사자로 좌천되었다. 그는 건무왕의 친당책이 지나치게 과한 사실에 줄곧 회의를 품어오다가 장안을 다녀온 뒤 이

를 더욱 확신하고 기회가 있을 때마다 당조를 경계해야 한다고 강력히 주장했다.

특히 고정의는 한동안 가까이 지낸 시명개와 사이가 좋지 않았다. 시명개는 고정의의 고명딸이 천하절색임을 알고 은밀히 청을 넣어 후처로 달라고 말하였는데, 고정의가 불같이 화를 내며 면전에서 무안을 주고는 곧바로 한때 시명개의 사병이기도 했던 조의 출신의 젊은 장수에게 시집을 보냈다. 그가 바로 뇌음신이었다. 이후 시명개는 호시탐탐 고정의를 해치려 했지만 하나뿐인 사위 뇌음신이 그림자처럼 붙어다녀서 뜻을 이루지 못했다.

뇌음신은 본래 말갈 땅에서 자랐다. 그러나 고구려 승려 보덕화상(普德和尙)이 불법을 전파하러 말갈에 들어갔다가 우연히 뇌음신의 무예를 보고 크게 탄복하여 데려다가 반룡사(盤龍寺)에서 선가의 무예를 가르쳐 조의에 넣었다. 그는 원체 무예가 탁월해 누구든 한 번 본 사람은 이름을 잊지 않을 정도였다. 애초에는 사본의 눈에 들어 사병(私兵)을 통솔하다가 다시 시명개가 탐을 내어 권세로 억박지르다시피 빼앗아갔는데 고정의가 시명개와 아직 틈이 벌어지기 전에 사가에서 뇌음신을 보고,

"자네는 남다른 재주를 가진 사람이 젊디젊은 나이로 어찌하여 사병을 사는가? 장부라면 모름지기 포부가 있어야지. 무관 시험을 봐서 당당히 장수의 길을 걷게나."

하며 점잖게 충고한 것이 계기가 되어 이듬해 무과를 보고 최고 점수를 얻었다. 뇌음신이 그때부터 인생을 제대로 인도해준 사람은 고정의라고 여겨 철이 바뀔 때마다 인사를 빠뜨리지 않았는데, 고정의가 사신으로 장안에 갈 때 수행하여 따라갔다가 돌아와 그의 고명딸과

백년가약을 맺었다.

의후사 고운은 무술년(638년)에 칠중성에서 신라 장군 알천에게 패하여 삭탈관직을 당한 노장 고유림의 장자로, 평소 당나라에 굽실거리는 임금과 조정의 처사를 몹시 불만스럽게 여기고 있던 터였다.

개소문은 상가 뒷방에서 이들을 차례로 만났다. 그리고 세 사람에게 똑같은 질문을 던졌다.

"지금의 당주는 오로지 국력을 키우려고 형제를 죽이고 아버지를 압박해 보위에서 강제로 물러나게 만든 사람입니다. 이 일을 어떻게 보십니까?"

제일 먼저 질문을 받은 고정의는 잠깐 침묵한 뒤 침통한 얼굴로 대답했다.

"우리에게는 그럴 만한 기백을 가진 왕자도 없으니 실로 막막하고 안타까울 따름입니다."

두 번째로 같은 질문을 받은 뇌음신은 조금도 망설이지 않고 이렇게 대답했다.

"그런 자에게 해마다 조공을 하는 것도 모자라서 태자까지 인질로 바쳤으니 이놈의 나라 꼴이 참으로 한심스럽습니다. 이젠 서부 대인조차 돌아가셨으니 누가 있어 작금의 난정을 바로잡겠습니까?"

고운의 대답 역시 내용은 뇌음신의 그것과 크게 다르지 않았으나 표현은 더욱 과격했다.

"을지 장군께서 천신만고 끝에 우뚝하게 세운 고구려의 명성을 임금은 20년에 걸쳐 야금야금 허물어서 지금은 거의 완전히 무너뜨리고 말았습니다. 우리 임금은 성정이 비굴하고 야비합니다. 그런 임금을 모시는 한 누구라도 결국엔 제 부친과 같은 꼴을 당하고야 말 것입니다."

개소문은 이들 세 사람의 대답을 듣고 나서 다음과 같이 당부했다.

"저에게 그릇된 정사를 바로잡을 묘책이 있습니다. 훗날 제가 도움을 청하면 거절하지 마시고 꼭 도와주십시오. 조만간 그럴 날이 올 것입니다."

개소문의 간곡한 말에 세 사람은 무척 궁금해하면서도 반드시 그렇게 하겠노라고 약속했다.

그러나 내직의 관리들과는 달리 5부 욕살들이 문상을 왔을 때는 사정이 판이했다. 이들은 하나같이 연태조의 죽음을 애통해하며 고구려의 큰 별이 떨어졌다고 슬퍼했다. 개소문은 그들에게도 앞서와 똑같이 당부하여 확답을 끌어냈다.

그는 부친의 시신을 수레에 싣고 연나부 선영으로 가서 장사를 지낸 다음 곧장 백산을 향해 길을 떠났다. 여러 날 말을 타고 달려 백산에 도착한 개소문은 한 암자를 찾아갔다. 그가 도착했을 때는 마침 백수풍신의 두 노인이 암자 들머리 나무 그늘에 앉아 한가롭게 바둑을 두고 있었다.

"스승님, 제가 왔습니다."

말에서 내린 개소문이 땅바닥에 엎드려 넙죽 큰절부터 했다.

"개소문이냐?"

두 노인 가운데 기골이 장대하고 조금 더 젊은 노인이 손에 쥔 바둑돌을 놓고 반갑게 입을 열었다.

"그래, 어르신은 선영에 편히 모셨더냐?"

"네. 입관을 마치고 이리로 곧장 달려오는 길입니다."

"마음이 허전하겠구나. 아버지는 언제나 그리운 법이다."

"스승님."

"오냐."

"아무래도 결행을 해야 되겠습니다."

개소문은 비장한 표정을 지었다.

"방법은 그뿐이올시다."

그러나 노인은 개소문을 물끄러미 내려다볼 뿐 가타부타 대답이 없었다.

"이세민은 제가 누구보다 잘 아는 사람입니다. 그는 이제 직방랑 중을 사신으로 위장해 보낼 만큼 간덩이가 커졌습니다. 소문을 들어보면 이번에 사신으로 온 진대덕이란 자가 요동 9성에 뿌린 비단이만 필이요, 관수(官守)들에게 지형 지세를 물어 그려간 지도가 수백 장에 이른다고 하는데, 임금이란 자는 그것도 모르고 과거 그 어느 때보다 후한 대접을 했습니다. 선친께서는 바로 그 점을 따지려고 임금이 베푼 연회에 참석하려다가 제지를 당하자 그만 화병을 얻어 돌아가셨습니다."

그래도 노인은 대답이 없었다.

"나라가 위태롭습니다! 지금 때를 놓치면 7백 년 사직은 거덜 날수밖에 없습니다. 도와주십시오, 스승님!"

개소문이 상기된 얼굴로 소리치자 노인은 크게 한숨을 토했다.

"네 뜻을 모르는 바 아니다."

한참 만에 노인이 입을 열었다.

"그러나 너는 도성에 가면 아버지의 남은 임기를 물려받을 수 있는 몸이 아니냐. 아무리 임금이 정사를 마음대로 주무른다지만 막리지는 나라의 상신이다. 상신이 앞장서서 임금과 조정을 설득시킨다면 시일은 걸리겠지만 아주 불가능한 일도 아니지 않겠는가?"

"쉬운 길을 버리고 어찌 어려운 길로 돌아가라고 하십니까?"

"국기(國基)는 한번 훼손하면 다시 세우기 어렵다. 너희 또래에는 아직 젊어서 패기와 과단성은 있으나 순리를 따른다는 게 얼마나 용기 있는 일인지를 알지 못한다. 병든 짐승을 죽이기란 쉬우나 살리기는 어렵다. 덕은 하루아침에 쌓을 수 있는 게 아니다. 장수가 덕이 없으면 어제까지 따르던 부하도 오늘 갑자기 등을 돌리는 게 세상 이치다. 돌아가서 임금에게 마지막 기회를 주어라. 이는 임금을 위해서가 아니라 네 장래를 생각해서 하는 말이다. 그런 연후에 다시 판단해도 과히 늦지 않을 것이다."

노인의 말에 개소문은 고개를 떨구었다.

"알겠습니다. 스승님 말씀을 따르겠습니다."

그는 다시 한 번 노인에게 절하고 일어나서 이렇게 덧붙였다.

"저는 옛날 스승님을 따라 유랑할 때 구경한 호태대왕 시절의 광활한 천지를 한시도 잊어본 일이 없습니다. 흑수 북방의 끝도 뵈지 않던 넓은 영토와 대륙의 푸른 초지들이 눈만 감으면 아직도 선연히 떠오릅니다. 그런데 지금 요동에 가보면 말이 지치도록 평원을 내달리며 봉역을 넓히고 5호를 제압하던 그 거룩하신 군주의 후손들이 노역과 학정에 시달려 피골이 상접한 모습으로 돌을 져 나르고 성을 쌓는 일에 급급합니다. 우리 모두를 이처럼 비참한 꼴로 만든 책임은 모조리 임금에게 있습니다. 스승님께서 양광의 1백만 군대를 고기밥으로 만들었을 때 온 나라를 뒤흔들던 그 뜨거운 열기조차 지금은 한 줌도 남아 있지 않습니다. 싸움이란 창칼과 병법에 앞서 기세와 마음으로 하는 것입니다. 지금 우리나라 사람들의 마음이 당을 겁내고 이미 당조에 복속하였는데 이세민이 쳐들어오면 무슨 수로 이를 물리칠 수 있겠는지요? 제가 판단하기엔 한시가 급하지만 그러나 스승님께서 그렇게 말씀하시니 따르겠습니다. 다음에 다시 오면 그때는 부디 제 청을 물리치지 마십시오."

말을 마친 개소문이 떠나려 하자 노인은 팔을 들어 그를 불러세우고,

"유자를 데려가거라."

하고 말했다. 침통하던 개소문의 안색에 일순 화기가 돌았다.

"그게 정말입니까?"

"오냐. 데려가면 필히 쓸 데가 있을 게다."

"유자는 어디 있는지요?"

"제 처랑 토끼 사냥을 갔으니 아마 곰재 어디쯤 있겠지. 가서 내 말을 전하면 그 녀석도 좋아하며 따라나설 게다."

개소문이 희색이 만면하여 뛰어가고 나자 노인의 맞은편에서 더 나이 든 백발노인이 의아한 표정으로 물었다.

"장군께서는 어찌하여 아이들에게 헛걸음을 시킵니까?"

"대허(大虛)가 보기에도 헛걸음 같소?"

"다시 오면 헛걸음 아닙니까? 하물며 지금 요동에서 이세민을 상대할 인물은 개소문밖에 없다고 장군께서 늘 말씀하시지 않으셨는지요?"

"그랬지요."

"개소문은 얼마 안 있어 곧 다시 올 것입니다."

"나도 알고 있소."

노인은 천천히 고개를 끄덕였다.

"그러나 쉽게 얻은 것은 소홀히 여기게 마련입니다. 중한 것일수록 어렵게 얻어야지요. 헛걸음인 줄 알면서도 다시 보낸 이유는 그 때문이올시다."

을지유자와 함께 도성으로 돌아온 개소문에게 한 가지 예기치 않은 사건이 일어났다.

국법에 따라 반드시 자신이 계승해야 할 막리지와 서부 욕살을 조정 대신들이 공론 끝에 연서구(淵庶龜)라는 자에게 맡기기로 잠정 결론을 내렸다는 거였다. 연서구는 연태조의 6촌 아우로 개소문에게는 아저씨뻘이었으나 사람이 똑똑지도 못할뿐더러 눈앞의 이문에만 밝았다. 그는 연태조의 초상에 참례하러 연나부에 사는 일가붙이들을 이끌고 도성에 왔다가 상가에 부조가 쌓이자 행여 얻어갈 게 있을까 싶어 혼자 남았는데, 왕의 책사 맹부가 조문을 왔다가 조카들 밑에서 잔심부름이나 거드는 그를 먼발치에서 보고는 연태조의 계승자를 거론할 때 임금에게 강력히 추천하였다. 임금은 개소문을 잘 몰라서,

"그 귀신같은 늙은이가 죽고 나니 앓던 이가 빠진 것 같구나. 그런데 연태조 아들은 어떤 자인가?"

하고 물으니 처음엔 사본이 나서서,

"연태조의 아들 개소문은 나이 아홉 살에 조의에 뽑혀 무리를 끌고 다니며 우두머리 노릇을 한 자로 그 성정이 연태조를 빼다 박은 듯이 흡사할 뿐 아니라 한때 장안에 유숙하면서는 지금의 당주와 의형제를 맺을 만큼 절친했다는 소문도 있습니다. 그러나 당주가 현무문에서 형제를 죽일 때 이를 반대하다가 사이가 틀어져 뒤로는 원수처럼 지내게 되었다고 합니다. 이런 자가 조정에 들어오면 그 아비의

전철을 밟을 건 불을 보듯 뻔합니다."

하였고 곧장 뒤를 이어 맹부가 말하기를,

"장자 상속이 통례이긴 하오나 사정이 여의치 않을 때는 일문 종친으로 승계하는 예도 없지 않습니다. 연태조의 아들 개소문은 제법 꾀가 있고 용맹스러운 인물로 알려졌으나 오랫동안 혼자 산천을 떠돈 탓에 그가 어떤 자인지 명확히 아는 사람이 없습니다. 대개 이런 자를 궐내에 들여놓으면 뒤가 시끄러운 법이옵니다. 신이 연태조의 상가에 가서 보고 온 자 가운데 적임자가 있었나이다. 그로 하여금 연태조의 남은 임기를 잇게 한다면 귀가 시끄러울 일은 없을 듯합니다."

하고서 자신이 엿본 연서구의 됨됨이를 설명하였다.

"경의 꾀가 탁월하다!"

이야기를 듣고 난 건무왕은 맹부를 칭찬하고 곧 연서구로 막리지와 서부 욕살을 삼도록 명하려 하였다. 그런데 노신 금태가 이의를 제기했다.

"연서구란 자는 조정에서 벼슬을 살아본 일이 없고 서부에서도 인심이 어떤지 알 길이 없나이다. 그런 자를 막리지로 삼는다면 백성들의 빈축을 사는 것은 물론이옵고 자칫 조정과 관가의 위신마저 떨어뜨릴 공산이 큽니다. 우선 서부에 사람을 보내 연서구의 신망을 물어본 연후에 일을 처리해도 늦지 않을 것입니다."

임금은 금태의 말에도 일리가 있다고 느꼈다. 그래서 막리지를 당분간 공석으로 비워두고 연나부로 내관 하나를 파견해 민심을 물어 오도록 하였다.

개소문이 도성에 돌아와 이런 사실들을 들어서 알게 되자 그는 사람들에게 물어 다짜고짜 맹부의 집을 찾아갔다. 맹부가 난데없이 찾아왔다는 사람을 보니 키는 5척이 채 되지 않은 땅딸보에 어깨는 넓고 머리는 커서 어른인지 아이인지 분간이 어려운데, 유난히 머리카락도 검고 눈썹도 짙고 귀밑에서 턱 언저리까지 온통 뻣뻣한 털이 뒤덮고 있어서 비로소 어른인 줄 알았다.

"뉘신가?"

맹부가 점잖은 말투로 물으니 그가 눈빛을 번들거리며,

"그대는 눈으로 뻔히 보고도 이름조차 알지 못하는 나를 무엇을 근거로 임금 앞에서 나쁘게 말하였던가?"

하고 따지듯이 물었다. 이때까지도 사정을 알지 못한 맹부는 생면부지의 젊은이가 환갑이 가까운 자신에게 그대 운운하는 게 발칙해서 돌연 버럭 고함을 지르며,

"네 이놈! 어느 안전에서 함부로 주둥아리를 놀리느냐! 도대체 네놈이 누구더냐?"

하고는 분을 참지 못하고 일어나 마당으로 내려섰다. 맹부도 그리 큰 키는 아니었지만 내려서서 보니 젊은이의 키는 겨우 턱밑에 닿을락 말락 하여 더욱 시쁜 마음이 일었다.

"누구냐, 이놈!"

문상을 가서도 연정토만 보고 왔으니 맹부는 개소문을 알아볼 턱이 없었다. 그러자 젊은이가 매서운 눈빛으로 쏘아보며,

"너와 같은 것들이 수십 년씩 조정 중신으로 있으니 나라가 망해가는 것도 당연지사다. 이 늙은 놈아, 네 허연 대가리에서 나온 계책이 지금까지 단 한 가지라도 나라에 보탬이 된 게 있었더냐? 지금 임금의 실정은 태반이 너와 사본의 대가리에서 나온 줄을 내가 모를 줄 아느냐? 개는 아가리만 열면 짖는다고, 밤낮 그놈의 대가리로 생각한다

는 게 권모술수와 잔꾀밖에 더 있었느냐? 구역질 난다, 이 간신배놈 아. 죽기 전에 단 한 번만이라도 떳떳하고 광명정대한 길로 가보라!"

눈 한번 깜짝거리지 않고 욕설을 퍼부으며 호통을 쳤다. 그 서슬에 맹부가 사뭇 기가 질려 뒤로 두어 발짝 옮겼다가,

"혹시 연태조의 아들인가?"

문득 짚이는 바가 있어 묻자 젊은이가 그 말에 답은 하지 않고 품안 에서 칼 한 자루를 꺼내 들더니,

"너희가 만일 허수아비나 다름없는 내 종친을 데려다 선친의 뒤를 잇게 한다면 제일 먼저 너부터 죽여 없애겠다. 실은 오늘 너를 죽이 러 찾아왔다만 마지막으로 기회를 주는 것이니 그리 알라. 죽기 싫거 든 법대로 하고 살 만치 살아 미련이 없거든 네 마음대로 하라."

시퍼런 칼날을 한 번 뽑았다가 도로 집어넣고는 그대로 등을 돌려 사 라졌다. 그가 가고 나서야 맹부가 비로소 모골이 송연하고 다리가 덜 덜 떨렸다. 엉금엉금 기듯이 방으로 들어와 곰곰 되짚어보니 방금 다 녀간 자는 개소문이 분명한 성싶은데, 자신을 잡아먹을 듯이 노려보 던 눈매와 얼음장같이 싸늘한 말투가 자꾸만 눈에 밟히고 귓전을 맴 돌았다. 맹부는 두어 차례 자신의 목을 어루만지면서,

"저놈이 미쳤지. 여기가 어디라고 찾아와 감히 내게 협박을 해?"

일부러 거센 척 허세를 부렸으나 생각하면 할수록 섬뜩하고 두렵기 만 했다. 그래서 처음엔 날이 밝는 대로 입궐해 자신의 주장을 번복 하려고 결심했다. 하지만 밤새 잠을 못 이루고 뒤척이던 끝에 뒷날 날이 밝아 다시 생각하니 그런 잔인하고 포악한 인물을 조정에 들여 놓고 조석으로 면대할 일이 당최 꿈만 같았다. 그러구러 대명천지 밝 은 아침을 보니 제법 기운도 나고 용기도 생겨서,

"내가 이놈을 아예 천 길 낭떠러지로 밀어버려야겠다."

하고는 아침밥을 뜨는 둥 마는 둥 관복을 챙겨 입고 대궐로 달려갔다.

맹부의 입을 통해 개소문의 포악함을 전해 들은 임금과 관리들은 혀를 내둘렀다. 더욱이 맹부가 사실만을 전하지 않고,

"그 새파란 놈이 글쎄 품에서 칼을 꺼내 찌르려는 걸 간신히 피하며 패대기를 쳐서 살아났지 뭡니까. 만일 대응이 조금만 늦었어도 신은 이 자리에 없을 뻔하였나이다."

하며 없던 말까지 꾸며 보태는 바람에 개소문은 더욱 나쁜 놈 소리를 들었다. 그런데 연나부에 민심을 살피러 갔던 내관이 돌아와 고하기를,

"연서구란 자는 종친 가운데서도 별로 아는 자가 없고, 담을 격하고 사는 이웃들은 한결같이 절레절레 고개를 흔드는 인물이라 만일 그런 자를 국상으로 세웠다가는 망신은 둘째치고 국사가 아주 우스워질 판입니다."

하고 연하여 서부 사람의 대체적인 인심이 연태조와 두 아들에게 있음을 말하였다. 임금이 마뜩찮은 기색으로 혀를 차며,

"허 참, 이 노릇을 어찌하누?"

하고 난감해 앉았으려니 사본이 나서서,

"신에게 방도가 있으니 들어봅시오."

하고는 입을 열었다.

"처음에 연태조를 막리지로 앉힐 때는 어수선한 민심을 다스리는 게 목적이었습니다. 그러니 연태조 아들로 국상을 잇는 것도 과히 나쁘지는 않습니다. 한데 재작년에 요동으로 갔던 맹진공이 죽고 금태공마저 돌아온 뒤로 천리성 공역이 지지부진하다고 들었습니다. 어

차피 연태조의 아들로 막리지를 세울 양이면 직책을 맡기되 기회를 보아 요동에 장성 공역을 감독하도록 멀리 쫓아보내는 게 어떠하옵니까? 그럼 명분도 얻고 원하는 바도 취하는 일석이조의 인사가 되지 않겠나이까?"

사본의 제안에 제일 기뻐한 자는 맹부였다.

"정말 절묘한 계책입니다. 장성 공역을 감독하는 일은 나라의 큰 중대사요, 막리지는 국상이니 사리에 어긋날 일이 하나도 없습니다. 연태조의 남은 임기가 고작 이태요, 장성 공역은 아직 기한이 몇 해는 더 남아 있으므로 폐하께서는 영원히 그 포악한 자를 보지 않아도 될 것입니다. 더군다나 지금은 한겨울입니다. 개소문이 요동에 가서 공역을 독촉한다면 마침내는 서부에서도 인심을 잃게 될 공산이 큽니다."

임금도 가만 헤아려보니 괜찮은 조치일 것 같았다.

"짐의 두 현자가 그렇게 말하니 따르지 않을 도리가 없구나. 그러나 어차피 해가 저물었으니 정초에 다시 이를 논의함이 좋겠다."

건무왕은 신축년(641년)을 보내고 이듬해인 임인년에 신년 정사를 펴면서 제일 먼저 당에 조공사를 파견했다. 이제는 태자까지 장안에 숙위하고 있는 터라 당조에 더욱 마음을 쓸 수밖에 없었다. 마소에 바리바리 실은 방물들을 이끌고 조공사가 떠나자 왕은 사람을 시켜 연태조의 아들 개소문을 불러오도록 지시했다. 개소문이 아직 들어오지 않았을 때 책사 맹부가 말했다.

"일전에도 말씀 드렸다시피 개소문은 성격이 잔인하고 포악하며 무슨 악행이라도 능히 저지를 만한 위인입니다. 비록 국상 자리를 계승시키더라도 대왕께서는 반드시 일침을 놓아 두 번 다시는 조정 중신들과 대왕의 왕업을 능멸하는 일이 없도록 명백한 다짐을 받아두어야 합니다."

임금은 크게 고개를 끄덕였다.

"알았으니 맹부는 너무 염려하지 말라."

이윽고 개소문이 편전으로 불려와 임금 앞으로 걸어왔다.

건무왕이 보니 앙바틈한 체격에 벌어진 어깨, 검고 거친 수염이 소문에 듣던 대로 매우 강인해 보였다. 누구든 임금에게 처음 불려오면 얼굴도 제대로 볼 수 없도록 허리를 잔뜩 구부리고 엉금엉금 기듯이 들어오게 마련인데, 개소문은 허리와 고개를 꼿꼿이 세운 채로 성큼성큼 걸어오는 품이 마치 개선하는 장수처럼 씩씩하고 거침이 없었다. 그는 자칫 무엄할 정도로 임금의 코앞에까지 걸어와서야 땅에 엎드렸다.

"신 연개소문, 대왕마마의 부르심을 받고 입궐하였나이다."

작은 체구에서 터져나오는 목소리가 대궐을 쩌렁쩌렁 울리도록 우렁찼다. 건무왕은 그런 개소문이 왈칵 부담스러웠다.

"너에게 한 가지 확인할 일이 있어 보자고 하였다."

임금은 거두절미하고 말했다.

"너는 성격이 잔인하고 포악하여 조정 대신들도 마음에 들지 않으면 칼로 찔러 죽이겠다고 위협할 뿐 아니라 짐이 나라를 망친다는 말까지 지껄이고 다닌다고 들었다. 그게 과연 사실인가?"

"사실이 아닙니다."

개소문은 단호하게 대답했다.

"그럼 과인이 헛소문을 들었단 말인가?"

"신은 폐하께서 나라를 망친다고 말한 일은 없습니다. 다만 세간에 나도는 풍문 가운데 임금을 올바로 보필하지 않고 권모술수에만 능한 신하가 있다기에 일전에 맹주부를 뵈었을 때 그 소문을 전하였을 따름입니다."

개소문이 시치미를 떼자 편전에 부복한 중신들 가운데 유독 맹부의 안색이 벌겋게 달아올랐다.

"개소문은 바른 대로 아뢰어라, 대왕 폐하가 계시는 어전이다!"

맹부가 소리치는 순간 개소문의 시선이 곧장 맹부에게로 향했다.

흡사 송충이 두 마리가 달라붙은 듯 굵고 시커먼 개소문의 눈썹이 강하게 경련을 일으켰다. 시선을 마주친 맹부에게 자연히 전날의 일이 떠올랐다. 그는 임금과 자신의 세도를 믿고 정작 큰소리는 쳤으나 그 살벌한 시선을 대하는 순간 오금이 저리고 등에 식은땀이 채었다.

"맹주부께서는 무슨 말씀을 하십니까? 충신이라면 임금을 바로 모셔야 한다는 말 외에 제가 어떤 얘기를 또 하던가요?"

개소문은 비록 임금이 보고 있는 앞이었지만 눈 한번 깜짝거리지 않고 매섭게 다그쳤다. 그 기세에 눌리고 서슬에 질려서 맹부는 더 말을 잇지 못했다. 곤경에 빠진 맹부를 구해준 사람은 왕이었다.

"어쨌거나 짐은 네 성정과 자질이 흉포하다는 말을 들어서 국상 자리를 주려니 마음이 놓이지 않는다. 하니 서부로 돌아가서 욕살의 지위만 계승함이 어떠한가? 덕을 쌓고 충성을 다하면 훗날 기회는 또 있을 것이다."

임금의 말에 개소문은 자리에서 일어나 두 번 절하고 대답했다.

"폐하의 뜻이 정녕 그러하시다면 도리가 있으오리까마는 국법에 정한 망친의 관직도 계승하지 못하는 신의 부덕과 용렬함이 새삼 한스러울 따름입니다. 만일 맹주부께서 신의 말 때문에 마음이 상하셨다면 지금이라도 사죄할 용의가 있나이다. 또한 신이 잔인하고 포악한 사람으로 소문이 났다면 이는 전적으로 나이 어리고 덕이 없어서 생긴 오햅니다. 만일 잘못을 저지른다면 그때 가서 합당한 처벌을 받는 게 순리가 아니겠는지요. 신은 하늘에 맹세코 아직 개미 한 마리도 잔인하게 죽여본 적이 없나이다. 부디 통촉하소서."

그렇게 말하는 개소문의 태도는 무척 양순하고 간절해서 짐짓 듣는 사람의 심금을 울릴 정도였다. 개소문은 맹부를 돌아보며,

"심려를 끼쳐 죄송합니다. 맹주부께서는 제 충정과 진심을 헤아려 주십시오."

하고 머리를 숙여 사과했다. 임금도 그제야 마음이 약간 누그러졌다.

"만약 앞으로 잘못된 점이 있을 때는 국상의 지위에서 폐하여도 불만과 후회가 없겠는가?"

"여부가 있겠나이까."

"좋다. 네가 짐과 만조의 문무백관 앞에서 약조한 일이니 명심하라."

그런 다음 왕은 비로소 개소문을 막리지로 삼았다. 아버지의 자리를 계승하는 순간, 개소문은 감격에 겨워 눈물까지 글썽였다. 이를 본 대신들 중에는 그가 소문과는 달리 유하고 감상적인 데가 있는 사람이라고 느끼는 자가 적지 않았다.

개소문이 막리지의 자리를 찾아가 시립하자 임금은 신하들을 둘러보며 입을 열었다.

"자고로 요동에 천리성을 축조하는 일은 지금 나라에서 첫손에 꼽는 중대사다. 어찌 역부 한 사람, 돌 하난들 부리고 나르는 일이 위중하지 않겠는가. 지난 10여 년간 과인은 먹고 입는 것을 아껴가며 공

을 들이고 정성을 쏟아왔거니와, 이제쯤 그 공역이 얼마나 완성되었는지 알아볼 때가 되었다. 들리는 말에는 시일이 흐르다 보니 관수나 역부들도 당초의 각오와 열의가 많이 사라져서 매년 60리 성을 쌓아야 할 공역이 작년에는 30리에도 미치지 못했다고 한다. 과인은 그 일을 걱정하느라 침식이 두루 순조롭지 않다. 누가 과인을 대신하여 장성의 축조 현황을 눈으로 직접 확인하고 관수와 역부들을 다그쳐 공역이 예정대로 진척되도록 감독할 수 있겠는가?"

임금의 말이 끝나기 무섭게 노신 시명개가 입을 열었다.

"장성 축조는 국가의 운명이 달린 대사 중의 대사로, 이를 감독하는 일은 웬만한 지위로는 어렵습니다. 신이나 막리지 가운데 한 사람을 보내주십시오."

그러자 사본이 말했다.

"대부의 충정은 만조를 감동시키는 바이나 어찌 칠순 노인을 험지로 보내 하물며 장성 축조와 같은 위험한 노역을 감독하게 하겠나이까? 젊은 사람을 뽑아 보내심이 마땅합니다."

이런 공론에 맹부가 빠질 리 없었다.

"그러하옵니다. 연부역강한 막리지가 적임인 줄 아뢰오."

신하들이 다투어 간하는 말을 듣고 임금은 개소문을 바라보았다. 그리고 국상을 대하는 예로 말투를 고쳐 물었다.

"막리지의 뜻은 어떠하오?"

개소문은 공역의 감독을 핑계로 자신을 요동으로 내쫓으려는 임금과 조정 대신들의 수작을 단번에 간파했다. 하지만 그의 대답은 명쾌하고 수럭수럭했다.

"신이 어찌 그와 같은 막중대임을 회피하겠나이까. 다만 관수들을 감독하고 공역을 재촉하자면 외지 관리들을 다스릴 수 있도록 사령장을 써주십시오. 그리하면 신이 내일이라도 요동으로 떠나겠나이다."

그러자 임금은 매우 흡족한 낯으로 말했다.

"어찌 사령장뿐이겠는가? 관수와 성주의 생사여탈권도 함께 줄 테니 막리지는 가서 공역이 차질 없이 진척되도록 애써주시오."

개소문이 퇴청하여 집으로 돌아올 때 노신 고정의가 사위 뇌음신과 함께 뒤따라와서 흥변한 얼굴로,

"이는 국상을 멀리 쫓아보내려는 간신들의 술수입니다. 아침에 벌써 그런 논의가 있었는데 알고 계셨는지요?"

하고 물었다. 개소문이 웃으며,

"그런 얄팍한 술수를 눈치 채지 못할 만큼 어리석지 않습니다. 제게도 다 뜻이 있으니 안심하십시오. 조만간 이 일로 가슴을 치고 후회하는 자가 여럿 생길 겁니다."

알 수 없는 대답을 한 뒤에,

"모쪼록 전날 저희 집에서 나눈 말씀을 잊지 마십시오. 제가 일을 벌일 때는 두 분께서 반드시 도와주셔야 합니다?"

하며 재차 다짐을 두었다.

이튿날 개소문은 아침 일찍 입궐해 임금을 알현하고 사령장과 절도봉까지 받아 요동으로 떠났다. 그런데 국상의 행차를 수행하는 이가 아무도 없어서 그를 요동으로 쫓아보내는 데 일조한 중외대부 시명개조차 임금의 처사가 너무했다고 혀를 찼다.

개소문이 홀로 한 필 말에 올라 도성을 출발했다가 어느 만큼 가서는 슬그머니 말을 돌려 다시 집으로 돌아오니 아우 정토가 깜짝

놀라며,

"요동에 안 가셨습니까?"

하고 물었다. 개소문이 웃으며,

"가다가 생각하니 깜빡 잊은 게 있어서 도로 왔다."

하고 백산에서 데려온 을지유자를 손으로 가리켰다.

"그럼 유자 형님도 요동에 같이 가십니까?"

유자는 말없이 웃기만 하고, 정토는 더욱 어리둥절한 표정을 지었다. 개소문과 유자는 미리 무슨 말이 있었던지 어둑어둑 날이 저물 때까지 집에서 뒹굴다가 유자의 아내인 청령(淸玲)이 지어준 이른 저녁상까지 물리고서야,

"이제쯤 슬슬 나서볼까?"

하며 나란히 말에 올랐다. 그렇게 집을 나선 두 사람은 요동으로 가지 않고 책사 맹부의 집 앞에 당도했다. 유자가 개소문을 보고,

"어제만 해도 열 명도 넘는 종놈들이 대문 앞을 철통같이 지키고 있더니 자네가 요동으로 떠난 줄 알고 오늘은 개미 새끼 한 마리 얼씬거리지 않는군."

하며 맹부의 집 앞이 한산한 점을 짚어 말했다.

"사정이 이러면 일도 아니겠네. 굳이 둘이나 들어갈 필요가 있는가?"

개소문의 말에 유자가 고개를 끄덕이며,

"자네는 밖에 있게. 내가 해치우지."

하니 개소문이 고개를 흔들며,

"자네가 밖에 있으란 소리야."

하고는 말잔등에 올라갔다가 비호처럼 담을 넘어갔다. 유자가 깜짝

놀라며,

"하여간 날쌔기는."

하고 덩달아 담을 넘어가서,

"이 사람아, 자네는 얼굴을 알지 않나?"

"죽을 놈이 얼굴을 알면 어때?"

"행여 다른 사람 눈에라도 띌까 하는 소리지."

"안 띄면 될 게 아닌가?"

둘이 몇 차례 승강이를 하다가 결국,

"같이하세 그럼."

"좋아."

결론을 내고는 맹부가 거처하는 사랑채로 잠입하였다. 일이 되려고 그랬는지 맹부는 이날 모처럼 마음 편히 사랑채에서 글을 읽다가 한가로이 졸던 중이었다. 개소문이 다녀간 뒤로는 후환이 두려워 밤마다 잠을 설친 그였다. 사랑채 문이 소리 없이 열리고 자객 두 사람이 안으로 들어설 때까지 맹부는 벽에 등을 기댄 채 졸기만 했다. 그런 맹부를 유자가 칼끝으로 살살 이마를 찔러 깨우니 위인이 눈을 게슴츠레 뜨고는 한동안 사태를 알아채지 못하다가,

"누, 누구냐?"

별안간 소스라치게 놀라며 벽이 무너져라 등짝으로 밀어댔다. 위인의 부릅뜬 눈에 차츰 개소문의 모습이 보였다. 개소문이 가만히 웃으며,

"너는 내가 잔인하고 포악하다고 소문을 내고 다녔다지?"

하고 물었다. 맹부가 꼭 어린애처럼 도리질을 하며,

"아니오, 나는 아무 말도 한 일이 없소. 정말이오."

"그렇다면 어째서 생면부지의 임금이 내게 그런 모욕을 주었을

까?"

"그, 그건 말이외다……."

맹부는 엉겁결에 둘러댈 말을 찾느라 바쁜데 유자가,

"잔인하고 포악한 걸 몰라서 그랬겠지. 이놈아, 잔인하고 포악한 건 바로 이런 거야."

하고는 그대로 칼을 들어 단숨에 목을 잘라버렸다. 맹부는 변명은 고사하고 비명 한 번 지르지 못했다. 잘린 목이 방바닥에 떨어지는 소리만 툭, 하고 났을 뿐이었다.

"자, 어서 가세!"

유자가 먼저 밖으로 나와 담장을 뛰어넘자 개소문도 허겁지겁 유자를 따라나왔다.

"이 사람아, 무슨 성질이 그렇게 급해?"

"그런 놈과 길게 말할 게 뭐야?"

"원한은 내가 샀으니 죽이는 것도 내 몫이 아닌가?"

"누가 죽이면 어때? 나도 원한이 깊네."

"자네가 무슨 원한이 있어?"

"조정 중신이란 것들은 다 내 원수야. 생부가 저놈들 때문에 돌아가셨거든."

유자는 자신의 생부인 귀유를 잊지 않고 있었다. 개소문도 그제야 소문으로 들은 귀유의 일을 떠올리고,

"아참, 그랬지."

하고는,

"그래도 내가 먼저 들어갔지 않아?"

말도 안 되는 푸념을 했더니,

"나올 때라도 내가 먼저 나와야지."

역시 말 같잖은 대꾸가 돌아왔다. 유자는 재미가 들었는지,

"그 사본인가 하는 놈 집은 어딘가? 생부께서는 그자의 모함 때문에 돌아가셨다고 들었네. 내친김에 간신들을 모조리 요절내고 가세나."

했지만 개소문은 고개를 저으며,

"본보기를 보이는 데는 이놈 하나면 충분하네. 곧 또 기회가 있을 테지."

하여 둘은 그 길로 말을 몰아 북향하였다.

장성 축조를 감독하기 위해 요동으로 간 일은 개소문의 오랜 계획을 앞당기는 데 오히려 큰 도움이 되었다. 나라의 상신 막리지가 임금이 써준 사령장에 절도봉까지 지니고 요동에 도착하자 외지 관리들은 하나같이 두려움에 떨었다. 개소문은 공역 감독을 핑계로 이들을 만나 어떤 생각을 가진 인물인지를 샅샅이 알아보았고, 행여 건무왕의 정책에 동조하는 기색이라도 보이면 가차없이 관직을 빼앗아 내쫓고 자신의 뜻에 부합하고 마음에 드는 인물로 관수를 다시 세웠다. 물론 표면적인 이유는 공역 부진에 있었다. 10년을 넘겨 공역이 지리하게 계속되었으므로 대부분의 공사가 지지부진했고, 따라서 핑계를 대고 흠을 잡을 곳은 찾아보면 얼마든지 있었다.

한 가지 다행스러운 일은 무리한 공역 때문에 요동 지역의 관리 대부분이 임금과 조정의 처사에 심한 불만을 가졌다는 점이었다. 개소문은 요동의 민심을 직접 확인하자 더욱 확신에 찬 얼굴로 유자에게 말했다.

"요동에 와서 정말 귀한 걸 얻었네. 줄곧 갈등하던 결행의 명분 말이야."

공역 현장을 두루 돌아본 개소문은 내친김에 요동 9성의 성주들까지 직접 만나보기로 결심했다. 우선은 국경을 지키는 성주들의 속마음을 파악하는 게 첫 번째 목적이었다. 그리고 만일 그들에게 조정에 대한 불만과 의기(義氣)가 있다면 뒷날 도성에 변고가 생겨도 동요하지 말도록 은밀한 부탁을 해둘 계산이었다. 그는 유자와 함께 우선 신성으로 가서 성주 양만춘(楊萬春)을 만났다. 그런데 양만춘은 개소문을 보자 몹시 반가워하며,

"그러잖아도 국상께서 언제쯤 오실지 날마다 망루에 올라서 기다리고 있었습니다."

하며 개소문이 올 것을 미리 알고 있었다는 투로 말했다. 개소문이 내심 놀라며,

"성주께서는 앞을 내다보는 신통력이 대단하십니다. 제가 오리라고 어떻게 아셨는지요?"

하고 물으니 양만춘이 빙그레 웃으며,

"허, 다 아는 수가 있지요."

하고는 서둘러 관사로 안내하였다. 개소문이 성주의 거처와 관사 살림살이를 두루 살펴보니 새 물건은 하나도 없고 대개가 낡은 것들인데, 궤짝이나 책상 따위는 칠이 모두 벗겨져서 모양새가 우습고 흉물스러웠다. 성주가 들어가면서,

"누추하기 이를 데 없습니다."

했던 말이 결코 인사치레만은 아니었다. 그러나 자세히 살펴보니 낡은 물건을 어찌나 닦아가며 쓰는지 반들반들 윤이 나는 겉면에는 창

으로 쏟아져 들어오는 볕에도 먼지 하나 눈에 띄지 않았다. 개소문은 그 하나만으로도 성주의 인품을 능히 짐작했다.

관사에서 개소문은 자신이 왕명을 받아 장성 공역을 감독하러 나온 사정과 내친김에 요동 9성을 두루 순시할 계획임을 털어놓았다. 그러자 성주가,

"날도 아직 풀리지 않았는데 그렇게 고생하실 까닭이 없습니다."

하고서 개소문의 곁에 앉은 유자를 바라보더니,

"아버님께서 달포쯤 전에 여기를 다녀가셨습니다."

하였다. 성주 말에 개소문과 유자는 동시에 놀란 표정을 지었다.

"을지 장군께서요?"

"그렇습니다."

"아버지는 백산에 계신데 여기는 무슨 일로 오셨답니까?"

유자가 묻자 성주가 사뭇 목소리를 낮춰 입을 열었다.

"여기서 한 달만 있으면 누구든 임금과 조정에 등을 돌리게 돼 있지요. 요동성 민심은 10년 전 장성을 축조하면서 완전히 임금을 떠났습니다. 심지어 작년에 당나라 진대덕 일행이 지나갈 때는 그가 어떤 목적으로 왔는지 뻔히 알고서도 기꺼이 호응하는 관수들이 여럿 있었지요. 당은 수나라 전몰자까지 챙기는데 우리는 어린애와 등이 굽은 늙은이까지 동원해 과중한 노역을 시키고 마소처럼 부리니 누가 고구려 백성으로 살기를 바라겠습니까? 차라리 당나라 백성이 되기를 원하는 이가 부지기수올시다."

성주 양만춘의 말에 개소문은 속으로 안도하면서도 한편으론 태산 같은 걱정이 가슴을 짓눌렀다. 누가 임금이 되든 백성들의 마음이 돌아섰다면 큰일이 아닐 수 없었다. 그런데 양만춘은 마치 그런 개소문

의 마음을 훤히 꿰뚫고 있다는 듯 이런 말을 덧붙였다.

"막리지께서 방책을 세우셨다면 하루라도 빠를수록 좋습니다. 요동 민심은 하나도 걱정할 게 없으니 굳이 9성을 순시하실 까닭도 없습니다."

일순 개소문의 안색이 하얗게 변했다.

"그게 무, 무슨 말씀이오?"

"을지 장군께서 언질을 주시고 제게도 이미 도움을 청하셨습니다."

양만춘은 조용히 웃음을 지었다. 개소문과 유자는 그제야 을지문덕이 요동을 다녀간 이유를 알아차렸다.

"을지 장군께서는 이미 동남쪽 비사성을 필두로 9성을 차례로 돌아 마지막에 제가 있는 신성을 다녀가셨습니다. 9성 성주들을 만나서도 저한테 하듯이 도움을 청한 줄 압니다. 민심도 민심이지만 요동의 뒤라서 감히 을지 장군의 청을 거절하겠습니까? 그러니 막리지께서는 걱정하실 일도 없고, 요동을 새삼 순시하실 까닭도 없습니다."

개소문은 자신의 부탁을 거절했던 을지문덕이 암암리에 뒤에서 원조하고 있음을 알고 마음이 크게 고무되었다. 그는 마치 어린애처럼 얼굴이 벌겋게 달아올라 유자를 돌아보며,

"들었는가? 스승님께서도 드디어 허락을 하셨네!"

하니 유자도 기쁜 낯으로,

"나도 귀가 있는 사람일세."

하고는,

"그럼 여기서 며칠 더 묵다가 곧장 도성으로 돌아가세나."

하였다. 그때 양만춘이 물었다.

"국상께선 요동에 오신 뒤로 공역이 부진한 몇 군데를 엄히 문초

했다고 들었습니다. 그 소문이 사실인지요?"

"그렇습니다. 네댓 군데 그런 데가 있었지요. 하오나 실은 책임을 맡은 자가 마음에 들지 않았기 때문이지 공역의 부진함을 문초한 건 아닙니다. 한데 왜 그러십니까?"

"그렇다면 다행입니다만 앞으로는 공역의 부진함으로 관수를 문 초하지는 마십시오. 그럼 국상께서도 민심을 얻지 못하십니다."

양만춘은 개소문이 간과하고 있던 문제를 거론했다.

"임금이 하필이면 날도 풀리지 않은 겨울에 국상을 여기로 보낸 것이 과연 어떤 의도인지 모르겠지만 지금 공역을 독촉하면 오히려 민심을 잃습니다. 차라리 관수와 역부들에게 말하여 실컷 놀도록 하 시는 게 좋습니다. 오죽하면 공역을 독촉하는 부지런한 자는 폐신, 악신이고, 게으른 자가 충신이란 말까지 나돌겠습니까?"

개소문도 그제야 한겨울에 자신을 요동으로 보낸 임금과 조정 대 신들의 간교한 술수를 알아차리고 다시 한 번 치를 떨었다.

양만춘의 권유로 개소문은 더 이상 9성을 순시하지 않았고, 공역을 감독하지도 않았다. 직무를 스스로 내던지고 나자 먹고 자는 일밖에 는 아무 할 일이 없었다. 뜻만 같아서는 당장 도성으로 돌아가 마음먹 은 바를 행동으로 옮기고 싶었지만 아직은 때가 아니었다. 지금 돌아 가면 의심을 사게 될 것은 불을 보듯 뻔했고, 의심을 사면 자연히 그 뒷일도 순조롭지 못할 공산이 컸다. 개소문은 거사 날짜를 대략 10월 경으로 잡고 그사이에 구체적인 계획을 짜기로 마음을 먹었다.

3월이 되자 그는 유자와 더불어 요하와 당나라 국경을 차례로 지 나 갈석산 팽지만의 산채를 찾아갔다.

본래 사람이란 게 하늘로부터 받아 나온 본바탕이 달라지기는 물고기가 산짐승 되기만큼 힘들고 대개는 바탕대로 살면서 흥하기도 하고 망하기도 하는 법이라, 이때 팽지만은 갈석산에 신통사(新通寺)라는 큰 절을 짓고 스스로 신통(新通) 대사라 칭하며 고승 흉내를 내고 있었지만 속은 여전히 산적패 두목 그대로였다. 그가 중노릇을 하게 된 연유는 법강과 치도가 자리를 잡은 당나라 시속이 예전과 달라서 산적패를 관가에서 그대로 두지 않아서인데, 나라의 치도가 바로 섰다고 산적패의 행실까지 저절로 고쳐지는 것은 아니어서 팽지만은 울며 겨자 먹기로 재물을 모두 털어 절을 짓고 배찰산에서 멀쩡한 진짜 중 하나를 납치해 염불을 배웠다. 두목 팽가는 중노릇을 한다손 쳐도 2, 3백 명이나 되는 산적패 부하들이 일시에 중이 될 수는 없으니 텁석부리 상기가 부근에서 산채를 따로 꾸며 예전처럼 화적질을 그대로 하면서 관군이 소탕을 나오면 팽가의 절로 숨어들곤 했다.

　어느 해던가 조명으로 산적패 소탕령이 내려 관군들이 한 차례 돌고 간 직후에 요서의 한 현령 부인이 갈석산에 아들을 낳게 해달라고 빌러 왔다가 신통사에 사람이 많은 것을 보고,

　"이 절에 무슨 사람들이 이렇게도 많습니까?"

마침 관군을 피해 숨어 지내던 상기를 보고 물으니 상기가 얼떨결에,

　"절이 영험하니 사람이 많지요."

　"무엇이 영험한가요?"

　"소원을 빌면 다 이루어지는 신통(神通)한 절이오. 그래 절 이름도 신통사가 아니오?"

하고 몇 마디 말대답을 해주었다. 그 부인이 다시 건장하고 불한당같이 생긴 사람들의 행색을 찬찬히 살펴본 뒤에,

"그런데 저 사람들은 무엇을 빌러 왔습니까?"

하고 물어 상기가 급히 둘러대기를,

"저 사람들은 전국 방방곡곡에서 모여든 장사치들인데 처음엔 말끔한 행색으로 왔다가 절이 하도 영험하니 1, 2년씩 내려가지 않고 치성을 드리는 바람에 몰골들이 그만 화적패들처럼 되었소. 이제 며칠 안 있으면 다들 떠날 겁니다."

하고는,

"그런데 부인께서는 무얼 빌러 오셨수?"

하고 되물었다. 그 부인이 상기의 말을 곧이곧대로 믿고 속사정을 털어놓으니 상기가 껄껄 웃으며,

"그 정도 소원은 열흘만 빌고 가도 대번 이뤄질 게요."

입찬소리를 하였다. 부인이 절반은 의심이 갔지만 또 절반은 믿는 마음도 없지 않아서 일행과 함께 절에 며칠을 묵었는데, 과연 사나흘이 지나자 화적패 같은 사내들이 일제히 사라지므로 믿는 마음이 더 생겼다. 그런데 하필이면 그 부인이 신통사에 유할 때 날이 궂더니 밤새 폭우가 내리고 천둥 번개가 쳤다. 초저녁부터 신통사 머리 위에서 우글거리고 번쩍거리던 천둥 번개가 갑자기 천지를 진동시키는 굉음을 내며 본당 뒤로 떨어진 것은 자정 무렵이었다. 사람들이 혼비백산했다가 마당으로 달려나가니 높다란 본당 뒤편에 불길도 보이고 연기도 심해 벼락 떨어진 줄을 알았다. 세찬 폭우로 불길은 곧 잡혔지만 연기는 한동안 계속해서 피어났다.

그러나 날이 어두워 그때는 아무도 신통함을 알지 못했는데, 이튿날 날이 밝아 연기 나던 곳으로 가보니 나무 두 그루와 가운데 커다란 바위 하나가 시커멓게 그을려 있었다. 처음엔 단순히 벼락이 바위

를 때린 줄로만 알고 신통사 주지인 신통 대사조차도,

"저놈의 날벼락이 조금만 앞으로 떨어졌으면 만 냥짜리 내 절이 통째 날아갈 뻔했네."

하며 가슴을 쓸어내렸는데 그때 누군가의 입에서,

"부처다, 부처!"

"벼락이 바위에 부처를 새겼다!"

하는 감탄이 터져 나오면서부터 사정은 급격히 달라졌다. 그 말을 듣고 자세히 바위를 살펴보니 시커멓게 그을린 형상이 불상과 꽤나 흡사했다. 아니, 보면 볼수록 영락없는 불상이었다. 그러자 구경 나온 사람들이 바위 앞에 엎어져서 절을 하고, 염불과 축문도 외고, 흥분이 지나쳐서 비린 것까지 올려놓고 제사도 지냈다.

이때부터 갈석산에 벼락이 떨어져서 부처를 만들었다는 소문이 돌자 산지사방에서 사람들이 구름같이 모여들기 시작해 화적패나 드나들던 신통사가 졸지에 명찰이 되었음은 말할 것도 없고, 신통 대사는 범인이 함부로 만날 수도 없는 귀인이 되어 그 기고만장함이 본당의 불상을 내리고 제가 연좌방석 위에 올라앉을 정도였다. 게다가 벼락 치던 날 그 과정을 직접 목도한 현령 부인이 하산하여 어찌나 입에 침이 마르도록 떠들고 다녔는지 현령이 재물도 보내고, 먹고 입을 것도 보내고, 심지어는 관군을 동원해 갈석산 들머리를 지켜주기까지 했다. 이에 신통 대사는 상기 일패를 모조리 절로 데려다가 일부는 머리를 깎아 중노릇도 시키고, 일부는 불목하니로, 나무꾼으로, 벼락친 불상 앞에서 돈 받는 사람으로 쓰기도 하고, 더러는 현령에게 말하여 관군을 만들기도 했다.

개소문과 유자가 팽가를 찾아갔을 때는 신통 대사의 명성이 하늘 높은 줄 모르고 치솟아 적어도 갈석산 일대에서만큼은 황제보다 더 귀하신 몸으로 존경과 우러름을 받을 때였다. 현령도 신통사에 오면 신통 대사 발 아래 엎드려 삼배를 하고야 대화를 나눌 수 있는 판인데, 난데없는 젊은이 두 사람이 나타나 팽지만을 찾으니 시자가 건방지게 보고,

"팽지만이 누구인지는 알지 못하나 우리 큰스님 속성이 팽씨인 건 사실이니 만일 큰스님을 뵈러 왔거든 저기 줄을 서서 표를 받고 낙뢰불(落雷佛)에 가서 8천 배를 하시오."

하고 본당 뒤쪽을 손짓으로 가리켰다. 개소문과 유자가 시자의 가리킨 곳을 올려다보니 수백 명이 늘어서서 바위를 향해 절을 하느라 정신이 없었다.

"방금 말한 대로 하면 언제쯤 큰스님이란 분을 뵐 수 있는가?"

유자가 묻자 시자는 고개를 갸우뚱거리더니,

"글쎄올시다, 모르긴 해도 순번이 돌아오려면 달포는 족히 걸릴게요."

하고는 지나쳐 가려다 말고,

"아참, 신통사 규율은 알고들 계시나요?"

하고 물었다. 두 사람이 고개를 흔드니 시자는 표를 나눠주는 곳으로 데려가서,

"여기 이분들 표를 주게나."

하고 꽤나 험상궂게 생긴 자에게 인계하였다. 그자가 개소문과 유자의 행색을 힐끔 살피더니 대뜸,

"5백 냥씩 합이 1천 냥이오."

하여,

"무엇이 1천 냥이란 말인가?"

개소문이 물으니,

"우리 절에 묵는 동안 밥값, 잠 값에 큰스님 알현비까지 도합 1천 냥이란 말이오."

하였다. 개소문이 어이없는 표정을 짓고 유자를 돌아보며,

"팽지만이가 전에는 허가 없이 산적질을 하더니 이젠 허가 맡은 도둑질을 하는군."

하자 유자가 웃으며,

"개꼬리는 3년을 묻어놔도 개꼬리지. 본성이야 어디를 가려구."

하고는,

"야 이놈아, 1천 냥이고 1만 냥이고 어서 너희 두목한테 가서 을지유자가 왔다고 아뢰어라. 낙뢰불에 올라가서 산적질하던 놈들이라고 확 산통 깨기 전에!"

돈 내라는 자를 향해 버럭 고함을 쳤다. 그자가 산적질이란 말에 깜짝 놀라 뒤도 돌아보지 않고 달려간 곳이 상기의 거처였다.

신통사에서 종무를 총괄하던 텁석부리 상기가 매표하던 자에게서 을지유자란 이름을 듣자 하던 일도 팽개치고 쏜살같이 달려나왔다.

"여어, 이게 뉘신가! 을지 장군님 자제께서 갈석산엔 어인 일이야?"

텁석부리가 양팔을 넓게 벌린 채로 성큼성큼 걸어오니 유자도 반가운 표정으로 팔을 벌리고 둘이 형제처럼 얼싸안았다.

"그간 잘 계셨소?"

"나야 보다시피 잘 있지. 아버님께서는 강녕하신가?"

"아무렴."

"백산에 그대로 계시고?"

"그럼요."

"문안을 여쭈러 한번 간다 간다 하면서도 마음만 있지 짬을 내지 못했네. 우리 신통 대사는 선경에 들어 잠깐 뵈었는데 장군님이 백산 산신령과 바둑을 두고 있더라나. 믿을 소리는 아니지만 말일세, 허허."

상기는 유자와 인사를 하고 나서 개소문을 찬찬히 살피는데 개소문이 먼저,

"오랜만이외다. 저를 알아보겠소?"

하고 인사를 하니 갑자기 양팔을 허우적거리며 개소문에게 건너와서,

"햐, 알아보다마다! 연개소문이 아니야? 장수는 한 번 싸운 사람은 죽을 때까지 잊지 않는 법이지."

하며 옛날 어양의 객사에서 창칼 꼬나들고 싸운 일을 말하였다. 유자는 백산에서 지낼 때 몇 차례 갈석산을 다녀갔었지만 개소문과 상기는 어림잡아 20년 만의 해후였다.

"절 문이 꽤나 번성합니다."

개소문이 사람들로 북적거리는 신통사 경내를 둘러보며 물으니 상기가 겸연쩍게 웃으며,

"벼락 맞고 부자 된 사람은 고금을 통틀어 우리밖에 없을 거라."

하고는,

"대불이나 만나보러 가세들."

말을 마치자 앞장서서 본당으로 올라갔다. 상기가 본당 옆문을 가만히 잡아당기고는 안으로 손가락만 집어넣어 자꾸 까딱까딱 흔드니 안에서 돌연,

"문 닫아라! 기도 중이렷다!"

하는 호통소리가 났다. 그래도 상기가 손가락 까딱거리는 것을 멈추지 않으니,

"대체 어떤 놈이 신성한 불당에서 저리도 무엄한가?"

벌컥 문이 열리고 화려한 금박장삼에 비단 승복 차림을 한 팽지만이 나타났다. 팽가가 앞에 선 상기를 보고,

"아니 형님, 무슨 일인데……."

잔뜩 골이 나서 도둑놈 개 나무라듯이 따지고 들려다가 뒤에 선 유자와 그만 눈이 딱 마주쳤다.

"어어?"

팽지만은 말을 더 잇지 못하고 더듬거렸다.

"안녕하시오, 대사."

유자가 빙긋 웃자 팽지만은 냉큼 맨발로 법당을 내려와서,

"이리 좀 오게, 어서 이리로 와……."

하고는 급하게 본당 뒤로 데려가더니 인적이 없는 곳에 이르러서야 와락 몸을 돌려 유자를 끌어안았다. 상기도 그랬지만 팽지만 역시 유자를 마치 친동생처럼 여기는 눈치였다. 그는 한동안 유자와 볼까지 비벼가며 반갑게 인사를 나누고는 뒤따라온 개소문을 쳐다보았다. 개소문이 인사를 하자 팽지만은 한동안 누군지 알아보지 못하다가,

"저놈의 중이 요즘 하도 많은 사람을 만나는 바람에 정신머리가 없으니 자네가 이해하소. 장수는 한 번 싸운 사람을 잊지 않는 법이지만 저 중은 몰골로 봐도 장수가 아닌 영락없는 중이지 않아?"

상기가 일변으론 개소문에게 말하고 또 일변으론,

"전날 을지 장군과 같이 왔던 연개소문이야. 어양 객사에서 싸운

연개소문!"

팽가를 향해 냅다 고함을 지르자 그제야 팽지만이 겸연쩍게 씩 웃고
서,

"햐 참, 그놈의 세월이 덧없다. 팽팽하던 젊은이가 어찌 이처럼 몰
라보게 변했나?"

정말 고승이나 된 양 근엄하게 말하고는 덥석 달려와 손을 끌어 잡았
다. 팽가는 이들을 데리고 본당 아래채의 은밀한 곳으로 갔다.

신통재(新通齋)란 현판이 걸린 방이었다. 방 안에 들어서자 팽가는
제일 먼저 치렁치렁한 금박장삼을 벗어 바닥에 내동댕이쳤다.

"에고, 당최 성깔에 안 맞아서 원!"

"이 사람아, 그래도 그게 밥줄이야."

상기는 그런 팽가를 보고 재미있다는 듯이 이죽거렸다. 네 사람이
자리를 잡고 앉자 팽가는 유자에게 을지문덕과 대허, 청령의 안부를
두루 물은 다음 이제 자신이 갈석산의 터줏대감으로 자리를 잡았으
니 유자에게 식솔들을 끌고 그곳에 와서 함께 지내자고 제안하였다.
유자는 대답을 미루고 웃기만 하는데 상기가 대신,

"어림도 없는 소릴랑 하지도 말게. 아무려면 을지 장군이 산적패
와 같이 지낼까?"

하니 팽지만이 볼멘소리로,

"산적은 왜 산적이오? 그 흉측한 간판 내린 지가 언젯적인데?"

하며 항변하였다. 한동안 이런저런 한담과 정담이 오가던 끝에 유자
가 정색을 하며,

"팽형이 갈석산에 지은 농사도 이만하면 대풍이지만 여기 개소문
도 그에 못지않은 농사를 지었소. 개소문은 그사이 우리나라 상신이

되어 요동에 짓는 장성을 감독하러 왔다가 마침 노형들 생각이 나서 일부러 예까지 찾아온 길이외다."

하고 저간의 사정을 말하였다. 이에 두 사람은 화들짝 놀라며,

"이거 몰라뵈어 죄송하오."

"상신이라면 나라에서 첫손에 꼽는 고관 대작이 아니오?"

별안간 말투까지 예우하며 크게 반가워하였다. 유자가 말을 끊지 아니하고,

"실은 노형들께 긴히 한 가지 부탁할 게 있소."

하고는 엿듣는 사람이 없는데도 목소리를 잔뜩 낮추어,

"혹시 칼 쓰고 창 쓰는 사람 1백 명쯤 우리 도성으로 뀌갈 수 없겠소?"

물으니 팽지만은,

"언제? 당장?"

하고 묻는데 상기는 덮어놓고,

"왜 없어. 1백이 아니라 1백50도 뀌줄 수 있지."

하였다. 둘 다 이유는 안 묻고 대답부터 시원하니 유자가 도리어 궁금했다.

"어디에 쓸 건지는 왜 안 묻소?"

"어디에 쓰건 동생이 알아서 쓰겠지. 이틀만 말미를 주면 구해보겠네."

상기 대답을 듣고 유자는 손사래를 쳤다.

"아니, 그렇게 금방 쓸 건 아니고 금년 10월쯤에나 필요해."

"그럼 날짜를 정확히 못을 박게."

"웬만큼 능수능란한 군사들이라야 합니다."

"기운 좋고 날쌘 축들만 추려보지. 다들 한가닥씩은 하던 자들이
니 무슨 짓을 시키든 크게 낭패 보는 일은 없을 걸세."

애기는 그렇게 시작됐지만 그로부터 장시간 대화를 나누다가 보니
자연히 군사가 필요한 상황을 말하지 않을 수 없었다. 개소문이 입을
열고 고구려 사정을 대강 밝힌 뒤 무슨 계획으로 군사가 필요한가를
제법 소상하게 말하자 상기와 팽지만은 동시에 크게 놀랐다.

그런 애기들을 한창 나누고 있을 때 바깥에서 신통 대사의 시자가
기척을 내며,

"큰스님 안에 계십니까? 지금 알현하려는 신도들이 난리가 났습
니다요!"

하자 팽지만이 돌연 벌컥 짜증을 내며,

"이놈아, 오늘은 아무도 안 만난다! 내가 지금 신도들이나 만날 때
냐?"

하고서,

"그럼 역모가 아니오? 상신께서 역모를 일으키겠소?"

새삼 눈빛을 빛내며 개소문 앞으로 바짝 무릎을 당겨 앉았다. 개소문
의 애기를 다 듣자 상기가 한동안 깊은 생각에 잠겼다가,

"그렇다면 군사들만 보낼 게 아니라 내가 직접 가리다."

하고는,

"자네도 뜻이 있거든 따라나서게. 맨날 중노릇 지겨워서 못해먹겠
다니 모처럼 고구려에 가서 신나게 몸이나 풀고 오는 것도 괜찮지?
그러고 나면 또 한 몇 해 착실히 연좌방석에 올라앉아 있어도 엉덩이
에 좀이 슬지는 않을 게야."

팽지만을 보고 말하니 갑자기 팽가 안색이 부처처럼 환해지며,

"그거 좋은 생각이오! 사실 나는 요즘 살맛이 안 나! 장부란 모름지기 말을 달리고 칼을 써야 장부지, 허구한 날 쭈그리고 앉아 끝도 없이 찾아오는 부녀자들이나 상대해야 하니 차고 앉은 불알이 썩을 지경이오. 그렇게 산 지가 햇수로 10년째야. 오죽하면 이놈의 절에 확 불이나 싸질러버릴까, 요새는 자고 나면 그런 마음이 불쑥불쑥 든다니까?"

당장 칼을 차고 나가기라도 할 태세로 좋아했다.

개소문과 유자는 신통사에서 얼마간 묵다가 요동으로 돌아왔다.

임지를 꽤 여러 날 떠나 있었지만 별일이 있을 턱이 없었다. 그들이 다시 신성으로 가서 양만춘을 만나니 만춘이 말하기를,

"제 휘하에 시윤이란 자가 있는데 한 번 만나보시렵니까?"

하고 물었다. 개소문이 깜짝 놀라며,

"시윤이라면 임금의 충복으로 유명한 시명개의 일가가 아니오?"

하고 반문하자 만춘이 고개를 끄덕이며 그가 칠중성에서 신라 장수 알천에게 패한 책임을 지고 3년째 노역 중이라는 사실을 일러주었다.

"시윤이 비록 중외대부의 먼 조카뻘이지만 문책을 당할 때 시명개가 나서서 도와주지 않은 일을 섭섭하게 여겨 두 사람 사이가 그다지 좋지 않습니다. 더욱이 시윤이 새로 장가를 들려 했던 처자가 대사자 섭질(攝質)의 딸이었는데, 시윤이 요동으로 쫓겨오자 섭질이 딸을 늙은 내평 금태에게 후처로 주어 임금과 조정에 대한 시윤의 사감이 극에 달했지요."

"그러나 시윤이란 자는 바탕이 과히 좋지 않은 인물인데 성주께서는 그런 자를 왜 내게 천거하는지요?"

"저도 시윤이 충신이라고는 보지 않습니다. 그러나 지금은 한 사람이 아쉬울 때입니다. 또한 시윤이 패전의 책임을 지고 북방으로 쫓겨올 때 그의 형제 일곱 명도 같이 벌을 받았는데, 다들 조의선인 출신으로 창칼을 다룰 줄 압니다. 특히 시윤의 형인 시은(侍恩)과 셋째 아우 시진(侍進)의 무예는 형제들 가운데서도 탁월해 나이 스물에 구사자에 뽑혔던 시윤을 능가합니다. 그 두 사람은 시윤과는 달리 조정의 대당 정책에 불만하여 처음부터 벼슬을 살지도 않았습니다. 시윤 하나만을 보고 판단할 일이 아닌 줄 압니다."

개소문은 양만춘의 뜻을 비로소 알아차렸다.

"그들의 노역이 아직 한 해쯤 더 남았으나 만일 상신께서 데리고 가시겠다면 제가 기한을 앞당겨 빼내드리겠습니다."

"고맙소. 성주의 충심과 호의는 두고두고 잊지 않으리다."

개소문은 만춘의 손을 붙잡고 진심으로 고마움을 표시했다.

그해 4월, 개소문과 유자는 시윤 형제들과 함께 요동을 출발했다.

돌아오는 길에 일행은 백산으로 가서 을지문덕을 만나 한동안 시간을 보내다가 여름이 되자 마지막으로 내지를 잠행하며 욕살들의 의사와 5부의 민심을 재확인했다. 서부는 개소문의 본향이니 더 알아볼 게 없고, 동부 욕살 고명화는 임금의 누이와 혼인한 사람이므로 역시 더 알아볼 게 없었다. 나머지 3부 가운데 북부 욕살 고창개는 연태조와 가장 절친했던 인물로, 그 아들인 고연수(高延壽)가 오골성 성주로 있는 데다 임금의 비굴한 대당책 때문에 사직이 망한다고 입버릇처럼 주장해온 사람이었다. 그는 개소문이 찾아가서 시국을 한탄하자 사람들이 여럿 듣는 앞에서,

"내가 20년만 젊었어도 저놈의 임금을 폐위시킬 계책을 짜겠네!"

하며 큰 소리로 분통을 터뜨렸다. 중부와 남부 사정도 이와 크게 다르지 않았다. 중부의 고선(高扇)과 남부 욕살 고혜진(高惠眞)은 둘 다 젊은 사람들이었는데, 특히 개소문과 마찬가지로 얼마 전에 욕살 지위를 계승한 고혜진은 개소문이 당도하기 전에 미리 무슨 말을 들었는지,

"저한테 향군 맹졸이 2천여 명이나 있습니다."

하고서,

"혹시 상신께서 군사가 필요하시면 제가 이들을 데리고 함께 가겠습니다."

하고 제안하였다. 개소문이 웃으며,

"뜻은 고마우나 머리를 숙이고 남의 신하가 된 처지에 군사가 무엇 때문에 필요하겠소? 나는 그저 요동의 공역 감독을 마치고 돌아가는 길에 민심이 어떤지나 알아보러 잠깐 들렀을 뿐이오."

시치미를 떼고 은근히 거절하면서도,

"하지만 만약 그럴 일이 생기면 따로 기별을 하지요."

하고 여운을 남겼다. 평양으로 돌아가는 길에 유자가 궁금하여 까닭을 물었다.

"자네는 남의 나라에 사는 산적패까지 동원하면서 어찌하여 고혜진이 말한 2천이나 되는 군사를 마다하는가? 잘 훈련된 군사 2천이면 거사는 얼마든지 도모할 수 있네."

그러자 개소문이 대답했다.

"그건 자네가 권력의 속성을 몰라서 하는 말이네. 갈석산에서 얻은 산적패는 우리 군사지만 고혜진이 말한 군사 2천은 고혜진의 군사일 뿐이지. 그럼 정작 거사를 도모하고 난 뒤가 복잡해지거든. 고

혜진이 만약 자신은 남부에 그대로 있고 군사만 꿔주겠다고 했으면 나는 고맙게 받았을 걸세. 하지만 그는 자신이 직접 군사를 이끌고 돕겠다고 하더군."

개소문은 잠시 사이를 두었다가 결연한 표정을 지었다.

"일은 처음부터 끝까지 우리 힘으로만 감당해야 하네. 자네와 나, 시윤의 일곱 형제, 그리고 시월에 약조한 갈석산 군사 1백 명이 우리에겐 전부일세!"

역신인가 충신인가

지금 임금은 죽고 대궐은 비어 있어

누구든 들어가서 용좌에 앉기만 하면

임금이 될 수 있는데 만일 제게 딴마음이

있다면 어찌 이런 부탁을 하겠는지요.

저는 역모를 꾀한 게 아닙니다. 고씨

사직을 받드는 나라의 충신으로서 학정과

난치의 원흉들을 토벌했을 뿐입니다.

이런 충정을 대군께서 몰라준다면

목숨을 걸고 거사를 도모한 처지로

어찌 섭섭하지 않겠습니까. 이 모두가

고구려 백성과 대군의 조업을 위한

일이올시다. 도와주시오, 대군.

개소문이 도성으로 귀환한 것은 그해 9월이었다. 임금과 조정 중신들은 개소문이 나타나자 크게 놀랐다.

"경은 어찌하여 이토록 빨리 왔는가?"

건무왕은 대경실색하여 개소문을 나무랐다. 하지만 개소문의 대답은 태연했다.

"신은 왕명에 따라 장성 공역을 감독하고 돌아왔나이다."

"그렇다면 장성이 모두 축조되었더란 말인가?"

"아닙니다. 하오나 공역은 이제 차질 없이 진척되고 있으므로 안심하소서."

"장성이 완공되면 돌아오라고 하지 않았던가?"

"장성이 완공되려면 앞으로도 몇 년은 더 걸립니다. 한두 해만 같아도 대역사의 완공을 보고 돌아오려 했지만 생각보다 공사가 험해 무작정 기다릴 수만은 없었나이다."

"그렇다고 경이 돌아오면 누가 공역을 감독한단 말인가?"

"성주들과 관수들이 열심히 직무를 다하므로 과히 걱정할 일이 아닙니다."

개소문의 대답이 워낙 확고하니 임금은 그만 말문이 막혔다. 그러자 보다 못한 사본이 나섰다.

"지난날 맹진공과 금태공은 7년씩이나 역부들과 같이 숙식하며 왕명을 받들다가 급기야 맹진공은 죽고 금태공도 나이가 들어서 돌아왔거니와, 젊은 상신께서는 떠날 때 말과는 달리 고작 한 해도 넘기지 못하고 돌아오니 실로 어이가 없소. 아무리 성주와 관수들이 있어도 조정에서 감독하는 사람이 없으면 차질을 빚게 마련이오. 그게 아니면 어째서 금태공이 돌아온 후 공역 진척이 이전에 비해 절반에도 미치지 못하겠소?"

사본의 말에 힘을 얻은 임금이 큰 소리로 말했다.

"여러 말이 필요 없다! 막리지는 다시 요동으로 가라!"

그러자 개소문은 잠시 궁리에 잠기는 척하다가 입을 열었다.

"신이 부랴부랴 돌아온 데는 그럴 만한 이유가 있습니다. 요동에 가서 떠도는 말을 들어보니 일전에 우리나라를 다녀간 진대덕이 요동 일대를 샅샅이 헤집고 다니며 유람을 핑계로 지형 지세를 자세히 그려갔는데, 그걸 토대로 삼아 당주가 군사를 일으켜 곧 쳐들어올 거란 소문이 백성들 사이에 파다하게 퍼져 있었나이다."

"당은 쳐들어오지 않는다. 과인이 얼마나 지극한 정성으로 당을 섬기는데 당주가 쳐들어온단 말인가? 무지한 백성들의 쓸데없는 기우일 뿐이다."

임금은 잘라 말했으나 사본을 비롯한 중신들의 안색은 많이 굳어져 있었다. 개소문이 끊어진 말을 이었다.

"신도 처음엔 그렇게 생각하고 관수들을 안심시켰지만 만약의 일을 알지 못해 사람을 시켜 은밀히 장안의 동향을 알아보았나이다. 폐하께서도 혹시 아시는지 모르오나 신은 오래전 장안에 유숙할 때 지금 당주와 친분이 깊어 침식을 같이한 날이 많았고, 한 마디를 들으면 열 가지 속뜻을 알아차릴 정도는 되었습니다. 비록 세월은 흘렀지만 그가 군사를 낼 때 반드시 백마를 잡아 하늘에 제사 지내고, 백 일 동안 여자를 멀리하며, 계책과 지략을 짜내기 위해 어두운 방에서 문을 걸어 잠그고 두문불출하는 것이야 어찌 달라졌겠나이까?"

신하들은 물론이고 임금도 개소문이 당주와 한이불을 덮고 잠을 잤다는 소문은 익히 들어 알고 있던 터라 그의 말에 관심을 기울이지 않을 수 없었다.

"그런데 인편에 알아보니 당주는 금년 여름에 백마를 잡아 방장산에서 제사를 지냈고, 오랫동안 비빈의 거소를 찾지 않으며, 요즘은 가까운 신하들조차 얼굴을 대하기 힘들다고 하니 어찌 두려운 마음을 갖지 않을 수 있겠나이까?"

일순 편전에는 무거운 침묵이 흘렀다. 개소문이 보니 중신들의 낯은 이미 놀라움과 충격으로 굳어졌고, 좀 전까지만 해도 그럴 리가 없다고 장담하던 임금 또한 고개를 앞으로 빼고 한 마디 한 마디에 지대한 관심을 보이기 시작했다. 임금의 심약함을 노린 개소문의 거짓말이 먹혀드는 순간이었다.

"계속하라!"

임금이 재촉했다.

"고창과 토번, 돌궐 등이 모두 복속되거나 번국으로서 충성을 맹약하였으므로 만일 장안에서 지금 군사를 일으키면 쳐들어올 데라곤 우리나라밖에 없습니다. 더구나 요동으로 오는 길목인 탁군에서도 전시 징발이 있다는 풍문이오니 이쯤 되면 요동에 나도는 말들이 반드시 근거 없는 헛소문만은 아니지 않겠나이까? 신이 알아보고 또 알아본 뒤에 드리는 말씀입니다. 장성은 시일이 지나서도 다시 쌓을 수 있지만 자칫 요동을 잃어버리면 그 수고로움조차 모조리 당의 수중에 들어가서 당나라 재산이 될 게 뻔하므로 신은 그저 무섭고 두려운 마음밖에 없습니다. 빨리 돌아온 건 그 때문입니다."

개소문의 말이 끝나기 무섭게 임금은 땅이 꺼지도록 탄식했다.

"하면 이 노릇을 어찌해야 좋단 말인가!"

그러나 누구 하나 나서서 의견이나 대책을 말하는 이가 없었다. 개소문은 만일 이게 사실일 경우를 가정하자 속으로 더욱 한심하고 분한 마음이 일었다.

"신 막리지 개소문, 대왕께 한 가지 방책을 아뢰겠나이다."

"어서 말해보라!"

"요동에 징발한 역부들은 창칼만 있으면 언제든 군사로 부릴 수 있는 사람들입니다. 또한 9성 성주들은 하나같이 충신에 맹장들이므로 수나라 대군이 쳐들어왔을 때처럼 목숨을 걸고 싸우려 할 것입니다. 다만 필요한 건 무기와 식량이옵고, 대왕께서 친히 보내는 격려의 말과 도성에서 보내는 약간의 지원군입니다. 그렇게만 하면 요동 전사들은 용기 백배하여 능히 적을 물리칠 것입니다. 지난날 신라를 칠 때 동원한 1만 군사만 신에게 주십시오. 그러면 신이 직접 그들을 이끌고 다시 요동으로 가겠나이다."

개소문의 말에 임금의 표정은 눈에 띄게 밝아졌다.

"정말 그대가 친히 가겠소?"

"그렇습니다. 신이 막리지의 중책을 맡았으니 직책과 지위에 걸맞은 일을 하겠나이다."

"오호, 갸륵한지고."

임금은 크게 고개를 끄덕였다.

"그러나 무기는 얼마나 있어야 하고 식량 사정은 또 어떠한지 모르겠소."

그러자 내평 금태가 대답했다.

"무기는 달포 안에 우선 3만 군사가 쓸 만큼은 조달할 수 있지만 식량은 조와 콩을 모두 합해도 1천 섬이 될까 모르겠습니다."

그것이 당시 고구려의 형편이었다. 개소문은 다시 한 번 국정을 개탄했다. 실제로 벌어진 일이었다면 대관절 어떻게 할 뻔했던가!

"그럼 무기를 만들고 식량을 모아 내달 하순에 떠나시오."

임금의 말에 개소문은 곤란한 표정을 지었다.

"하순이면 늦습니다. 늦어도 내달 중순에는 길을 떠나야 추위가 오기 전에 요동에 도착할 수 있습니다."

"하면 내평은 무기 만드는 일과 곡식 모으는 일을 서둘러 막리지가 내달 중순에 떠날 수 있도록 군기를 맞추라."

임금이 금태에게 명령했다.

"어차피 날짜를 기다려야 한다면 군사 1만을 지금 당장 제게 주십시오. 신라 장수 알천 하나도 상대하지 못한 오합지졸들입니다. 신은 오늘부터라도 당장 이들을 데리고 도성 남쪽에서 훈련을 시켜 천하의 강군으로 만들어보겠나이다."

개소문의 청을 임금은 조금도 의심하지 않고 그대로 받아들였다.

"이제 보니 국상은 빈틈이 없는 사람일세. 그렇게 하라."

임금은 쾌한 표정으로 즉석에서 1만 군사를 움직일 수 있는 군령장을 써주었다.

"신은 이만 물러가서 군사들을 살피겠나이다."

"먼 길을 와서 피곤할 테니 하루나 이틀쯤 쉬고 나오시오. 그러다 병이라도 날까 두렵소."

잡아먹지 못해 안달하던 임금은 이제 개소문의 건강까지 염려하는 지경이 되었다.

"화급을 다투는 일이옵니다. 신은 아직 젊은 데다 건강함을 타고났으니 대왕께서는 과히 염려하지 마소서."

개소문은 두 번 절하고 어전을 물러났다. 그가 가자마자 책사 사본이 입을 열었다.

"아무래도 수상합니다. 개소문에게 따로 무슨 꿍꿍이가 있는 게 틀림없습니다."

"그건 또 무슨 말인가?"

임금이 약간 불쾌한 기색으로 반문했다.

"요동에서 돌아오자마자 군사를 얻어 다시 가겠다니 만일 그가 흉흉한 민심을 등에 업고 요동 장정들을 동원해 불충한 짓이라도 저지른다면 그땐 어찌하시렵니까?"

사본의 말이 끝나기 무섭게 시명개도 목청을 높였다.

"책사 맹부가 죽은 일을 폐하께서는 벌써 잊으셨는지요? 그는 자신의 집 사랑채에서 칼에 목이 잘려 죽었습니다. 비록 아무도 본 사람은 없지만 이는 개소문의 소행이 틀림없습니다. 그런 잔인무도한 자에게 1만이나 되는 군사를 내주는 건 범에게 날개를 달아주는 격입니다. 부디 통촉합시오."

책사 맹부가 죽자 조정 대신들은 이구동성으로 범인이 연개소문임을 단정하고 나왔다. 소형 고정의와 의후사 고운 정도가 개소문이 하루 전날 이미 요동으로 출발한 사실을 들어 중신들의 단정에 의문을 제기했지만 대세를 돌이키지는 못했고, 임금도 중신들의 말에 격분하여 개소문이 돌아오기만 하면 친히 문초를 하겠다며 이를 갈았다.

"맹부가 죽은 일을 과인이 잊을 턱이 있는가."

하지만 사정은 이미 달라져 있었다. 임금은 당이 쳐들어온다는 말에 온 신경이 곤두서서 이미 한참을 지난 맹부 사건 따위는 안중에도 없었다.

"하지만 경들도 개소문이 고하는 바를 함께 들었지 않은가? 그리고 사실 맹부의 일은 반드시 누구 소행이라고 단정 짓기가 힘들지. 개소문이 하루 전날 말을 타고 떠난 걸 본 사람도 한둘이 아니고……. 자고로 사람을 의심하기로 들면 끝이 없는 법이다. 하니 경들도 이제 의심을 거두고 국상이 하는 일을 지켜보도록 하라."

임금이 그쯤에서 맹부 사건을 무마하려는 기색을 보이자 사본은 이 모두가 개소문이 말한 당나라의 위협 때문임을 알아차렸다.

"지금 가장 중요한 문제는 개소문이 말한 대로 당이 과연 우리를 칠 것인지 여부에 달려 있습니다. 그러나 폐하께서는 당주가 즉위한 뒤로 단 한 해도 조공을 거르지 않았을 뿐 아니라 사신을 후히 대접하고 태자까지 입조시켜 과거 어느 때보다도 양국 간 우의가 돈독합니다. 따라서 무조건 개소문 말만 믿기도 어려우니 사람을 당에 보내 장안의 동향을 확인해볼 필요가 있습니다."

임금은 그제야 사본의 진언에 관심을 보였다.

"듣고 보니 좋은 생각이다."

"다행히 장안에는 우리 태자께서 유숙하고 계시므로 사신이 가서 태자마마를 만나본다면 당조의 사정쯤은 능히 헤아릴 수 있을 겁니다. 개소문이 사람을 보내 알아본 사정을 장안에 사시는 태자마마께서 모를 턱이 있겠나이까? 그러므로 나머지 일은 사신이 돌아온 다음에 다시 의논해도 늦지 않을 것입니다."

임금과 중신들은 사신을 당나라로 파견하되 개소문의 귀에는 이 사실이 들어가지 않도록 하자고 의견을 모았다.

"당이 정말로 우리를 칠 계획이라면 경들은 앞으로 어떤 일이 있어도 개소문을 의심하지 말라. 그러나 만일 개소문의 말이 모두 거짓으로 판명이 난다면 과인은 그를 참수형으로 다스리리라."

하지만 중신들의 말석에 끼어 있던 고정의는 사위인 뇌음신을 몰래 개소문의 집으로 보냈다. 소식을 모두 들은 개소문은 태연한 얼굴로 웃으며 말했다.

"저를 걱정하시는 두 분의 마음은 잊지 않겠습니다. 그러나 사신이 오가는 데는 아무리 빨라도 한 달이 넘어 걸릴 테니 그다지 걱정할 일이 없습니다."

개소문은 병부 군사 1만을 데리고 매일같이 장안성 남쪽 공터에서 호된 훈련을 시켰다. 9월이 지나고 10월이 되자 도성 근교에 이상한 사람들이 하나둘씩 나타났다. 더러는 조의선인처럼 꾸미기도 하고, 소금장수나 방물장수, 승려처럼 꾸민 이들도 있었으며, 10여 마리의 말을 거느린 말 장수도 간간이 눈에 띄었다. 이들은 서너 명씩 짝을 지어 주막이나 객사에서 묵었으므로 도성을 순시하는 관군들도 별로 수상히 여기지 않았다.

10월 보름이 되자 그들 가운데 호피 저고리를 입은 사람과 텁석부리 수염으로 얼굴을 가린 사람이 주모에게 막리지의 집을 물었다. 사람 상대하는 주모가 막리지의 집을 모를 턱이 없어 살가운 말씨로 가르쳐주자 이들은 밤이 되기를 기다렸다가 주모가 말한 곳으로 찾아갔다.

그날 밤에 막리지 연개소문의 집에서는 늦도록 불이 꺼지지 않았다. 모인 사람은 모두 열셋, 집주인 형제와 을지유자 내외, 신통 대사와 텁석부리 상기, 그리고 요동에서 데려온 시윤의 일곱 형제가 동석했다. 이들은 한결같이 유자의 처인 청령의 입을 바라보고 있었다.

초저녁부터 천문을 살피고 간지를 짚어대던 청령이 이윽고 붉고 아리따운 입술을 열었다.

"내일은 좋은 날입니다. 일은 반드시 남동쪽에서 벌여야 성공하기 쉽고 중앙은 장담하기 어려우며 서북방의 기운은 피해야 합니다. 또한 이른 아침이나 저녁보다는 한낮이 좋고 해가 지고 나서도 좋습니다."

그 아버지 대허한테서 배운 청령이 평소에도 곧잘 천문을 살피고 길흉을 점쳐 개소문과 유자가 큰 도움을 받곤 했다. 맹부를 죽이던 날도 청령이 날을 뽑고 경비가 허술해 일이 수월할 것도 가르쳐주었다. 청령이 말미에 확신에 찬 어조로 결론을 내렸다.

"임금의 운은 오늘로 다했습니다. 다만 달이 너무 밝아서 일관들이 거사의 조짐을 보지 못할 뿐입니다. 내일로 날짜를 잡는다면 반드시 성공합니다."

말을 마친 청령이 자리에서 일어나 나가자 개소문이 상기를 보고 물었다.

"갈석산에서 데려온 사람이 얼마나 됩니까?"

"1백이 조금 넘습니다."

상기는 일국의 재상에 대한 예의로 깍듯하게 공대말을 썼다.

"더 데려올 수도 있었지만 선별을 하느라 숫자가 좀 줄었습니다. 그러나 하나같이 용맹한 자들이라 웬만한 싸움에서는 밀리지 않을 겁니다."

"그 정도면 충분합니다."

상기는 신통사에서 장담한 숫자보다 부족해 미안한 심정으로 한 말이었으나 개소문은 매우 흡족한 표정을 지었다. 그는 자신이 오랫동안 꾸민 계획을 비로소 여러 사람 앞에서 털어놓았다.

"내일 낮에 나는 그간 훈련시킨 군사들을 식달성(息達城) 빈 공터에 모아놓고 그 남쪽에서 성대한 주연을 하려고 베풀어 임금과 대신들을 초빙할 작정이오. 평소 나한테서 흠을 잡지 못해 안달하던 자들이 술과 음식을 먹고 마시며 관병(觀兵)을 하라고 청하는데 마다할 리가 없소. 그런데 성문을 지나 음식상을 차려놓은 곳까지 어른 걸음으로 3백 보 남짓한 길의 양쪽엔 몸을 숨기기 쉬운 나무숲이 있소. 그곳 지리는 을지유자가 누구보다 잘 알고 있으니 노형들께서는 갈석산 군사들을 데리고 유자를 따라가서 숲의 양편에 매복했다가 들어오는 자들을 처리해주시오."

개소문의 말에 상기는 알겠다고 고개를 끄덕였으나 신통 대사는 그다지 신통하지 못한 표정을 지었다.

"그럼 말을 달리고 창칼을 쓰는 게 아니라 고작 나무 뒤에 숨었다가 나타나는 놈들의 목이나 따라는 게 아니오? 차라리 작대기로 밤송이를 털지. 이거 원, 싱거워서……."

처음부터 잔뜩 고개를 뽑고 개소문의 말을 경청하던 신통 대사 팽지만이 실망한 얼굴로 입맛을 쩝쩝 다시자 옆에 앉은 상기가 팔로 팽가의 어깨를 툭 쳤다.

"영험한 대사가 못하는 말이 없군. 말을 달리고 창칼을 쓰는 게 그토록 소원이면 내일 자네 혼자 갈석산에서 끌고 온 말 한 마리를 집어타고 국상이 말한 곳을 흙먼지가 나도록 뛰어다니게나. 어른 걸음으로 3백 보쯤 되는 길이라고 하니 말을 타고 달리려면 매암을 도느라고 꽤나 바쁘겠네."

심각하던 좌중에 일순 웃음소리가 터져나왔다. 개소문은 웃음이 끝나기를 기다렸다가 시윤을 바라보았다.

"공은 형제들과 함께 성문지기로 가장했다가 신하들이 나타나면 징을 쳐서 죽일 자와 살릴 자를 구분해주시오. 나는 아직 몇몇 사람을 빼놓고 만조백관들을 잘 알지 못하오. 공은 오랫동안 조정에서 벼슬을 살았으니 어떤 자가 의롭고 어떤 자가 간사한지를 잘 알 게 아니오?"

"알지요, 알다마다요."

시윤이 크게 고개를 끄덕였다.

"그런데 공에게는 특별히 부탁할 게 있소. 옥석을 엄정히 구별하되 공 개인의 호불호(好不好)나 원근으로 가리지 말 것이며, 의롭거나 간사한 구분을 임금의 편에서 가려서도 안 됩니다. 공은 오로지 우리 백성들과 천년 사직만을 생각하시오. 백관들의 생사가 오로지 공의 판단과 징을 치는 손끝에 달렸소. 부당하게 사는 자도 없어야 하겠지만 억울한 죽음이 있어서도 아니 되오. 내 말을 부디 유념하시오."

"제가 한때 눈이 멀어 일신의 영달만을 추구한 것은 사실이지만 형제들과 함께 요동으로 쫓겨가서 느낀 점이 많습니다. 국상께서 무얼 말하는지 잘 알고 있으니 과히 염려하지 마십시오."

시윤은 공손하게 허리를 굽혀 대답했다. 개소문은 마지막으로 자신의 아우인 정토에게 말했다.

"너는 내일 날이 밝는 대로 집안 종들과 아낙네들을 모두 동원해 식달성 남문으로 가서 미리 준비한 술과 음식으로 떡 벌어지게 주안상을 마련하라. 내일은 나라의 잔칫날이다. 천막을 쳐서 장설간(帳設間)을 만들어 밥과 국을 끓이고 개와 돼지를 잡아 우리 군사들이 배불리 먹을 만큼 음식을 넉넉히 준비하라. 거사를 끝내면 나도 그 음식을 먹을 것이다."

이튿날 날이 밝자 개소문은 관복을 입고 입궐했다. 그런데 하필이면 그날따라 임금이 몸이 아파서 정무를 보지 못하겠다는 게 침전을 다녀온 내관의 전언이었다. 개소문은 잠시 난감한 기분에 사로잡혔다.

"한 번 더 가서 여쭙게. 1만 군사가 훈련을 마치고 임금께서 참례하여 격려해주기를 목이 빠지게 기다리고 있네. 만일 우리 군사들이 대왕의 격려에 힘입어 한껏 위용을 자랑한다면 도성의 백성들도 얼마나 듬직하고 마음에 큰 위안이 되겠는가?"

개소문의 청에 늙은 내관이 눈을 아래로 게슴츠레 뜨고,

"옥체가 미편하다지 않소? 그깟 군사들의 위용이나 자랑하려고 미편하신 대왕을 번거롭게 한단 말이오? 여러 말 할 것 없이 썩 물러가오!"

하며 마치 제가 임금이라도 된 양 꼴값을 떨었다. 화가 치민 개소문의 두 주먹이 부르르 떨렸다. 치도가 무너지고 임금이 임금 같지 않

으니 하물며 내관 따위도 국사를 우습게 아는 것이리라. 그러나 개소문은 이를 악다물고 다시 표정을 부드럽게 하여 내관을 달랬다.

"이보시게, 그럼 대신들만이라도 불러서 군사들이 훈련하는 모습을 참관할 수 있도록 왕명을 받아주시게. 그건 할 수 있지 않겠나?"

막리지의 깍듯하고 다소곳한 말투에 늙은 내관은 여전히 심드렁한 낯으로,

"중신들을 소집해달란 말이오?"

하고 되물었다. 개소문이 그렇다고 말하자 내관은 잠깐 생각에 잠기더니,

"그럼 번거롭게 대궐을 들락거리지 말고 아예 처음부터 훈련장에서 모이면 되겠소?"

하여 개소문이,

"그래도 좋지. 아니 그편이 여러모로 덜 번거롭겠네. 늙은 쥐가 독을 뚫는다고, 과연 노황문(老黃門)의 지혜가 만조를 통틀어 제일일세."

하며 내관을 잔뜩 추켜세웠다. 그 말에 우쭐해진 내관은 거드름을 피우며 침전으로 어슬렁거리고 들어갔다가 조금 뒤에 다시 나왔다.

"허락은 얻었는가?"

"장소가 어디요?"

"식달성 남쪽 공지일세."

"그럼 식달성 남문에서 관병식(觀兵式)이 있다는 소집령을 내면 되겠소?"

"여부가 있겠나."

"대상자는 어느 선에서 정하면 되오?"

"문무백관들이 빠짐없이 모이면 좋겠네."

"그러지요."

내관은 개소문에게 물어 들은 바를 제가 직접 종이에 썼다.

"지금 곧바로 관부를 확인하고 옥새를 찍어 관령을 놓을 터이니 안심하고 돌아가시오."

"고맙네."

개소문이 공치사를 하자 지혜롭다는 말에 줄곧 우쭐했던 내관은,

"관령을 놓을 때 대왕이 편찮으신 말은 쓰지 않으리다. 대왕께서 관병하지 않는 사실을 알면 빠지는 이가 한둘이 아닐 게요."

하고 시키지도 않은 말까지 덧붙였다. 개소문은 크게 기뻐하며 더욱 듣기 좋은 말로 내관을 칭찬했다.

"대왕께서 안 계시니 황문이 알아서 정사를 다 보네그랴."

관령이 돌자 만조 문무백관들이 하나둘씩 식달성에 나타났다.

기한도 되기 전에 요동 역사에서 빠진 시윤의 일곱 형제는 도성에 돌아온 뒤 혹시 말이 날까 두려워 아직 집에도 들어가지 못하고 개소문의 집에서 기거해온 터였다. 그들은 미리 준비한 성문지기 복장으로 위장한 채 조정 중신들이 나타나기를 목이 빠지게 기다렸다.

관령을 받고 제일 먼저 나타난 자는 공교롭게도 자신의 숙부뻘인 중외대부 시명개였다. 오랜만에 시명개를 본 시윤의 눈에 불꽃이 일었다.

"제발 저희 형제들만이라도 좀 구해주십시오, 숙부님!"

"이놈아, 너 하나 때문에 내 목도 날아갈 판이다. 무슨 수로 너를 돕는단 말이냐? 시끄러우니 어서 물러가라!"

문책을 당하던 날 밤, 부리나케 시명개의 집을 찾아가 눈물을 흘리며 도와달라고 간청했지만 일언지하에 거절하던 그 싸늘한 말투가 새삼 시윤의 귓전을 맴돌았다. 그는 성문 뒤에 숨어서 손에 든 징을 크게 울렸다.

"중외대부께서 납셨소!"

징과 함께 울린 그 소리는 즉각 나무숲에 매복한 상기와 팽지만의 군사들에게 전해졌다. 영문도 모르고 터벅터벅 걸어가던 노신 시명개는 그늘진 숲길 한복판에 이르자 갑자기 칼을 뽑아 들고 나타난 정체 불명의 장정들 손에 그만 목이 달아나고 말았다.

"내평 금태공이오!"

시명개의 처참한 주검을 미처 치우지도 않아서 또다시 징 소리가 울렸다. 이번엔 길 앞쪽에 매복했던 장정들이 금태를 처치했다. 그 역시 비명 한 번 지르지 못했다.

"좌장군 동부 욕살 고명화요!"

잠깐 사이를 두었다가 다시 징 소리는 울렸다.

"우장군 고정해요!"

"대형 고웅이오!"

고웅이 목을 잃고 불귀의 객이 된 직후 곧바로 사본이 허겁지겁 나타났다. 그는 평소 뇌물로 구워삶은 내관으로부터 왕이 아프다는 소식을 듣고 궐에 문병을 갔다가 개소문이 관병식을 이유로 관령을 놓았다는 사실을 알았다. 순간 사본은 개소문이 무슨 꿍꿍이를 벌이고 있음을 직감했다. 그래서 중신들을 만나 대책을 강구할 속셈으로 허겁지겁 달려오는 길이었는데, 제아무리 잔꾀 많은 사본이더라도 노상 참변을 당할 줄은 꿈에도 예상하지 못했다.

"태대형 책사 사본이오!"

잰걸음으로 달려가는 사본의 앞을 막아선 사람은 을지유자였다.

"누, 누구냐?"

사본이 기겁을 하며 묻자 유자는 차갑게 웃음을 지었다.

"혹시 오래전에 역적으로 몰려 죽은 귀유공을 기억하는가?"

"귀유? 그, 그럼, 기, 기억하고 말고."

"그렇다면 귀유공이 과연 역적이었던가?"

생면부지의 사내가 나타나서 갑자기 30년도 더 지나 기억마저 가물거리는 옛일을 물어보자 사본은 미처 대답할 말을 찾지 못하고 어물거렸다.

"어서 대답하라, 귀유공이 과연 역적이었던가?"

그런 사본에게 사내는 소리를 높여 호통을 쳤다. 분위기를 보아하니 역적이라고 말하면 그 자리에서 목이 떨어질 것 같았다.

"역적이 아니었네. 내가 잘못 알았소."

하지만 그건 사본의 착오였다. 그는 무슨 대답을 했어도 목이 떨어지게 돼 있었다. 유자의 입가에 잠시 씁쓸한 웃음이 스치는가 싶더니 이어 그가 번개 같은 솜씨로 칼집에서 칼을 뽑았다.

"대체 뉘, 뉘시오……."

아마도 사본은 그렇게 물으려고 입술을 움직인 모양이었다. 하지만 유자는 더 기다려주지 않았다. 그는 칼을 휘두르며 벼락같이 고함을 질렀다.

"죽어라, 이놈!"

놀란 눈을 부릅뜬 채로 사본의 목은 댕강 몸에서 떨어졌다. 머리를 잃고 허우적거리는 사본의 몸에서 피가 사방으로 튀어가며 높이 솟

구쳤다.

"이제 편히 쉬십시오, 아버지."

유자는 입술을 깨물며 조그만 소리로 중얼거렸다.

그날 식달성 남쪽에서 이렇게 목을 잃은 신하들의 숫자는 무릇 1백 명이 넘었다. 하물며 참변을 당한 자들 대부분이 임금의 총애를 받던 높은 벼슬의 중신들이라 전조(全朝)가 무너졌다고 해도 과언이 아니었다.

중신들을 모두 참수한 개소문은 곧장 말을 타고 궁중으로 달려갔다. 그는 칼을 차고 신발을 신은 채로 왕의 침전을 급습했다.

개소문을 발견한 내관들이 기겁을 하며 소리쳤지만 개소문은 눈썹 하나 까딱하지 않고 닥치는 대로 그들을 베어 넘겼다. 그는 침전 문을 부수고 임금 앞에 이르렀다.

자리를 깔고 누워 낮잠을 자던 임금은 문이 부서지는 소리에 놀라 눈을 떴다. 급히 몸을 일으켜보니 어느새 칼을 찬 개소문이 눈앞에 버티고 있었다.

"이 무슨 소란이냐?"

임금은 짐짓 위엄을 갖추고 소리쳤지만 개소문은 노기등등한 얼굴로 임금을 노려보았다.

"건무는 들어라! 너는 애초에 잘못된 임금이다! 잘못된 임금을 폐하는 것은 민심이며 또한 천심이다. 신하로서 민심을 좇고 천심을 따름이 무슨 죄가 되겠는가! 지하에 계신 시조대왕의 혼백과 천지신명께 맹세코 나는 7백 년 사직을 보전하기 위해 너를 죽인다. 너 하나 죽어 사직이 유구하고 만백성이 편안하다면 이는 마땅히 충신으로서

해야 할 일이다!"

말을 마친 개소문은 그대로 칼을 뽑아 임금을 찔러 죽였다. 건무가 피를 토하며 고꾸라지자 개소문은 용포에 침을 뱉었다.

"지난 25년간 너 하나로 말미암아 얼마나 많은 사람이 고통을 당했던가! 아아, 지금도 요동벌에서 돌을 지고 낑낑대는 불쌍한 사람들을 떠올리면 나는 죽은 너도 용서할 수가 없구나!"

피 묻은 칼을 쥔 개소문의 손이 다시 한 번 부르르 떨렸다. 그는 고꾸라진 임금을 보고도 분이 풀리지 않았는지 시신을 아홉 동강으로 끊어 시궁창에 버렸다. 부하 몇 명을 이끌고 개소문을 뒤따라온 팽지만과 상기도 그 광경을 목격하고는 혀를 내두르며 벌린 입을 다물지 못했다.

임금을 잔인하게 시해한 개소문이 곧장 말을 타고 달려간 곳은 왕제 대양(大陽)의 집이었다. 미리 만사를 철저히 준비해둔 듯 그는 조금도 우물쭈물하는 기색이 없었다.

건무의 아우 대양은 젊어서부터 글을 가까이하고 놀기를 좋아해 예인(藝人)들과 자주 어울렸다. 형과는 달리 인품도 고매하고 정사에는 뜻이 없어 길에서 중신들을 만나도 누군지 알아보지 못했다. 만일 그가 신라의 백반처럼 형의 왕업을 돕는다는 핑계로 권세를 추구했다면 건무의 성품을 고려할 때 진작 화를 당했을 공산이 컸다. 형을 누구보다 잘 아는 대양으로선 어쩌면 한인(閑人)으로 지낸 것이 세상을 탈 없이 살아가는 한 방편이었을지 모른다. 그는 선비나 예인이라면 귀천을 가리지 않고 만났지만 행여 관직에 오른 인물이 찾아오면 호통을 쳐서 내쫓았고, 우연히 마주친 벼슬아치들이 인사를 해도 받아주지 않았다.

개소문이 들이닥쳤을 때 대양은 마침 악공인(樂工人)과 무인(舞人)을 초청하여 제 집 정자에서 가무판을 벌여놓고 스스로도 횡적(橫笛)을 불고 오현금(五絃琴)을 뜯으며 한껏 여흥에 도취해 있었다. 개소문은 말에서 내려 노래 한 곡이 다 끝나기를 기다렸다가,

"막리지 연개소문이 왕제께 알현을 청합니다."

하고 말했다. 아무것도 알지 못하던 대양은 막리지가 찾아왔다는 말에 잠깐 뜻밖인 기색을 보였으나 곧 쳐다보지도 않고,

"저는 정사에 대해서는 아무것도 모릅니다. 더구나 나라의 상신을 은밀히 만날 이유가 없으니 그냥 돌아가시지요."

공손히 말을 마치자 자줏빛 비단 모자에 새 깃으로 장식한 화려한 차림의 악공인들에게 끊어진 음악을 다시 연주하도록 명하였다. 연주가 시작되자 이마에 붉은 칠을 한 무인 네 사람이 나와 춤을 추었다. 개소문은 정자 아래에 서서 다시 노래와 춤이 끝나기를 기다렸다. 노랑 치마저고리에 적황색 바지를 입은 무인 둘과 적황색 치마저고리에 노랑 바지를 입은 무인 둘이 짝을 이뤄 한바탕 정자를 돌고 났을 때 개소문이 입을 열었다.

"왕제께서는 옛날 봉상왕(烽上王: 14대 임금) 때 국상(國相) 창조리(倉助利)를 어떻게 생각하십니까?"

일순 대양은 안색이 벌개지며 오현금을 뜯던 손을 멈추었다. 그리고 정자 아래 서 있던 개소문을 향해 비로소 눈길을 주었다. 대양이 언뜻 보니 개소문의 옷에는 피가 흥건히 묻어 있어 그제야 무슨 변고가 일어났음을 직감했다.

대양은 급히 정자를 내려와 개소문의 팔을 이끌고 사랑채로 갔다.

그는 단둘이 자리를 잡고 앉자 여러 사람들 앞에서보다 오히려 태

도가 당당했다.

"하면 내가 지금 돌고(咄固)의 신세가 되었단 말씀이오?"

정중하게 묻는 대양의 음성이 가늘게 떨렸다.

봉상왕은 성정이 포악하고 의심이 많아 즉위하자마자 숙부인 안국군(安國君)을 죽인 데다 이태 뒤에는 자신의 아우인 돌고마저 딴마음을 품었다고 의심해 죽였다. 여기에서 그치지 않고 그는 돌고의 아들이자 자신의 조카인 을불(乙弗 : 15대 임금 미천왕)까지 찾아서 죽이도록 명하였다. 악정도 잇달아서 해마다 흉년이 들고 백성들은 서로 잡아먹을 지경에까지 이르렀는데도 임금은 나라 안의 15세 이상 남녀를 모조리 징발하여 궁정 역사를 일으키니 굶주린 백성들 가운데는 학정에 시달려 나라 밖으로 도망치는 자가 한둘이 아니었다. 보다 못한 국상 창조리가 봉상왕을 찾아가서,

"천재(天災)가 거듭되고 해마다 흉년이 들어 백성들은 살 곳을 잃고, 장정들은 사방으로 떠돌며, 늙은이와 어린이는 구덩이에서 헤어나지 못하고 뒹굴게 되었으니 지금이야말로 하늘을 두려워하고 백성을 위해 근심할 때입니다. 그런데 대왕께서는 기아에 허덕이는 사람을 토목의 역사(役事)로써 괴롭히니 이는 만백성의 어버이가 된 처지로 있을 수 없는 일입니다. 하물며 이웃에는 강적이 도사리고 있어 만일 우리의 피폐한 틈을 타서 공격이라도 해오는 날엔 사직과 백성이 어떻게 되오리까? 원컨대 대왕께서는 깊이 생각하십시오."

하고 간곡히 말하니 왕이 노하여 대답하기를,

"임금이란 백성들이 모두 우러러보는 존재다. 궁전이 장엄하고 화려하지 않으면 어떻게 위엄을 보일 수 있겠는가? 지금 너는 과인을

비방하여 백성의 칭송을 구하려는 게 아닌가?"

하고 오히려 창조리를 의심했다. 대경실색한 창조리가,

"백성을 사랑하지 않는 임금은 인자(仁者)가 아니고, 그릇된 임금을 간하지 않는 신하는 충신이 아닙니다. 신은 이미 국상의 자리에 있으므로 그릇된 일을 보고 그냥 넘길 수 없어 드린 말씀이지 어찌 백성들의 칭송을 구하겠나이까?"

하며 자신에게 딴마음이 없음을 발명했다. 왕이 그제야 웃으며,

"국상은 백성을 위해 죽을 것인가? 다시는 내 앞에서 그 따위 소리를 지껄이지 말라."

하고 엄포를 놓았다.

이후에도 왕은 허물을 고치지 않았다. 화가 자신에게 미칠까 두려워한 창조리는 곧 여러 신하들과 공모하여 반란을 일으켰다. 그는 무력으로 임금을 폐한 뒤 자객을 피해 숨어살던 왕제의 아들 을불을 찾아내어 새 임금으로 삼았다. 죽으려고 했던 조카 을불이 임금이 되자 폐위된 봉상왕은 스스로 화를 면치 못할 줄 알고 목을 매어 자살했고, 두 왕자도 아버지를 따라 죽었다.

대양은 형인 임금이 무슨 잘못된 정보를 듣고 자신을 의심해서 사람을 보낸 줄 아는 눈치였다. 개소문은 가만히 고개를 저었다.

"저는 지금 창조리가 했던 일을 고스란히 답습하고 오는 길입니다."

그 말에 대양은 더욱 놀랐다. 그는 눈을 부릅뜨고 개소문의 옷에 묻은 낭자한 피와 사람 얼굴을 몇 번이나 번갈아 살피다가 이윽고 사태를 짐작한 듯 크게 한숨을 토했다.

"한 해가 다르게 민심이 흉흉하여 언제고 이런 날이 올 줄은 알았

소만……."

대양이 침통한 어조로 탄식한 뒤 곧바로 자세를 고쳐 앉았다.

"그렇다면 국상께서 나를 찾아온 연유가 무엇이오?"

"보위를 이으려고 왔습니다."

"누구? 나를?"

"싫으십니까?"

대양은 눈을 감고 팔을 크게 내저었다.

"내가 보위를 이으면 나라 꼴은 더욱 엉망이 되오. 국상도 방금 전에 눈으로 보지 않았소? 세상이야 어떻든 나는 흥겹게 가무나 즐기며 평생을 산 사람이외다. 임금 재목이 아니오."

대양의 말투는 확고했다. 개소문은 그가 과연 소문과 같은 사람이라고 생각했다.

"그럼 정말로 대군께서는 돌고의 길을 가시렵니까?"

그 말을 대양은 자신을 해치겠다는 의미로 해석했다.

"국상이 후환을 없애고자 우정 나를 죽이겠다면 하는 수 있겠소."

대양이 의연하게 대답하자 개소문이 급히 손사래를 쳤다.

"창조리는 돌고의 아들인 을불로 새 임금을 세웠습니다."

그제야 대양은 개소문의 진의를 알아차렸다.

"내 아들은 나이가 열아홉밖에 되지 않은 어린앱니다. 어린아이가 어떻게 만백성의 어버이가 되어 어지러운 정사를 보살필 수 있겠소. 더군다나 나는 그 아이가 행여 세도를 탐하고 권문을 기웃거릴까 봐 틈이 날 때마다 가무를 가르쳐서 군국사무에 관해선 아는 바가 전혀 없소. 모르긴 해도 막리지가 무엇을 하는 직책인지조차 알지 못할 게요."

"그건 별로 중요하지 않습니다. 나이란 세월이 흐르면 저절로 들게 마련이고, 코흘리개도 사직을 잇기 위해서 보위에 오릅니다. 모르는 건 얼마든지 가르칠 수 있고, 또 그릇되게 아는 사람보다는 오히려 아무것도 모르는 편이 훨씬 낫습니다. 지금 가장 중요한 건 끊어진 조업(祖業)을 잇고, 만백성을 괴롭히는 난정을 다스릴 깨끗하고 청렴한 왕손입니다. 그러기엔 아무리 둘러봐도 대군의 아드님만 한 적임자가 없습니다. 엎드려 청하건대 아드님을 주십시오. 그럼 견마지로를 다해 기필코 만대에 남을 성군이 되도록 보필하겠습니다."

개소문은 갑자기 와락 엉덩이를 당겨 앉으며 대양의 손을 굳게 거머쥐었다.

"대군! 사직의 존망이 달린 막중대삽니다. 지금 임금은 죽고 대궐은 비어 있어 누구든 들어가서 용좌에 앉기만 하면 임금이 될 수 있는데, 만일 제게 딴마음이 있다면 어찌 대군을 찾아와 이런 부탁을 하겠는지요! 저는 역모를 꾀한 게 아닙니다. 고씨 사직을 받드는 나라의 충신으로서 학정과 난치의 원흉들을 토벌했을 뿐입니다. 이런 충정을 대군께서 몰라준다면 목숨을 걸고 거사를 도모한 처지로 어찌 섭섭하지 않겠습니까! 이 모두가 고구려 백성과 대군의 조업(祖業)을 위한 일이올시다. 도와주시오 대군!"

말을 하는 눈에서 불꽃이 일고 입에서는 침이 튀었다. 그 기백과 서슬에 대양은 일순 섬뜩함을 느꼈다.

'이래도 거절한다면 이 사람은 능히 나도 죽일 수 있는 사람이다.'

그렇게 판단한 대양은 더 이상 고집을 부리지 않기로 작정했다.

평생 노래와 춤을 벗 삼아 지내며 순리(順理)가 무엇인지쯤은 헤아리던 그였다. 아직 나이 어린 아들 보장(高寶臧)의 앞날이 다소 걱정스러웠지만 그 또한 자신과는 다른, 아들의 운명이라면 운명일 터였다. 운명에 순응하는 게 곧 순리가 아니던가.

"알았소. 그렇게 합시다."

대양이 드디어 침묵을 깨고 고개를 끄덕이자 개소문은 크게 기뻐했다. 그는 감격스러움을 이기지 못한 듯 자리에서 벌떡 일어나더니 대양을 향해 넙죽 큰절을 올렸다.

"구덩이에 빠진 이 나라 사직이 드디어 헤어나올 방도를 찾았습니다. 실로 감개무량합니다. 이 모두가 대군의 은덕입니다. 신 연개소문, 목숨이 붙어 있는 날까지 아드님을 보필하여 오늘 이 방에서 맹세한 대군과의 굳은 약속을 반드시 지키겠나이다!"

5척 단구에서 어쩌면 그토록 우렁찬 목소리가 나오는지 믿어지지 않았다. 그리고 고개를 드는데 보니 눈물까지 줄줄 흘리는 게 아닌가. 그 모습을 보며 대양은 생각했다. 도대체 저 사람은 역신인가 충신인가.

임인년(642년) 10월, 막리지 연개소문의 거사는 단 하루 만에 성공으로 끝났다. 치밀한 계획과 발 빠른 움직임, 기강이 무너진 조정과 흉흉한 민심이 어울려 빚어낸 결과였다. 거사 규모와 내용도 만인의 상식을 뛰어넘을 만큼 광범위하고 잔인했다. 임금을 처참히 도륙하고 조정 대신 1백여 명을 몰살시킨 그를 뉘라서 꾸짖고 상대할 수 있으랴.

그날 이후 권세는 모조리 연개소문의 것이었다. 참변을 모면한 조정 벼슬아치들은 일제히 사직을 청하고 돌아가 감히 집 안에서 나오지 못했고, 죽은 건무왕의 비빈과 나인들도 궁중에서 개처럼 쫓겨나 사방으로 흩어졌다.

학정에 시달려온 백성들은 대부분 왕의 비참한 죽음을 후련하게 여겼다. 민심은 임금을 시해한 연개소문을 탓하지 않고 오히려 그의 잔혹한 행동을 의롭게 평가하는 쪽으로 흘러갔다. 사정이 이러니 연개소문의 위세가 하늘 높은 줄 모르고 치솟는 것은 일견 당연지사였다. 국정을 전제하게 된 개소문은 제일 먼저 당나라 장안에 숙위하던 태자 환권을 폐하고 대양의 아들 보장을 임금으로 세웠다.

보장의 나이 열아홉, 그는 심성이 착하고 양순하며 겁이 많고 예절 바른 인물이었다. 호랑이 같은 막리지의 강권과 하늘 같은 아버지의 권유로 꿈에서조차 생각해본 적 없는 보위에 올랐지만 그는 속으로 하염없는 두려움과 또한 임금이 되기엔 스스로 부족하다는 느낌을 떨치지 못했다. 더구나 백부의 왕업이 순탄하지 않아 왕정을 피로 물들이며 조업을 물려받았으니 겁 많은 보장으로서는 하루하루가 좌불안석일 수밖에 없었다.

개소문은 보장을 왕으로 세운 뒤 병부 장수와 만조의 신하들을 일제히 갈아치우고 법과 제도를 실정에 맞게 정비하니 천지를 뒤흔들고 사해를 공포에 떨게 했던 그의 30년 철권통치는 이렇게 막이 올랐다.

한편 침전에서 비참하게 죽은 건무왕의 시신은 동강이가 난 채로 며칠 동안이나 시궁창에서 썩어갔다. 그러나 후환이 두려워 누구 하나 나서서 수습하려는 이가 없었는데, 하루는 생전에 그를 모셨던 후궁 하나가 야밤에 몰래 궁궐로 숨어들어 썩은 유골을 보자기에 싸서 도성 북방 20리허인 영류산(嬰留山)에 묻고 가까스로 돌비석 하나를 세웠다. 나라에서 장례를 치르지 않으니 시호(諡號)가 있을 리도 만무했다. 궁녀는 비석에 무어라 적을까 고민하다가 새삼 죽은 임금의 처지가 불쌍하고 그러구러 생전에 받은 총애가 새록새록 떠올라 한참을 엎어져서 울었는데, 울다가 생각해낸 것이 영류산에 묻었으니 영류왕이 좋겠거니 싶었다. 그러나 한자로 쓸 적에 영화로울 영(榮)자로 고쳐 영류왕(榮留王)이라 쓰고 비석을 어루만지며 말하기를,

"비록 박토야산(薄土野山)에 초라하게 모셨지만 여기서만은 오래도록 영화를 누리세요. 살아생전 대왕에게서 받은 총애와 승은을 보답하려고 보니 신첩이 할 수 있는 일이란 겨우 이것뿐입니다."

말을 마치자 무덤에 두 번 절하고 그 길로 반룡사에 들어가서 중이되었다. 뒤에 이 소문이 퍼지자 사람들은 궁녀의 의리가 하찮은 사내보다 낫다고 칭찬하며 그가 만든 시호를 그대로 불러주니 기록에 남은 영류왕이란 곧 건무왕을 지칭하는 것이다.

깊어가는 원한

전쟁이 일어나서 서로가 서로를
죽이는 건 비록 처참한 일이지만
또한 불가피한 것이온데 지금
윤충이 행한 잘못은 누구나 다
아는 그 불가피한 일을 새삼
처참하게 만들었다는 데 있습니다.
하물며 대야성에서 죽은 성주의 처는
김춘주의 딸이라고 들었습니다.
딸의 참혹한 수급을 직접 눈으로
본다면 우리나라에 무슨 도움이
되겠나이까. 신 또한 윤충이 큰
실수를 저질렀다고 생각합니다.

강군(强君) 부여장(무왕)의 뒤를 이어 즉위한 백제왕 의자가 자신의 신하들을 편전에 불러모으고 신라를 치자고 의논한 것은 고구려의 개소문이 거사를 일으키기 직전인 임인년(642년) 7월이다. 이때 의자는 부왕의 탄탄한 기업을 이어받아 안팎으로 모든 일이 순조로웠다.

즉위 직후 당주는 정문표(鄭文表)를 책봉 사절로 파견해 외교적인 승인을 마쳤고, 의자왕도 답례로 사신을 보내 감사의 뜻을 전하고 방물을 바쳤다. 해가 바뀌자 의자는 다시 당에 조공사를 보냈으며, 아직 추위가 가시기 전인 2월에는 문관들을 대동하고 전국의 주군(州郡)을 직접 돌아보면서 죄수들을 살펴 사형수를 제외하고는 모두 풀어주었다. 이는 말할 것도 없이 불세출의 명군을 잃고 비탄에 잠긴 백성들을 위로하기 위한 조치였으나 왕은 이미 그때부터 신라를 칠 계획을 짜기 시작했다.

그는 주군을 순시하면서 국경의 지형 지세와 적의 동태를 무척 유심히 관찰했다. 그리고 다시 환궁한 때가 6월인데, 한 달도 지나지 않아 군사를 일으키기로 결심했다. 부왕의 그늘에서 벗어나 스스로 임금의 권위를 세우고, 동요하는 백성들과 의심하는 귀족들에게 흔들림 없는 제왕의 위엄을 보이자면 하루빨리 강군의 기상을 드러낼 필요가 있었다.

"과인이 국경을 순시하며 살펴보니 동적의 방비가 허술한 곳이 한두 군데가 아니오. 그런데 선왕께서 생전에 가장 중히 여긴 곳은 당항성(黨項城 : 경기도 화성군)과 당나루(당진)고, 당나루는 지난날 우리가 쳐서 빼앗았으나 당항성은 아직 동적의 수중에 있소. 그곳만 쳐서 빼앗으면 동적들은 입당로(入唐路)를 잃고 동쪽 변방에 고립될 것이므로 선왕의 유지인 남역 평정은 손쉽게 이루리라 생각하오."

의자는 잠시 신하들을 둘러본 후 다시 말을 이었다.

"그러나 우리에게 중한 곳은 적에게도 중한 곳이라서 당항성 방비가 굳세고 삼엄할 것은 불을 보듯 뻔하오. 이를 무시한 채 처음부터 무턱대고 당항성을 공격한다면 피차 길고 어려운 싸움이 될 테니 과인은 전날 남악(지리산)을 얻을 때 선왕께서 쓰신 위계(僞計)를 다시 써볼 생각이오."

그리고 의자가 말한 곳은 원숭이가 많이 산다는 미후성(獼猴城)과 대야성(합천), 두 군데였다. 두 성의 간격은 무려 3백 리, 게다가 대야성은 남악을 넘고도 훨씬 동쪽에 붙은 적지의 한복판이요, 예로부터 철옹성으로 이름난 곳이었다. 신하들은 대부분 신왕의 계책을 이해할 수 없었다.

"신 병관좌평 은상(殷相) 아뢰옵니다."

의자는 선왕의 노신들이 자발해서 물러난 뒤 유일하게 남은 좌장(左將) 은상을 병관좌평으로 발탁했다.

"어리석은 신의 소견에 위계를 쓰려면 마땅히 당항성에서 멀리 떨어진 한 곳을 집중 공략함이 옳을 듯하고, 적군이 위계를 쓴 곳으로 몰려오는 즉시 대군을 움직여 당항성을 쳐야 승산이 있습니다. 그런데 위계로 3백 리나 떨어진 두 곳을 친다면 자칫 군사들의 힘이 분산되기 쉽고 더욱이 대야성은 당항성만큼이나 공략이 어려워 위계를 쓰기엔 적당한 장소가 아닙니다. 차라리 미후성 한 곳으로만 군사를 내심이 어떻겠나이까?"

달솔 임자(任子)도 은상의 말에 동조하고 나섰다.

"나라 안팎에 지켜보는 눈들이 많으므로 이번에 군사를 일으키면 반드시 이겨야 합니다. 그래야 폐하의 왕업이 순탄할 수 있습니다. 좌평 은상공은 선대왕을 보필한 백전필승의 명장이올시다. 노신들이 모두 물러난 마당에 은상공의 진언을 부디 새겨들으소서."

왕은 두 신하가 말하는 동안 웃음을 짓고 있다가 차분한 음성으로 입을 열었다.

"내 어찌 병관좌평의 출중한 지략과 무공을 모르겠는가? 그러나 은상이 말한 방법은 이미 선대왕께서 즐겨 쓰셨던 계책이라 더 이상 적을 속이기 어렵다. 그래서 3백 리나 떨어진 곳을 잇달아 치고 같은 이유로 대야성을 공격하는 것이다. 우리가 대야성으로 군사를 낸다면 동적들은 위계를 의심하지 않고 모든 군사력을 동원해 남역을 지키려고 들 것이다. 기껏 머리를 써본들 대야성을 치기 위해 미후성으로 군사를 냈다고 생각할 게 뻔하다. 그리하여 적이 남역을 지키는

데 혈안이 되어 있을 때 벼락같이 당항성을 습격한다면 이거야말로 철저한 속임수가 아니겠는가?"

설명을 마친 의자는 곧 군령을 내렸다.

"윤충은 들어라!"

이때 성충의 아우 윤충은 벼슬이 한솔에 이르러 휘하에 1천 군사를 거느리고 있었다.

"너는 지금부터 꼭 한 달 뒤인 내달 초닷새에 군사들을 이끌고 남악으로 내려가서 국경의 정군과 향군을 총동원하여 대야성을 쳐라. 남악의 정군과 향군을 모두 합하면 1만 군사는 될 테니 비록 대야성이 견고하더라도 해볼 만한 싸움이 될 것이다."

임금의 말에 다른 사람은 고사하고 당자인 윤충조차 깜짝 놀랐다.

그도 그럴 것이 윤충이 제아무리 기백이 뛰어나고 용맹스럽다 해도 그때까지 단 한 번도 적과 싸워보지 않은 사람이었다. 윤충은 하도 기가 막혀 눈만 끔벅거리는데 보다못한 성충이 나서서,

"신의 아우 윤충은 비록 칼 쓰는 법은 알지만 군사를 부려본 일이 없는 신출(新出) 중에서도 상신출입니다. 더구나 국운이 걸린 중대한 싸움에 선봉장은 당치 않으니 은상공과 같은 명장의 막하에서 시석이나 나르도록 했다가 훗날을 기약하심이 가할 줄 압니다. 통촉하소서." 하고 간하였다. 왕은 고개를 절레절레 흔들었다.

"과인도 병서는 읽고 칼은 쓸 줄 알지만 군사를 부리고 적을 치는 건 이번이 처음이다. 하물며 나는 윤충보다 한 달이나 앞서 바로 내일 1만 군사를 이끌고 친히 미후성을 치러 갈 예정이니 사정은 윤충이나 과인이 조금도 다를 바가 없다."

그리고 그는 그윽한 눈길로 윤충을 바라보았다.

"나는 네가 칠악에서 맨손으로 곰을 때려잡을 때 그 씩씩하고 늠름한 모습을 지금도 잊지 못한다. 그때 네가 아니었다면 어찌 내가 이 자리에 앉아 천하를 호령할 수 있으랴. 이번 출정은 너와 나를 위한 것이다. 지금 만군을 호령하는 이름난 장수치고 이런 과정을 겪지 않은 이가 몇이나 되겠는가. 엄밀히 말하면 싸움 승패란 경험의 유무와는 무관하다. 또한 옛말에 거목은 거목 밑에서 자라지 않는 법이라고도 했다. 윤충은 실패를 너무 두려워 말라. 네 뒤에는 항상 내가 있으니 무엇을 걱정하겠는가? 칠악에서 곰을 때려잡을 때와 같은 기백으로 대야성을 친다면 틀림없이 큰 공을 세울 수 있을 것이다."

총애가 가득 담긴 왕의 따뜻한 격려에 윤충은 얼굴이 벌겋게 달아오를 만큼 기분이 크게 고무되었다. 그는 곧 바닥에 이마가 닿도록 절하며 떨리는 음성으로 소리쳤다.

"대왕께서는 조금도 심려치 마소서! 신이 어찌 하해와 같은 성은에 승리로 보답하지 않으오리까! 반드시 대야성을 취하여 바치겠나이다!"

의자는 흡족한 표정으로 고개를 끄덕였다. 그리고 이렇게 덧붙였다.

"남악으로 내려가면 전날 흑치 장군 휘하에 있던 부길(富吉)이라는 장수가 있다. 과인이 이번에 국토를 순시하면서 만나 이야기를 나눠보니 그는 험준한 남악의 고봉들을 손바닥처럼 꿰고 있을 뿐 아니라 동적들의 동향에도 정통하여 능히 자문을 구하고 향도로 삼을 만하더라. 다만 그는 신라에서 이주해온 자라 많은 군사를 맡기기 어려우니 네 휘하에 두고 잘 다스려 요긴하게 쓰도록 하라."

젊은 왕은 이제 갓 보위에 오른 사람이라곤 믿어지지 않을 만큼 의젓하고 늠름할 뿐 아니라 계책을 내고 군사를 부리는 데 노련함마저 엿보였다. 선왕이 8족들의 극렬한 저항을 무릅쓰고 일찍부터 태자로 삼아 국정에 참여시킨 결과였다. 그는 임인년의 첫 출정을 처음부터 끝까지 혼자 진두 지휘했다. 그때 조정에는 신왕이 태자 시절부터 함께 학습하고 강론해온 성충, 흥수, 지적, 의직 등의 귀재들이 새파란 나이로 좌평 자리에 앉아 있었지만 누구도 말 한마디 보태지 않았다. 아니 오히려 그들까지도 신왕이 어떻게 계책을 내고 군사를 부리는 지 한 번 시험해보자는 듯한 태도였다.

이튿날 의자왕이 친히 군사를 이끌고 미후성으로 출발한 뒤 윤충도 곧 휘하의 1천 군사를 거느리고 남쪽으로 향했다. 그는 닷새쯤 뒤 남악을 넘어 거타주(함양)에 당도했다. 윤충은 그곳에서 임금이 말한 부길을 만났다.

부길은 흑치사차가 매우 아끼던 장수였다. 그는 본래 신라 달구벌(대구) 사람이었는데, 갑신년(624년)에 장왕이 대군을 일으켜 거타주 6성을 함락시킬 때 기잠성에서 사로잡혀 포로가 되었다. 그때 기잠성을 공격한 백제 장수 흑치사차가 부길의 무용이 예사롭지 않음을 알고 백제에 귀화하기를 권하자 그 뜻을 받아들여 사차의 부하가 되었다. 부길은 거타 6성이 함락될 때 원군이 와주지 않은 것을 매우 불만스럽게 여겨 신라 조정을 원망하는 마음이 컸다. 게다가 그는 범골 출신의 장수였으므로 신라에선 아무리 공을 세워도 출세하는 데 한계가 있었다.

"내달에 대야성을 쳐서 대야주를 수중에 넣으라는 어명이오."

윤충의 말에 부길은 잠시 난색을 표했다.

"대야성은 신라에서 자랑하는 옹성 중에서도 관산성이나 삼년산성에 버금가는 철옹성입니다. 뜻만 가지고는 쉽지 않으니 꾀를 내고 반드시 치밀한 계책을 세워야 합니다."

"무슨 좋은 방안이 없겠소?"

"글쎄올시다."

"대왕께서는 특별히 그대를 추천하며 자문을 구하라 하셨소. 거기에는 필시 그럴 만한 연유가 있을 게 아니오?"

그러자 부길은 갑자기 무슨 생각이 난 듯 맥없는 웃음을 터뜨렸다.

"연초 신왕께서 이곳에 납시었을 때 남악의 지세를 물어 자세히 설명해드린 일이 있고, 또 대야성 성주가 어떤 사람이냐고 물어 천하의 호색가라고 아뢴 일이 있는데, 아마도 저를 장군께 추천한 까닭은 그 때문인 듯합니다."

"대야성 성주를 잘 아시오?"

부길은 윤충의 질문을 받자 다시 한 번 자신이 알고 있는 바를 털어놓았다. 얘기를 듣고 난 윤충의 눈빛이 강렬하게 번뜩였다.

"이제야 대왕의 성지를 알겠소!"

그는 처음에 난감했던 표정에서 금방 자신감이 넘치는 얼굴로 돌변했다. 그 모습을 본 부길이 오히려 영문을 몰라,

"장군께서는 대야성 성주가 호색한이란 말씀만 듣고도 무슨 묘책이 떠오르셨는지요?"

하니 윤충이 껄껄 웃으며,

"묘책은 무슨, 날짜가 되면 그냥 들이치라는 얘기지. 성주가 호색한이면 제아무리 철옹성도 속은 필시 썩어 있을 터, 너무 깊이 생각하면 이것저것을 따지느라고 도리어 위축되기 쉬우니 나처럼 멋모르는 신출을 보내 무식하게 밀고 들어가란 뜻이외다."

하고서,

"신왕은 과연 선대왕에 못지않은 명군의 자질을 타고나셨소! 이제 동적을 궤멸시켜 남역 평정의 대업을 이루기란 시간 문제요. 내 어찌 견마의 미력이나마 보태지 않겠소!"
하며 기쁨을 감추지 못했다.
　윤충은 휘하의 1천 정병과 남악의 1만 군사를 모두 한곳에 집결시키고 매일 호된 훈련을 거듭하며 어서 날짜가 흘러가 신왕이 말한 때가 오기만을 학수고대했다.

　이때 신라의 대야성 성주는 이찬 김품석(金品釋)이었다. 그는 본래 경사의 문벌 높은 진골 귀족 출신으로 일찍이 벼슬길에 나섰는데, 위인이 제법 총명하고 몸놀림도 재빨라 글을 읽어도, 칼을 들어도 남에게 뒤지지 않았다. 귀족 자제로 일찍부터 출세한 사람에게 여자들이 줄줄이 따르는 것은 고금이 크게 다르지 않아서 품석은 젊어서부터 어디를 가나 여자들에게 인기가 높았다. 건복 말년에 신라 시속이 크게 문란해지면서 금성에 색주가가 늘어나자 그는 고기가 물을 만난 양 연일 상대를 바꿔가며 주지육림에 파묻혀 지냈는데, 한 가지 남다른 점은 아무리 말술을 마셔도 이튿날 아침에는 단정히 관복을 입고 관청에 나가 빈틈없이 집무를 보았고, 밤새 네댓 여자와 감탕질, 요분질을 상대하느라 허벅다리에 알이 배겨도 말을 탈 일이 생기면 남들보다 빨리 내달았다. 품석이 매양 자랑 삼아 말하기를,
　"나는 여인들의 음기를 먹고사는 절굿공이 축축(築築) 도사다."
하고는 여름에 벗들과 사냥이라도 나가면 시내나 폭포수에 먹을 감다가 희한한 재주를 보여주곤 했는데, 양물로 빨아들였다가 도로 내뱉는 물이, 놀라지 마시라, 말통 하나는 그득하게 채울 정도였다.

칼잡이한테 자상(刺傷) 흔하고 먹보 체하기도 잦다고, 여자 좋아하고 양물 자랑하는 자에게 추문이 없을 리 없어, 제 집에 인물 반반한 계집종은 시조대왕 낮잠 자던 시절에 벌써 요절박살이 났고, 스무 살 저쪽엔 갓 시집온 집안 숙모 항렬도 후린 적이 있으며, 전란에 죽은 친구 문상을 가서는 상복 입은 친구 처도 밤새 가지고 놀았다. 이런 일들은 당사자만 알고 끝이 났지만 황룡사 백고좌(百高座)에 구경 가서 여승한테 수작 건 일과 누이가 낳은 제 조카 건드린 일, 이웃 아낙네와 눈이 맞아 헛간에서 벌거벗고 뒤엉킨 일 따위는 소문이 바깥으로 나서 알 만한 사람들 사이에 조명이 높았다. 본래 음식하고, 여자하고, 술하고, 약(藥)하고는 탐할수록 더 진귀하고 좋은 것을 탐하게 마련이라, 품석은 날이 갈수록 호색에 몰두했다.

양물 하자는 대로 하다가 패가망신한 자가 고금에 어디 한둘일까만 위인이 한 번 상관한 여자는 특별한 경우가 아니면 다시 거들떠보지 않음을 대원칙으로 삼은 덕택에 나이 서른이 넘도록 날벼락은 그런대로 비껴갔는데, 어느 보슬비 오던 봄밤에 알천변을 지나다가 꽤나 말쑥하고 어여쁜 처자를 눈에 넣게 되었다. 그런 쪽으로야 귀신 재주로도 못 당한다는 품석이 몇 차례 말수작으로 마음을 열고, 슬그머니 손을 붙잡으며 가슴도 열고, 급기야 단내를 귀에 불어넣으며 몸도 열었는데, 일이 잘되려고 그랬는지 못 되려고 그랬는지 하필이면 그 처자가 세상이 다 아는 김춘추의 큰딸이었다.

김춘추가 계화와 사이에서 낳은 고타소와 지소를 우여곡절 끝에 본국으로 데려온 건 둘째아들 인문이 태어나던 해다. 계화는 아직 마음이 정리되지 않아 쾌히 딸들을 내주지 않았지만, 계화 부친 구칠이 나서서 일을 마무리 짓고,

"다행히 내 딸년을 좋아하는 자가 생겼으니 걱정 말게."

하여 춘추가 귀국하는 관선에 딸 둘을 태우고 돌아왔는데, 집에 오니 싫어할 줄 알았던 문희가 오히려 좋아라 날뛰며,

"저는 아들만 낳았는데 당신이 이렇게 고운 딸들을 데려왔으니 부창부수란 바로 우리 내외를 두고 나온 말입니다."

하고는,

"얘야, 넌 이름이 무어니?"

"아유, 곱기도 해라. 그 옷은 누가 지어 입혔니?"

"인물이 고운 걸 보니 엄마가 미인인 모양이구나."

살갑게 말도 시키고, 먹을 것도 챙겨주고, 그야말로 어미 노릇을 톡톡히 했다. 그때 이미 여덟 살, 일곱 살이던 고타소와 지소는 처음엔 낯선 장소, 낯선 사람들 사이에 주눅이 들어 한쪽 구석에 쭈그리고 앉은 채로 이 사람 저 사람 눈치만 살폈으나 얼마 안 있어 제일 먼저 새어머니와 친해져서,

"이건 어떻게 먹어요?"

"이 꼬마는 누구예요?"

"동생 한번 업어봐도 돼요?"

매일 눈에 띄게 말수가 늘어났다. 하물며 짐승도 저 좋아하고 싫어하는 사람은 용케 가려내는 법이어서 아이들은 새어머니 곁에서 점점 표정들이 밝아지고 행동도 거침없이 변해갔다. 아니 오히려 몸 아픈 핑계로 걸핏하면 짜증이나 부리던 생모보다 저희들과 잘 놀아주고 먹고 입을 것을 살뜰하게 챙겨주는 새엄마가 갈수록 더 좋았다.

이렇게 한식구가 된 고타소와 지소는 점점 자라면서 인물이 툭 틔어 미인 소리를 들었다. 게다가 성격들도 착하고 온순해서 웬만한 일

에는 하인을 부리는 법이 없고, 되레 하인 하는 일을 거들고 도울 때가 많았다.

그 뒤로 새엄마가 심심하면 배가 불러 문왕(文王), 노차(老且), 인태(仁泰), 지경(智鏡), 개원(愷元) 등 남동생들을 줄줄이 낳자 큰동생 법민과 둘째 인문은 고타소와 지소가 하나씩 맡아서 키우다시피 했는데, 철부지 아이들이 등에 업혀 머리채를 휘어감거나 오줌을 싸도 화를 내기는커녕 웃기만 했다.

아이들이 커갈수록 아버지가 두 딸을 생각하는 마음도 실로 자별했다. 비록 문희가 생모 이상으로 잘은 하지만, 그것과는 상관없이 두 아이만 보면 늘 가슴 한복판이 아리는 것도 어쩔 수 없는 부정(父情)이었다.

춘추는 귀한 물건이나 음식이 생기면 먼저 두 딸을 떠올렸고, 어쩌다가 몸이라도 아프면 밤새 머리맡을 지키며 이마를 짚어본다, 볼을 만져본다, 손을 쥐었다 놓았다 어쩔 줄을 몰라 했다. 그렇게 금지옥엽 키운 딸들이 어느새 여인으로 변해가니 춘추는 벌써부터,

"저것들을 어떻게 남의 집에 주나?"

"저것들 시집이라도 보내고 나면 내가 어떻게 사나?"

하고 걱정이 태산 같았다. 하루는 문희가 그런 춘추를 보고,

"철이 된통 드셨구려. 당신 그 마음이 나 시집보낼 적에 우리 아버지 마음인 걸 드디어 아시겠수?"

하니 춘추가 잠자리에 누웠다가 벌떡 일어나서,

"임자 말이 맞소. 어서 술 한 되 병에 담고 보자기에 먹을 것 좀 싸시오."

하며 주섬주섬 옷을 입더니 그 길로 문희가 싸준 것들을 챙겨들고 두

어 마장 거리에 사는 장인을 찾아가서 밤새 놀다가 새벽에 돌아온 적
도 있었다.

그런데 큰딸 고타소는 어른이 되는 과정에서 지소와는 달리 자주
외로움을 탔다. 늦도록 등촉이 꺼지지 않는 날이 늘어나더니 언제부
턴가는 끼니도 곧잘 거르고, 춘추가 퇴청하여 집에 돌아오면 제 방에
서 울다 나왔는지 눈두덩이 퉁퉁 부어 있기도 했다. 문희가 그런 고
타소를 데리고 앉아서,

"왜 그러니, 애? 나나 집안 식구들한테 섭섭한 게 있니?"

"아니에요. 그런 거 없어요."

"혹시 중국에 있는 엄마가 생각나서 그러니?"

"아니에요."

"그럼 왜 그러니?"

"이제부터 안 그럴게요."

"어디 어미한테 속 시원히 다 한번 털어놔봐라. 태산을 사달래도
사주고, 용궁을 가고 싶대도 어미가 같이 가주마."

"어머니도 참……"

문희 말에 고타소는 희미하게 웃었지만 끝내 이유는 밝히지 않았
다. 그 뒤로도 문희는 몇 번이나 큰딸을 찾아가 묻기도 하고 달래기
도 했지만 소용이 없었는데, 하루는 보다 못한 지소가 가만히 안방으
로 건너와서,

"언니가 저러는 건 저절로 생긴 병이고 얼마 안 있으면 저절로 나
을 병이니 너무 걱정하지 마세요, 어머니."

하고 오히려 문희를 위로하였다. 문희가 지소를 보고,

"이유가 뭔지 너는 혹시 아니?"

하니 지소가 한쪽 눈을 찡긋하며,

"삼라만상이 다 허무해서 그런대요. 꽃이 피고 구름이 흘러가는 것도 허무하고, 자기가 죽어도 세상이 변함없이 돌아갈 일만 생각하면 슬프고 허무해서 도통 잠이 안 온대요."

하고 흉보듯이 일러바쳤다. 문희가 그제야 고타소의 병을 알아차렸다.

"파과병(破瓜病)이구나. 얘, 너는 그런 생각 한 적이 없니?"

그러자 지소가 웃으며,

"그런 생각이야 전들 왜 없겠어요? 하지만 다 자기가 이겨내야지 저렇게 끙끙거리며 요란을 떤다고 어디 해결 날 일인가요?"

대답을 야무지게 하는 품이 꼭 제가 언니 같았다.

문희가 지소 말을 듣고 그때부터 심병(心病) 앓는 아이를 못 본 척 내버려두기로 작정했다. 뿐만 아니라 퇴청해 돌아온 춘추가 등촉을 밝힌 딸아이 방문 앞을 기웃거리며 계속 마음을 쓰자 지소의 말을 그대로 옮겨 전하면서,

"세상 사람이 다 앓는 병이니 너무 걱정 마세요. 파과병엔 세월이 약입니다."

하고 언질을 주어 비로소 춘추도 사정을 대강 짐작하게 되었다.

부모가 일부러 외면하며 지내는 사이에 고타소는 혼자 꽃구경도 가고 달구경도 가는 눈치였다. 그렇게 몇 달이 지나자 아이가 과연 저절로 병이 나아 다시 옛날처럼 밝아졌는데, 이번엔 무엇에 홀린 듯 걸핏하면 웃어대고, 안절부절 서성거리다간 말도 없이 사라져 밤이슬을 맞고 들어오니 그게 또 걱정이었다. 문희가 가만 눈치를 본즉 친구를 사귀는지 남자를 사귀는지 아무튼 마음이 온통 바깥에만 가 있었다. 그래 춘추와 의논해 하루는 늦게 들어온 딸을 불러 앉히고

자초지종을 캐어물었더니 순순히 입에서 나온 이름이 김품석이었다.

춘추가 관가에 나돌던 김품석의 조명을 모르지 않아 크게 놀랐으나 며칠을 두고 곰곰 생각하니 어린 딸에게서 생모 뺏은 일이 줄곧 애잔한데 저 좋아하는 정인(情人)마저 다시 물리칠 수는 없었다. 더구나 조명만 들었지 사람을 직접 본 바도 아니라서,

"아무래도 내가 김품석이를 만나 그 됨됨이를 좀 살펴봐야겠소."
하고 문희에게 말하자 문희도 그게 좋겠다며 어서 만나보라고 재촉했다.

"호색이 반드시 나쁜 것만도 아니지요. 그런 사람일수록 제 배필을 찾으면 소문나게 애처하는 수도 있답디다."

이리하여 춘추가 품석을 만났다.

품석이 김춘추가 보자는 말에 가슴이 떨리고 오금이 저렸다. 그는 하룻밤 재미 삼아 데리고 논 처자가 김춘추의 딸임을 안 그날부터 밤잠을 못 이루고 고민이 심했다. 가죽은 탐이 나고 범은 보니 무섭다고, 김춘추의 사위면 빈틈없는 왕가의 일원이 되어 출세는 떼어놓은 당상이지만 문제는 그 뒷일이었다.

왕가 근친이면 행동거지도 그만큼 조심스럽고 구설이 일면 책임도 큰데, 그렇다고 세상에 널리고 널린 여자들을 모두 포기하자니 그럴 자신도, 그리고 싶은 마음도 없었다. 품석으로선 여간 고민이 되지 않을 수 없었다. 출세를 택하랴 여자를 택하랴, 그 사이에서 아직 마음을 결정하지 못하고 있는데 김춘추가 만나자는 전갈을 보내온 것이었다.

품석이 춘추를 만나니 춘추가 다른 것은 아니 묻고 대뜸,

"나는 혼인하기 전에 몇몇 여자와 깊이 사귄 적은 있지만 천생배

필이다 싶은 여자를 만난 후로는 꿈에서도 딴마음을 품어본 적이 없네. 자네는 내 딸을 과연 천생배필이라고 여기시는가?"

하여 엉겁결에,

"물론입니다."

하고 크게 고개를 끄덕인 뒤,

"저와 같은 주제로 어찌 감히 그런 확신도 없이 귀녀(貴女)를 만나겠습니까."

춘추의 기세에 눌려 제 본심과는 한참 동떨어진 소리까지 덧붙였다. 춘추가 그런 품석을 가만히 지켜보고 나서,

"그럼 됐네. 지난 일이야 복두를 거꾸로 뒤집어쓰고 외밭에서 네 발로 기었대도 나랑은 무관한 것이지만 오늘부터는 자네가 주막에서 술 한 잔을 마셔도 나와 유관하네."

뼈 있는 말로 뒤끝을 오달지게 여몄다. 품석은 다만 예예 하고 머리만 조아렸다. 춘추가 품석과 헤어지면서,

"이제 자네는 내 집안 식구일세. 딸이 중하면 사위도 중하지. 허허, 조심해서 가시게나."

하고 다정스럽게 어깨까지 두드리니 품석은 더욱 송구하여 몸 둘 바를 몰랐다.

양가에서 길일을 택해 혼인 날짜를 잡으려 할 때 고구려 군사들이 쳐들어와서 품석이 알천의 편장으로 칠중성 싸움에 나가 대공을 세우고 돌아왔다. 이를 두고 춘추는 마치 제 일처럼 기뻐했다. 여주가 품석의 공을 높이 사서,

"네게 무슨 자리를 줄까?"

하고 의사를 묻자 품석이 두 번 생각하지 않고 말한 자리가 대야성이

나 삼년산성 성주 자리였다. 대야성이나 삼년산성은 원체 성이 견고해서 성주 노릇이 수월할 뿐만 아니라 무엇보다 혼인을 하고 난 뒤 범 같은 장인과 멀찌감치 떨어져 지낼 수 있어서 좋고, 또한 서울보다는 행동도 자유롭고 보는 눈도 적어서 구설에 휩싸일 까닭도 없었다. 하지만 이런 흑심을 모르고 보면 접경의 성주 노릇을 자청한 것이 일견 기특한 일이라 여주는 품석을 크게 칭찬하고 도독(都督)의 지위까지 보태어 대야성 성주로 보냈다. 도독은 지방 향군들을 마음대로 움직일 수 있는 병권(兵權)을 가진 자리여서 반드시 믿을 만한 자가 아니면 주지 않았는데, 이때는 품석이 곧 김춘추의 사위가 된다는 소문이 여주 귀에까지 들어가서 성주에 도독을 겸장하게 된 거였다.

고타소가 김품석과 혼례식을 성대히 올리던 날은 춘추도 울고 문희도 울고 지소와 법민도 다 울었다. 특히 큰누나 고타소 등에 업혀 자란 법민은 이때 나이가 열두 살이었는데, 품석을 따라가는 고타소의 옷자락을 붙잡고 가지 말라며 어찌나 섧게 우는지 보는 사람들까지 눈시울을 붉혔다.

경사에서 혼인하고 대야성으로 부임한 김품석이 처음 몇 달은 새 신부와 눈도 맞추고 입도 맞추느라 한눈을 팔지 않았으나 제 버릇 개 못 준다고, 반년이 채 안 돼 일을 벌였다. 제일 먼저 그가 눈독을 들인 여자는 관내 늙은 현령 장기(壯己)의 처 부옥(釜玉)이었다. 품석이 자성(子城) 순시를 나갔다가 길에서 우연히 부옥을 보고 침을 꼴깍 삼키며,

"저 아낙이 뉘 집 아낙이냐?"

대야성에 온 뒤로 자신을 보좌하던 아찬 서천(西川)에게 물었다.

"삼지현 현령 장기공의 부인입니다."

"장기공이라면 환갑도 넘긴 노인네가 아니냐?"

"그렇습니다."

"한데 저 부인은 나보다도 더 젊었구나?"

"장기공의 처가 재작년에 병사하고 새로 부인을 들였는데, 혼인하고 불과 석 달 만에 장기공이 병이 나서 부인이 날마다 불전에 치성을 드린다고 합니다. 아마 지금도 절에 가는 모양입니다."

서천의 말에 품석은 구미가 당겼다. 부인은 젊고 아름다운데 늙은 영감이 제 구실을 할 리 없으니 남의 내외간 속사정을 마치 자신의 일처럼 걱정하며,

"장기공이 참 불쌍한 사람이지?"

"아니야. 불쌍하기로 치면 실은 그 부인이 더하지."

틈만 나면 한숨을 푹푹 쉬다가 급기야 관내 순시를 핑계로 삼지현 관아를 찾아가서 풍병(風病) 앓는 장기를 위문한답시고 그 부인에게 수작을 걸었다. 그런데 장기의 젊은 아내 부옥 또한 그리 정숙한 여자는 아니었다. 문병을 마친 품석이 부옥을 보고,

"내가 노공의 병에 좋은 약을 몇 첩 지어드릴 테니 언제 지나는 길이 있거든 내게 오시겠소?"

하니 부옥이 은근히 눈웃음을 치며,

"지나는 길이야 만들면 늘 있습지요. 금일 밤은 사정이 어떠하신지요?"

오히려 기다렸다는 듯 대답이 수월했다. 품석이 이를 마다할 리 없어 그날 밤 은밀히 부옥을 만나서 일을 벌였는데, 위인이 어찌나 주도면밀한지 내막을 아는 사람이 아무도 없었다.

이렇게 시작된 외도가 다시 불이 붙었다. 품석이 옛날만 같으면 남의 부인을 건드려도 하룻밤으로 끝낼 일이었지만 그건 배부른 총각 시절, 여자들이 흔한 경사에 살 적의 이야기요, 촌구석에 와서는 사정이 달라져서 부옥과 내통이 꽤나 오래 이어졌다. 그래도 순진한 고타소는 아무것도 알지 못했는데 병석의 장기가 낌새를 알아차리고 간신히 자리에서 일어나 오랜 친구인 학열(郝熱)의 집을 찾아갔다.

　대야주는 본래 가야 땅이어서 가야인들이 많이 살았다. 학열 역시 대야주가 고향인 가야 사람으로, 오랫동안 찬간(撰刊 : 도성의 내마에 해당하는 지방 벼슬)을 지낸 사람이었다.

　"새로 온 성주가 행실이 과히 점잖지 못하네. 그러잖아도 서적(西敵)이 코앞에 똬리를 틀고 있어 민심이 예사롭지 않은데 성주의 행동이 본보기가 되지 못하면 대야성마저 떨어지게 될 걸세. 부디 죽죽(竹竹)에게 말해 성주가 다시는 내 처한테 한 짓과 같은 걸 못 하게 막아주게나."

　학열은 오랜 벗이 병든 몸을 이끌고 찾아와 부탁하자 당장 사람을 보내 품석의 휘하에 막객(幕客)으로 있던 아들 죽죽을 불렀다. 이때 용화향도 죽죽이 소사 벼슬을 살며 금성에서부터 김품석을 따라와 용석(龍石), 검일(黔日), 서천 등과 함께 성주를 보좌하고 있었다. 아버지에게 불려가 사정 얘기를 전해 들은 죽죽은 품석에게 가서 어렵게 말을 꺼냈다. 그러나 품석은 별로 대수롭지 않은 얼굴로,

　"이놈아, 어디서 무슨 말을 듣고 왔는지 모르지만 난 그런 일이 없다. 그런 일이 없는데 무얼 조심하란 게냐?"

하고 도리어 역정까지 냈다. 부하한테 그런 말까지 듣고도 품석은 여전히 행실을 조심하지 않고 오로지 양물이 시키는 말만 들었다.

부옥 뒤로도 두신(豆信)의 딸과 모척(毛尺)의 처 등 몇몇 여자가 품석의 노리개가 되었다.

품석이 성주로 부임한 2년 남짓 사이에 성주가 여자 좋아한다는 소문이 짜하게 나돌아 관내 백성들은 모르는 사람이 없었지만 오직 한 사람, 고타소만 제 서방이 그런 줄을 까맣게 몰랐다. 자고로 등잔 밑이 그처럼 어두운 법이었다.

그런데 등잔 밑이 어둡기로는 김품석 또한 매일반이었다. 그는 숱한 여자를 탐하며 추문을 뿌리면서도 정작 자신의 막객으로 있던 검일의 처가 아름다운 사실은 꽤 오랫동안 알지 못했다.

검일은 동료인 죽죽이나 용석이 성주의 난잡한 행실을 걱정할 때도 되레 성주 편에서,

"성주가 권세를 이용해 남의 부녀자를 강탈했다면 모르지만 서로 좋아서 저지른 일을 어찌 반드시 성주 혼자만의 잘못이라고 하겠는가?"

하며 역성을 들던 사람이었다. 그런데 검일이 하루는 성주를 대신해 자성을 순시하러 간 사이에 검일의 처가 급한 일로 남편을 찾아왔다가 마침 관사 정문 앞에서 품석과 딱 마주치게 되었다. 품석이 검일의 처를 보는 순간 숨이 턱 막혔다.

그렇게 검일의 처를 알게 된 품석은 온갖 수단 방법을 동원해 무슨 적성 공략하듯 검일의 처를 공략했다. 검일의 처 성희(晟喜)는 남편과 금실이 자별해 시초만 해도 지조를 버리지 않았으나 하루는 품석이 귀한 비단 주머니에 금가락지를 넣어 선물하고 다정하게 웃으며 손등을 부드럽게 어루만지는데 그만 저도 몰래 마음이 움직여서 귀신에 홀린 듯 허신(許身)을 해버리고 말았다.

도둑질과 서방질은 처음 한 번이 어려운 법이라 그 뒤로는 품석이 찾으면 성희가 마다하지 않고 오라는 곳으로 가서 어울렸는데, 몇 차례 상관하며 보니 칼잡이 칼 쓰는 법 다르듯이 바람둥이 양물 쓰는 법이 다른지, 정신없이 뒤엉켜 놀 때는 평소에 흉을 보던 감탕질이 절로 되고, 급기야는 희열에 북받쳐 눈에 눈물까지 고였다. 대낮에 그렇게 거벽을 치고 놀다가 저녁에 집에 와서 살림이 제대로 될 리 없었고, 남편과 잠자리 역시 전과 같지 않았다. 검일이 이 사정을 알아차리는 데는 그리 오랜 시간이 걸리지 않았다. 화가 머리끝까지 치민 검일이 처를 잡아죽인다고 설쳐대니 성희가 혼비백산하여 도망간 곳이 품석의 그늘이었다.

"나리, 대체 이럴 수가 있소?"

"무얼 가지고 그러느냐?"

검일이 입에 거품을 물고 씩씩대며 대들자 품석은 눈을 동그랗게 뜨고 되물었다.

"다른 사람도 아니고 어떻게 내 처를 건드릴 수가 있소?"

"나는 네 처를 건드린 일이 없다."

"방금 이쪽으로 도망간 여자가 내 처가 아니면 누구란 말이오?"

"그랬느냐?"

품석은 능청스럽게 시치미를 떼다가 그제야 놀란 표정이 되었다.

"그 절색의 여인이 과연 네 처였단 말이냐?"

"그렇소! 긴말 할 거 없이 어서 내 처를 내놓으시오!"

"이놈아, 연약한 여인네가 관아로 찾아와 도움을 청하는데 마땅히 지켜주는 게 내 임무가 아니냐? 우선 네놈의 그 시퍼런 분기(憤氣)부터 거두어라."

품석은 도리어 검일을 나무랐다.

"시끄럽소. 어서 내 마누라부터 내놓으쇼!"

평소 고분고분하던 검일이었으나 이때는 눈이 뒤집혀 뵈는 것이 없었다.

"어라? 저놈이 대체 어디다 대고 부랑을 떠는 게야? 네 감히 상전을 능멸하느냐?"

"상전이 상전 같아야 상전이지. 세상천지에 마누라 빼앗아가는 상전이 어디 있으며, 그런 놈이 있다면 그게 과연 상전이오?"

"뭐라구?"

웬만하면 제가 저지른 잘못 때문에 참으려 했던 품석도 검일이 함부로 나오자 그만 부아가 치밀었다.

"너 이놈, 말 한번 잘했다! 상전이 상전 같아야 상전이라고? 그럼 이놈아, 서방이 서방 같았으면 이런 일도 없었을 게 아니냐? 제 마누라 간수도 똑바로 못하는 놈이 어디 와서 행패야, 행패가? 너 같은 놈이 나랏일인들 무엇 하나 제대로 보겠느냐? 발칙한 놈 같으니!"

눈이 뒤집힌 검일도 지지 않았다.

"좋다. 네가 지위와 권세로 나를 압박한다면 내게도 다 생각이 있다. 나는 여태까지 너를 상전으로 섬겨 충성을 바쳤으나 그 보답이 고작 이것이구나. 그간 관내에 떠돈 온갖 추문을 내가 어찌 모르겠느냐? 나는 이 길로 사직하고 금성으로 돌아갈 것이다. 금성에 가서 그간 네 행실을 낱낱이 조정에 고변할 테니 그리 알아라!"

말을 마치자 쏜살같이 바깥으로 달려나갔다. 대경실색한 품석이 칼을 뽑아 들고 뒤따라 달려나가며,

"게 섰거라! 서지 못하겠느냐?"

고함을 치고 또 일변으론,

"뭣들 하느냐? 어서 저놈을 붙잡지 못하겠느냐?"

하고 관속들을 불러대니 정문을 지키던 관군들이 엉겁결에 문을 닫아 걸어서 검일이 그만 문을 나서지도 못하고 붙잡혔다.

"저놈은 집안 단속도 못하는 주제로 상전까지 능멸하였다! 논죄를 하기로 들면 이 자리에서 당장 칼로 목을 쳐도 무방하지만 그간 정리를 보아 죽이지는 않겠다. 포승으로 묶어 성 옥에 가두고 스스로 뉘우칠 때까지 물 한 모금 주지 말아라!"

검일은 옥에 갇혀 사흘을 보냈다. 그사이에 죽죽과 용석, 서천 등의 동료들이 품석을 찾아가서,

"나리, 검일도 화가 나서 뱉은 말이지 어찌 진심이겠습니까? 굳이 잘잘못을 따지기로 들면 나리께도 얼마간 책임이 있으니 그만 풀어주시지요. 검일의 충심을 잘 아시지 않습니까?"

하고 몇 번이나 용서해달라고 간청했지만 품석은 듣지 않았다.

"제놈이 진실로 뉘우칠 때까지는 시일이 좀 걸려야 할 것이다. 여러 말 말고 좀더 두고 보자."

그런데 검일이 갇힌 성옥의 책임자가 바로 모척이었다. 모척 역시 성주에게 처를 뺏긴 적이 있어 아직도 그 일만 생각하면 이가 갈리던 사람이었다. 그는 밤중에 음식을 장만해 은밀히 검일을 찾아와서,

"장군, 우리 저놈의 성주를 죽이고 차라리 백제로 도망가서 살지 않으시려오?"

하고 잔뜩 목소리를 낮춰 물었다. 검일이 처음엔 깜짝 놀랐으나 이내 눈빛을 빛내며 모척에게 말했다.

"자네 말씀에 구미가 당기네. 저런 되잖은 놈을 상전으로 섬기는

세상에서 무슨 희망이 있겠는가. 하물며 백제에는 골품제가 없어 사람을 오로지 능력에 따라 뽑아서 쓴다 하니 세도만 믿고 부녀자나 갈취하는 인종은 아예 없을 테지."

검일은 잠시 궁리에 잠겼다가 다시 입을 열었다.

"내가 며칠 전 자성 순시를 나갔다가 들은 말인데 지금 백제군이 거타주에 집결해 호시탐탐 우리 대야성을 넘본다고 하네. 자네와 내가 성주를 죽이고 도망가는 것도 좋지만 관아의 경비가 삼엄하니 일이 잘못되는 날엔 우리가 저놈의 손에 목이 떨어지기 십상일세. 싸우다 적의 손에 죽는 편이 차라리 낫지, 어떻게 마누라를 뺏은 저놈 손에 죽겠나. 게다가 기왕 백제로 도망을 가려면 무슨 공이 있어야 그곳에서 편히 살지 않겠는가?"

"하면 따로 좋은 계책이라도 있는지요?"

"자네와 나처럼 성주에게 원한을 품은 자가 꽤나 있을 테니 그 가운데 한 사람을 골라 거타주로 보내세. 이를테면 백제군과 내응하여 대야성을 바치자는 걸세. 그 정도 공이면 적국에 가서도 남들이 부러워하는 새살림을 다시 일굴 수 있을 걸세."

동병상련으로 의기투합까지 마친 두 사람은 곧 머리를 맞대고 의논한 끝에 모척의 인척이기도 한 두신을 백제에 보내기로 했다. 두신의 딸은 품석의 노리개가 되었다가 불과 두어 달 만에 품석으로부터 버림을 받자 슬픔을 이기지 못하고 목을 매어 죽은 터라 두신의 원심 또한 만만찮았다.

접경을 거치지 않고 거타주로 넘어가는 길은 검일이 누구보다 잘 알았다. 두신은 검일이 일러준 곳으로 가서 거타주에 주둔한 백제 진영을 찾아갔다.

때는 바야흐로 임인년(642년) 8월, 이때 백제군은 의자왕이 미후성 공략에서 대승을 거두어 무려 40여 개의 대소 성곽을 얻었다는 소식을 듣고 한창 사기가 치솟아 있을 때였다. 윤충은 휘하의 군사들을 독려하며 하루 이틀 사이에 대야성을 치려고 잔뜩 독이 올라 있었는데 부길이 저녁에 신라인 하나를 데리고 들어와 희색이 만면한 얼굴로,

"장군, 기뻐하십시오! 대야성이 저절로 굴러 들어왔습니다!"

하고 소리쳤다. 윤충이 부길한테서 사정 얘기를 전해 듣고,

"혹시 술책은 아니겠지?"

하니 부길이 웃으며,

"제가 신라 사람이었습니다. 저자가 하는 말에 거짓은 하나도 없으니 저를 믿으십시오."

하므로 의심을 거두었다. 두신이 전한 말은 야간 기습이었다. 이튿날 대야성에 불길이 치솟아오르면 이를 신호로 쳐들어오라는 것이었다.

뒷날 밤이 되자 과연 대야성에서 불길이 치솟았다. 윤충은 미리 준비한 군사들을 이끌고 벼락같이 대야성으로 달려갔다. 성주 품석은 고타소의 방에서 나와 몰래 성희의 거처로 가서 한창 몸이 달았다가 적군이 쳐들어왔다는 급보를 받았다. 그가 갑옷을 입고 관아로 달려갔을 때는 이미 사방에서 시석이 날아들고, 대야성 전체가 화염에 휩싸여 있었다.

"도대체 이게 어디서 나는 연기냐?"

품석이 앞을 볼 수 없는 자욱한 연기 때문에 눈물을 흘리며 묻자 누군가가,

"성안이 온통 불바다올시다."

하고 대답했다.

"그럼 꺼야 할 게 아니냐?"

"끌 줄을 몰라서 안 끄는 게 아닙니다. 성 옥도 불에 타고, 쌓아놓은 나락도 불에 타고, 곡식 창고도 모조리 불이 붙어 어디서부터 꺼야 할지 손을 쓸 수 없습니다!"

순간 품석은 검일의 소행임을 직감했지만 이미 어쩔 도리가 없는 상황이었다.

"죽죽은 어디 있느냐? 용석과 서천은 어디 있느냐?"

그는 다급하게 부하들을 찾았다. 그러나 부하들이라고 별 뾰족한 수가 있을 리 만무했다. 제일 먼저 달려온 사람은 아찬 서천이었다.

"나리, 적군이 사방을 개미 떼처럼 에워싸고 있지만 무기를 넣어둔 창고에 불이 나서 속수무책입니다!"

"뭐라고? 무기 창고에도 불이 났어?"

품석은 연신 흘러내리는 눈물을 손등으로 훔치며 당황해 어쩔 줄을 몰라 했다. 그사이에 성문은 크게 부서졌고 이미 성벽을 타고 오른 백제군들의 모습도 눈에 띄었다. 서천이 급히 말했다.

"싸움을 할 수 없는 상황입니다. 우선 항복하여 목숨부터 부지한 뒤 뒷일을 도모하는 것이 어떻겠습니까?"

품석은 항복한다는 게 마음에 들지 않았지만 달리 방법이 없었다.

"그렇다면 네가 적장과 얘기를 나눠보아라."

서천은 적의 본진이 있는 성벽 망루 위에 올라가 큰 소리로 외쳤다.

"만약 우리가 항복을 하면 어떻게 하겠는가?"

사방으로 군사를 지휘하던 윤충은 몇 사람을 통해 서천의 말을 듣고 이렇게 대답했다.

"항장불살(降將不殺)은 병가의 상식이다! 어찌 항복한 사람을 해치겠는가. 밝은 해를 두고 맹세하거니와 항복한 자들과는 반드시 여생을 함께 즐길 것이다!"

윤충의 말은 다시 몇 사람을 거쳐 망루의 서천에게 전해졌다.

품석은 모여든 비장들과 의논해 성문을 열어 항복할 결심을 굳혔다. 대부분 별다른 말이 없었으나 유독 반대한 이는 죽죽이었다.

"백제는 예로부터 반복(反覆)이 심한 나라올시다. 절을 지을 백공을 얻어가고도 군사를 일으켜 성을 치고, 화친을 말한 입으로 군령을 내리는 믿을 수 없는 족속들입니다. 지금 저들의 달콤한 말은 우리를 유인하는 술책일 뿐, 정말 성문을 열고 나가면 틀림없이 죽일 것입니다. 구차하게 목숨을 구걸하다 죽느니 차라리 호랑이처럼 싸우다 죽는 편이 낫지 않겠습니까?"

하지만 죽죽의 그 말도 이미 항복을 결심한 품석의 귀에는 들리지 않았다.

"기어코 죽어야겠다면 너처럼 하면 된다. 하지만 살고 싶은 사람도 있지 않겠느냐?"

"그럼 우선 몇 사람을 먼저 보내보십시오. 결과를 지켜보면 알 게 아닙니까?"

죽죽이 끝까지 반대했음에도 품석은 고집을 꺾지 않았다. 그는 서천과 더불어 스스로 선두에 서서 군사들을 데리고 백제군에 투항했다. 백기를 높이 든 군사들이 성문을 빠져나가 백제 진영에 이르자 윤충은 휘하의 장수들에게 그들을 모조리 죽이라고 명령했다.

"항복한 군사들을 어떻게 죽이라고 하십니까?"

부길이 놀라서 묻자 윤충이 태연히 대답했다.

"평시만 같아도 죽이지는 않겠지만 지금은 신왕의 위엄을 만천하에 떨쳐 보일 때다. 대왕께서도 미후성을 쳐서 무수한 동적을 참살했다고 하니 어찌 저들을 살려두겠는가. 마땅히 한 놈도 남김없이 죽여 우리 대왕마마의 왕업을 반석 위에 올려두어야 할 것이다."

"그러나 장군, 방금 밝은 해를 두고 맹세한다고 하지 않았습니까?"

"캄캄한 오밤중에 해가 어디 있느냐, 해가……."

윤충은 별이 총총한 밤하늘을 가리키며 싱긋 웃었다.

한편 품석이 투항한 뒤 죽죽은 남은 군사를 수습해 성문을 닫아 걸고 앞장서서 적의 공격을 막았다. 하지만 승패는 진작에 갈린 싸움이었다.

아무리 견고한 철옹성도 그를 지키는 사람에 따라서는 한낱 높이 쌓은 돌무더기에 지나지 않을 수도 있다. 죽죽이 혼자 이리 뛰고 저리 뛰며 분전했지만 승산 없는 싸움에 군사들은 급격히 지쳐갔다.

"이길 수 있는 싸움이 아닐세. 우리도 이쯤에서 그만 항복했다가 후일을 도모함이 어떤가?"

용석이 죽죽에게 물었다. 그는 처음에 품석을 따라 투항하려 했으나 혼자 남을 죽죽을 걱정해 마음을 고쳐먹었다. 용석의 말에 죽죽이 대답했다.

"자네 말이 옳네. 이길 수는 없는 싸움일세. 그러나 우리 아버지가 나를 죽죽(竹竹)이라고 이름 지어준 까닭은 대나무처럼 추운 겨울에도 시들지 말고, 꺾이지도 굽히지도 말라는 뜻이었네. 그런 내가 어찌 죽음이 겁나서 항복을 한단 말인가. 나는 대야성과 함께 죽겠네."

죽죽의 의연함에 감동한 용석도 항복하려던 마음이 싹 가셨다.

"하긴 항복한다고 반드시 산다는 보장도 없으니 충절을 지키는 편이 옳아. 나도 자네를 따르겠네."

둘은 결사항전을 다짐했다. 이들은 남은 군사와 마지막까지 사투를 벌이다가 이튿날 새벽이 되어서야 손에서 무기를 내려놓았다. 죽죽은 성문 위로 쫓겨갔다가 거꾸로 매달려 죽었고 용석은 바로 그 옆에서 사지가 잘려 죽었다. 그리고 곧 성이 완전히 함락되었다.

백제군의 대승이었다. 대야성에 입성한 윤충은 항복한 검일과 모척으로부터 그간의 일들을 자세히 전해 들었다. 그는 성주 품석을 찾았으나 이미 죽은 뒤였다. 하지만 원한에 사로잡힌 검일과 모척은 횃불을 밝혀들고 신라군의 시신 사이를 뒤져 품석을 찾아냈다. 그사이 윤충은 군사들에게 명하여 두려움에 떨고 있던 성주 아내 고타소와 검일의 처 성희를 잡아왔다. 검일과 모척이 품석의 시신을 들쳐업고 오자 윤충은 그들에게 칼 한 자루를 집어주며 말했다.

"너희는 오늘 싸움의 일등 공신이다. 자, 기회를 줄 테니 바라던 바를 행하라."

검일은 윤충이 준 칼을 들고 고타소와 성희를 번갈아 보았으나 차마 죽이지 못하고 망설였다. 그러자 윤충이 웃으며 말했다.

"그렇다면 내 어찌 너희의 말을 믿겠느냐?"

검일은 윤충이 의심하는 말에 이를 악물었다. 옆에서 모척이 어서 하라는 눈짓으로 검일을 부추겼다. 검일은 마침내 칼을 휘둘러 고타소를 베고, 살려달라고 애원하는 자신의 처 성희도 가슴을 찔러 죽였다. 이성을 잃은 그는 성희를 죽인 여세를 몰아 이미 죽은 품석의 시신에도 수없이 칼질을 해댔다. 그 모습을 본 윤충이 크게 웃으며 검일을 치하했다.

"잘했다! 이렇게 하고 가야 백제 사람이 된다. 내 너희를 특별히 개선군의 선두에 세워 경사로 데려가서 후히 대접할 테니 신라에서 살았던 과거는 모두 잊어버려라. 이제부턴 강국 백제가 너희를 보살 피고 거둘 것이다."

대야성을 장악한 윤충은 군사를 성에 주둔시켜 새로운 국경을 만 들고, 성에서 사로잡은 남녀 1천 명을 데려다 백제 서쪽 주현(州縣) 에 나눠 살게 하였다. 또한 그는 성주 품석과 고타소 내외의 목을 잘 라 나무 궤짝에 넣고 포로로 잡은 신라인을 시켜 금성으로 보냈다. 처녀 출전에서 대승을 거둔 윤충의 객기가 빚은 일이었다.

며칠 뒤 대야성의 승전보가 의자왕에게 전해졌다. 왕은 이미 미후 성을 포함한 40여 개의 성곽을 공취한 뒤 대궐에 돌아와 있었는데, 얼마 안 있어 윤충으로부터 승전보가 날아들자 만조백관들을 불러 함께 기뻐하였다. 그는 윤충이 성을 얻고 나서 행한 조치들을 백관들 에게 자랑 삼아 말했다. 왕의 말이 끝나자마자 누구보다 먼저 성충의 안색이 흙빛으로 변했다.

"아뿔싸, 윤충이 큰 실수를 저질렀구나……."

성충은 땅이 꺼지도록 깊이 탄식했다. 왕이 그런 성충을 의아한 눈 빛으로 쳐다보며,

"공은 아우가 대공을 세우고 뒷일까지 빈틈없이 처리한 마당에 춤 을 추지는 못할망정 어찌하여 한숨을 보태는가?"

하고 물었으나 성충은 하문을 받고도 한동안 대답조차 하지 못했다. 그러자 성충의 옆에 앉은 흥수가 대신 입을 열었다.

"지금 상좌평이 걱정하는 바는 윤충의 처사가 지나치게 잔인하여 자칫 필요 없는 원한을 사게 될지도 모른다는 데 있나이다. 전쟁이

일어나서 서로가 서로를 죽이는 건 비록 처참한 일이지만 또한 불가피한 것이온데, 지금 윤충이 행한 잘못은 누구나 다 아는 그 불가피한 일을 새삼 처참하게 만들었다는 데 있습니다. 하물며 대야성에서 죽은 성주의 처는 김춘추의 딸이라고 들었습니다. 대왕께서도 아시는 바와 같이 김춘추는 신라 조정을 좌우하는 인물일 뿐만 아니라 당주와 교분이 자별하여 지금도 사석에서는 호형호제로 담소를 나누고, 그가 사신으로 가면 장안의 대신들이 줄을 지어 마중을 나온다고 합니다. 그런 자가 딸의 참혹한 수급을 직접 눈으로 본다면 우리나라에 무슨 도움이 되겠나이까? 신 또한 윤충이 큰 실수를 저질렀다고 생각합니다."

홍수의 설명을 듣고 난 왕은 갑자기 크게 웃음을 터뜨렸다.

"이제 보니 두 좌평은 순 겁쟁이들이구나. 윤충이 성주 내외의 수급을 잘라 금성으로 보낸 건 잘한 일이다. 과인이 어찌 윤충의 마음을 모르겠느냐. 윤충은 수급을 잘라 보냄으로써 이제 막 보위에 오른 과인의 위엄을 만천하에 드러내고 한편으론 동적들로 하여금 감히 대항할 마음을 품지 못하도록 기세를 제압해두려는 데 그 뜻이 있었다. 그게 어떻게 잘못된 일인가?"

왕의 호탕한 웃음소리는 다시 한참을 이어졌다.

"그대들은 김춘추가 그렇게도 두려운가? 하하, 만일 아바마마께서 그대들의 누렇게 뜬 얼굴을 보신다면 무어라고 하실지 궁금하구나. 김춘추가 무섭고 당나라가 무섭다면 좌평이란 직책이 너무 과하지 아니한가?"

왕은 호기가 지나쳐서 급기야 두 좌평을 조롱했다.

"마마, 신의 뜻은 그런 게 아니옵고……."

홍수가 얼굴을 붉히며 말을 보태려고 하자 왕은 팔을 흔들어 입을 막았다.

"아닐세, 하하. 내가 어찌 홍수의 말뜻을 모르겠나. 다만 별것도 아닌 일로 근심하는 모습이 안쓰러워서 농담을 해봤을 뿐이야. 하하 하······."

임금은 한참을 더 혼자 웃다가 짐짓 옥음을 가다듬고 말했다.

"그렇게 걱정할 일이 아니니 두 좌평은 그만 안색을 밝게 하라. 그대들도 과인을 따라 미후성에 가서 보고 오지 않았는가? 신라 군사 그것들이 어디 군사던가? 김춘추가 아니라 김춘추 할아비라도 고함소리 한 번에 새 떼처럼 흩어지는 그따위 오합지졸들로 무엇을 어떻게 할 수 있단 말인가? 과인은 윤충의 처사가 매우 마음에 든다. 앞으로 과인의 조정에서 일할 장수들은 윤충의 기백과 배짱을 배워야 할 것이다."

그리고 왕은 좌우에 명하여 윤충에게 말 20필과 곡물 1천 석을 상으로 주도록 명했다. 회합이 끝나고 어전을 물러나온 성충은 여전히 어두운 안색으로 땅이 꺼지게 한숨을 쉬었다. 그런 성충 뒤에서 홍수가 말했다.

"별일이야 있겠나. 대왕 말씀처럼 너무 걱정하지 마시게. 김춘추도 처음엔 화가 나겠지만 세월이 흐르면 다 잊어버릴 걸세."

그러자 성충이 가만히 고개를 저었다.

"아니야. 그건 자네가 김춘추를 잘 몰라서 하는 말일세. 그는 무서운 사람이야. 어째 하필이면 대야성 성주 처가 김춘추의 여식이었단 말인가? 아무리 생각해도 윤충이 놈이 큰일을 냈어. 이번 일은 틀림없이 우리 백제에 후환을 가져올 걸세."

성충은 다시 크게 숨을 들이마시며 하늘을 올려다보았다.

"덕치(德治)를 그토록 아뢰었거늘, 임금의 성정이 너무 강하니 그 또한 대걱정일세."

"시초니까 그런 게지. 선대왕 그늘이 너무 크기도 하고. 차차 나아질 걸세."

"제발 그랬으면 좋겠네."

"우리가 힘을 합쳐 모셔보세나. 이봐 상좌평, 기운을 내시게! 그대 주장대로 삼한을 아우를 큰 홍업과 덕치가 우리 백제에서 나와야 하지 않겠나?"

홍수가 성충의 어깨를 툭툭 두드리자 그제야 성충은 안색이 조금 밝아졌다.

생사도 넘고
시속도 넘고

"제가 만약 60일 안에 돌아오지

않으면 김유신이 군사를 이끌고

고구려의 왕정을 짓밟을 것입니다."

"너는 내게 친자식과 진배없는 사람이다.

정말 무사히 귀환할 자신이 있느냐."

덕만이 마침내 결심한 듯 말했다.

"네가 알아서 잘할 테지만 낭비성과

칠중성은 당장이라도 돌려줄 수 있다.

백제를 멸하고 난 뒤엔 한수 이북의

땅도 모두 돌려준다고 해라. 그 정도면

동맹의 대가로 족하지 않겠느냐."

이때 신라 땅의 손실은 실로 엄청났다. 미후성을 포함한 중부 권역 40여 개 자성을 모두 잃은 것도 큰일이지만 무엇보다 대야성이 함락되었으니 국경은 이제 압량주(경산과 대구 일대) 서남단과 아시량군(함안)으로 좁혀졌고, 그곳에서 왕도 금성까지는 3백 리가 채 되지 않았다. 그야말로 적을 코앞에 둔 셈이었다.

성이 함락됐다는 비보에 이어 품석과 고타소의 수급이 전해진 것은 아직 군신들이 입궐하기 전인 이른 아침이었다. 나무 궤짝을 제일 먼저 열어본 사람은 알천에 이어 시위부를 관장하던 삼도 대감 필탄이었다. 기겁을 한 필탄이 임금에게 달려가서 나무 궤짝은 저만치 두고 사실만을 아뢰자 여주는 백제인들이 너무 잔인하다며 치를 떨다가 분함을 이기지 못해 주르르 눈물을 쏟았다. 필탄이 다시 고하기를,

"신의 소료에는 춘추공이 저 끔찍한 모습을 보지 않는 게 좋겠습

니다. 조령을 놓아 입궐하지 못하도록 막으시옵소서."

하니 여주가 그제야 정신을 차리고,

　"공의 말이 옳다."

하고 사람을 보내 춘추의 입궐을 금하였다. 김춘추가 처음엔 무슨 영 문인가를 몰라 궁금해하다가 그날 낮에 어전 조례를 마친 대신들이 위로하러 찾아와서야 딸이 죽은 줄을 알았다. 비보를 접한 춘추는 사 랑채 나무 기둥에 몸을 비스듬히 기댄 채로 서서 온종일 눈도 깜박이 지 않고 하늘만 바라보았다. 사랑채 마당으로 집안 하인들이 다니고 물건이 들락거려도 알지 못하더니 해 질 무렵에서야 눈물을 주르르 흘리며,

　"슬프다, 대장부로 태어나 어찌 백제 따위를 멸하지 못하랴!"

하고 탄식하였다. 안채에서 고타소의 소식을 들은 문희는 가슴을 치 며 울부짖었고, 지소는 그런 어머니를 위로하러 들어가서 같이 부둥 켜안고 통곡했다. 온 집안이 슬픔과 비탄에 젖어 있을 때 법민은 인 문을 데리고 바깥에서 동네 조무래기들과 어울려 창검놀이를 하고 있었는데, 집에 종 하나가 달려와서,

　"도련님, 큰누님이 대야성에서 참변을 당해 돌아가셨답니다."

하고 일러주었다. 법민이 그 소리를 듣고도,

　"어, 그래?"

하고는 별 반응 없이 하던 놀이를 계속하니 종이 다시 한 번,

　"큰누님이 돌아가셨다고요!"

하고 고함을 질렀다. 그래도 법민이 별 대꾸 없이 놀이에만 열중하자 종은 돌아서서,

　"시집가는 누이를 붙들고 그렇게도 가지 말라고 울어서 잔칫집을

온통 초상집으로 만들더니, 이젠 죽었다고 해도 콧방귀도 안 뀌는 저게 무슨 사람이야? 만판 철부지 어린앨세그려."

하고 법민이 아직 철이 없다고 흉을 보았다. 땀을 쫄쫄 흘려가며 종일 놀다가 집으로 돌아온 법민은 여느 때와 다름없이 우물가에서 몸을 씻고 제 방에 들어가 글까지 읽고 잠이 들었는데, 자다가 일어나서는 그만 울음을 터뜨렸다. 울음 소리에 놀란 식구들이 법민의 방으로 달려오니 아이가 눈물 콧물로 뒤범벅이 되어,

"그럼 큰누나는 이제 다시 우리 집에 안 오나요? 큰누나는 어디로 갔나요? 큰누나를 보고 싶을 땐 어떻게 해요?"

눈을 마주치는 사람마다 대답하기 난처한 말들을 꼬치꼬치 캐어물었다. 그 바람에 가까스로 마음을 달랬던 문희와 지소는 다시 슬픔에 북받쳐 울었고, 여기저기에서 하인들이 흐느끼는 소리도 났다. 한참 뒤에 지소가 법민을 달랬지만 법민은 잠도 자지 않고 밤새 울더니 이튿날에는 전에 고타소가 쓰던 방으로 건너가서 종일 나오지 않고 또 울었다. 법민은 밥도 먹지 않고 잠도 자지 않고 오직 울기만 해서 보는 사람들의 애간장을 더욱 찢어놓았다.

고타소의 죽음이 전해진 이튿날, 김유신이 저녁 나절에 춘추의 집을 찾았다. 이때 유신은 대아찬 벼슬을 살며 병부령 알천 밑에서 군사를 훈련시키는 대감 일을 맡고 있었는데, 향도들과 더불어 시신 없는 죽죽의 장사를 지내고 막 남산 장지에서 내려오던 길이었다.

전날에 이어 그날도 춘추의 집은 밀려드는 내방객들로 정신이 없었다. 소문을 듣고 위로하러 찾아오는 고마운 사람들이었지만 춘추는 마음이 괴로워 이들을 아무도 상대하지 않았다. 어차피 만나면 죽은 딸의 애사를 거론해야 하니 손님들을 만났다가는 심사가 골백번

도 더 뒤집힐 판이었다. 춘추는 사랑채에서 안채로 거처를 옮기고 찾아오는 객들은 전에부터 말 엉뚱하게 하는 집사를 시켜 보도록 하니 그가 모처럼 특유의 장기를 발휘하여,

"천지간 만물 중에 유인이 최귀(最貴)한데 인면수심에 비절참절도 유분수지 이런 괴변이 또 있겠습니까? 사람이 살아야 얼마나 산다고, 살다가 정말 이런 일은 없어야지요. 우리 집 나리께서는 곡기도 끊고 물기도 끊고 주야장천 시름에 잠겨 귀빈들을 상견할 몰골이 아니십니다. 왕림하신 고귀한 뜻은 소인이 대신 전해드릴 테니 소찬을 안주 삼아 목이나 축이고 가십시오."

저만 아는 문자들을 번들번들 섞어가며 내방객을 맞았다. 김유신이 왔을 때도 집사가 나와 천지지간 만물지중을 운운하다가 다시 보니 김유신이라,

"가만있자, 용화 나리가 아니신지요?"

하고 물어 유신이,

"자네는 언제 봐도 용하구먼."

하니 부리나케 안채로 들어가 주인 내외에게 알렸다. 만인을 기피하던 춘추도 유신이 왔다는 말에는 머리를 매만지고 옷깃을 여몄다. 문희가 일어나 바깥으로 나와서,

"어서 안채로 뫼시게나."

집사에게 말하니 집사가 냉큼 달려나가 유신을 달고 들어왔다. 문희가 주안상을 보러 나가다가 유신과 마주쳐,

"어서 오세요."

울어서 퉁퉁 부은 눈으로 인사를 하자 유신이 고개를 두어 번 끄덕인 뒤,

"마음이 아프겠구나. 이럴 때일수록 심지를 굳게 가져라."

다정한 말투로 위로했다. 문희가 그 말에 더욱 서러워 눈물이 나려는 것을,

"네."

하고는 바삐 부엌으로 달려갔다. 그때 춘추가 대청으로 나와서,

"오셨습니까, 형님."

하고 인사를 하니 유신이 신을 벗고 성큼성큼 청마루로 올라서서 춘추의 어깨를 와락 안았다가 놓았다.

"괜찮으신가?"

"……네."

"저녁은 드셨고?"

"……네. 어서 안으로 드시지요."

"그러세."

두 사람이 자리를 잡고 앉자 유신은 한동안 춘추의 기색을 살폈다.

긴한 말을 나눌 처지는 못 되는 것 같았다. 유신은 비로소 자신이 너무 빨리 왔음을 깨달았다. 그는 고타소와 관련된 말은 한 마디도 꺼내지 않은 채 죽죽의 장례 얘기만을 입에 담았다. 용화향도뿐 아니라 계림의 많은 화랑들이 소문을 듣고 구름같이 모여들었다는 얘기였다. 그리고 여주가 친히 장지에 나와 죽죽에게는 급찬을, 용석에게는 대내마 벼슬을 추증하고 그 식솔들에게 후한 상을 내렸다는 말도 덧붙였다.

"향도를 잃은 슬픔은 형제를 잃은 슬픔일세. 벌써 내 향도 가운데 얼마나 많은 이가 죽었는가. 처음 해론이 가잠성에서 죽었을 때만 해도 나는 조정을 탓하고 어른들을 원망했으나 이젠 사정이 달라졌네.

우리 아이들이 상하거나 죽는 건 모두 우리 책임일세."

유신의 부릅뜬 눈에서 돌연 굵은 눈물이 주르르 쏟아졌다.

딸을 잃고 비탄에 잠긴 춘추에게 유신이 흘린 눈물은 무엇보다 큰 위로가 되었다. 밖을 향해 이가 갈리던 분노와 적개심이 안으로 녹아드는 순간이기도 했다. 그는 비로소 고타소의 죽음이 어느 누구도 아닌 바로 자신의 책임임을 깨닫고 정신이 번쩍 들었다.

그때 유신이 갑자기 몸을 일으켰다. 춘추가 깜짝 놀라,

"아니 벌써 가시렵니까?"

하니 유신이 어느새 웃으며,

"다음에 또 오지. 기운부터 차리게. 긴한 말을 할 몰골이 아니야."

하고 밖으로 나가려 했다. 유신이 막 문을 잡으려는데 저쪽에서 문이 저절로 열렸다. 그리고 문희가 주안상을 마련해 지소와 함께 상을 나란히 들고 들어왔다가,

"왜 앉지 않고 여태 서 계십니까?"

엉거주춤 문고리를 잡고 선 유신을 보고 물었다.

"가려고 일어서는 길이다."

유신의 말이 끝나자 문희 곁에 선 지소가 다소곳이 고개를 숙여 인사하며,

"금방 그렇게 가시는 법이 어디 있습니까? 저희 아버지께서 이틀간 물 한 모금 입에 대지 않으셔서 어머니와 저는 걱정이 태산인데, 다행히 외숙께서 오셔서 이젠 예의로나마 음식을 자시겠거니 좋아라 주안상을 마련해 들어오는 길입니다. 제발 앉으셔서 저희 아버지 음식 좀 드시게 하고 가십시오."

하고 야무지게 청탁을 했다. 춘추는 물 한 모금 안 먹었다는 게 유신

에게 미안해 얼굴이 붉어졌고, 문희는 제가 할 말을 딸이 대신해주니 속이 다 후련한데, 유신은 그렇게 말하는 지소가 마음에 들었는지,

"허허, 그랬느냐? 그럼 그래야지."

하고는 다시 자리에 앉았다.

"저희 아버지가 이 세상에서 제일 겁내시는 분이 바로 큰외숙이세요. 호통을 쳐서라도 밥이건 술이건 좀 자시게 해주세요. 큰외숙도 아시다시피 어디 아버지가 평소에 자시거나 적게 자시던 분입니까? 하루에 쌀 서 말과 술 여섯 말을 드시고 꿩은 아홉 마리도 드시던 분입니다. 지난번에는 그렇게 드시고도 좀 서운하다며 기어코 꿩 한 마리를 더 보태어 열 마리를 채웠던 적도 있습니다. 음식을 자시고 기운이 나야 언니 원수도 갚을 게 아닙니까?"

춘추는 옛날부터 알 만한 사람은 다 아는 소문난 대식가였다. 지소의 말을 들은 유신이 또다시 허허 하고 웃었다.

"영락없는 얘기로고. 이 사람, 뭣하나? 어서 앉아서 숟가락을 들게나!"

유신이 어쩔 줄 몰라 하는 춘추에게 짐짓 눈을 부라리며 호통을 치니 그 호통치는 소리가 거짓인데도 방 안이 통째 쩌렁쩌렁 울렸다. 그 바람에 춘추는 엉겁결에 자리에 앉고, 문희는 자주 듣던 소리라 이골이 났는데도 간담이 서늘해 흐느끼듯 숨을 들이켜는데, 외숙 골난 소리를 처음 듣는 지소는 얼굴이 홀연 하얘져서,

"어마나!"

하고 문희 등 뒤로 냉큼 숨었다. 유신이 그 모습에 더욱 소리를 높여 껄껄 웃었다.

문희가 지소를 데리고 나간 뒤에 춘추가 맥없는 숟가락질로 밥을

절반이나 먹고 입을 헹구니 유신이 춘추의 잔에 술을 따랐다.

"건복 말년에 워낙 정사가 황폐해서 지방 향군들은 물론이고 도성의 정군들까지도 9할 9푼이 오합지졸이야. 이번 일도 그래서 생긴 걸세. 내가 병부에 들어간 뒤로 이놈의 오합지졸들을 훈련시키느라고 아주 골치가 아프네. 창을 거꾸로 잡는 놈이 없나, 칼등으로 사람 치는 건 예삿일일세. 그러고도 군사라고 갑옷 찾아 입고 방패 챙겨드는 걸 보면 웃음이 절로 난다네. 그나마 다행은 아직 정식으로 관군에 등재되지 않은 화랑도 가운데 무예가 뛰어난 사람들이 제법 있다는 걸세. 천존 천품 형제와 죽만랑 같은 이들은 자신의 낭도들을 이끌고 와서 요즘 내게 큰 도움을 주고 있네."

유신은 병부의 딱한 사정을 설명한 뒤 말을 이었다.

"그러나 오합지졸을 훈련시켜 맹졸을 만드는 일이 어디 하루이틀에 되는가? 그렇다고 또 날이 갈수록 미친 개처럼 날뛰는 백제를 더 두고 볼 수도 없고…….. 적을 치기엔 힘이 모자라고, 치지 않으면 이쪽이 망할 판이니 만조의 근심이 전부 여기에 있네. 자네 같으면 이 양난곡경을 어떻게 풀어볼 텐가?"

유신의 질문에 춘추는 정색을 하고 대답했다.

"저는 형님께 들은 삼한일통(三韓一統)의 꿈을 눌최의 장지에서부터 지금까지 단 한 번도 잊어본 일이 없습니다. 그날 이후 제 관심은 어떻게 하면 삼한을 일가로 아울러 싸우지 않는 세상을 만드느냐에 있었지요. 다행히 건복 말년의 둘로 나뉜 민심은 여주께서 즉위하신 뒤로 많이 좋아졌지만 대신에 외환이 깊어 백성들이 당하는 환난의 고통이 극심하고 땅이 절반으로 줄어들었습니다. 지금 국토를 볼 것 같으면 시조대왕께서 나라를 여신 이래로 가장 협소할 뿐만 아니라 삼한 가운데 제일 작은 나라가 되었습니다. 민심을 아우르고 내실을 다져서 국력을 키우는 일도 중요하지만 그에 못지않게 중한 게 영토입니다. 영토란 사람에게 육신과 같아서 제아무리 비상한 뜻을 가졌다고 해도 육신이 병들어 죽어버리면 그 뜻을 펴지 못하는 건 당연지삽니다. 그런데 형님 말씀을 들어보면 잃어버린 국토를 자력으로 회복하기란 현재로선 어려우므로 이럴 때는 부득불 다른 나라의 힘을 빌릴 수밖에 다른 방법이 없을 듯합니다."

"다른 나라라면 어디를 말씀하시는 겐가?"

유신이 묻자 춘추는 깊은 한숨을 토했다.

"글쎄, 그게 문제입니다."

"당나라가 쉽기야 할 테지만 여우를 잡으려고 범을 끌어들일 수는 없는 노릇 아닌가?"

"그렇습니다."

"고구려는 어떤가?"

유신은 자신이 고구려와 싸워 낭비성(娘臂城)을 빼앗고도 그렇게 물었다.

"당이 고구려를 넘보고 있으니 여지는 있는 일 아닌가?"

"저도 어제오늘 줄곧 그 생각을 하는 중입니다."

"당장 낭비성과 칠중성을 돌려달라고 할 걸세."

"그렇지요."

"차제에 길게 한번 헤아려볼 필요가 있네."

"어떻게 말씀입니까?"

"이를테면 합종연횡의 상대를 구하는 게 아닌가?"

"네."

"지금 우리가 백제를 쳐서 설혹 자력으로 그 나라를 정복한다 해도 당은 당대로, 고구려는 고구려대로 가만히 있지는 않을 걸세. 현재로서야 우리가 힘이 없어 백제에 밀리니 당이 우리 편을 드는 것 같지만 전세가 바뀌면 사정은 금방 달라질 걸세. 다시 말해 백제를 치는 것만큼이나 외교도 중요하단 뜻일세. 그런데 당나라와 고구려는 국경을 맞대고 있어서 아무리 잘 지내도 그 관계에 틈이 없을 수 없고, 세력이 기울면 어느 한 쪽이 틀림없이 군사를 일으켜 치려 할 것이네. 이런 사실을 당도 고구려도 서로 잘 알고 있으니 우리로선 양국 가운데 하나를 택해 합종이든 연횡이든 공수 동맹을 맺을 틈새가 있는 것이지."

유신은 계속해서 말했다.

"동맹의 상대를 정하는 문제는 두 나라 가운데 약한 쪽을 택해야 하네. 그래야 훗날 동맹에 분란이 생기면 해결이 쉽지, 만일 강자와 동맹을 맺었다가 그 강자가 도리어 우리를 해치면 그땐 손을 쓸 방법이 없지 않겠나? 지금 양국의 국세를 보건대 분명히 당이 우위일세. 따라서 내 판단엔 고구려가 상책이고 당이 하책이지 싶네. 어떤가, 아우님 생각은?"

유신이 묻자 춘추는 크게 고개를 끄덕였다.

"당나라를 끌어들이면 처음은 쉽지만 나중이 어렵고, 고구려와 동맹은 처음이 어렵지만 나중은 쉬울 테니 형님 말씀이 옳습니다."

"고구려가 쉽게 응하지 않을 건 명백하네."

"반드시 그렇지만도 않습니다."

춘추가 대답했다.

"형님 말씀처럼 고구려는 우리가 뺏은 낭비성과 칠중성을 돌려달라고 할 게 뻔합니다. 백제를 쳐서 아우른 뒤 한수 이북 땅을 모조리 돌려주겠다고 하면 관심을 보이지 않겠습니까?"

그러자 이번엔 유신이 고개를 끄덕였다. 그의 표정에 밝은 기색이 감돌았다.

"좋은 계책일세."

"우리가 한수 유역을 뺏은 건 서역 뱃길을 얻기 위해서였습니다. 백제를 병탄하고 남역을 모두 평정한다면 한수 이북은 돌려주더라도 큰 무리는 없을 겁니다."

"적지에 들어가서 그런 말을 할 만한 사람이 과연 우리 조정에 있을지 의문이네."

"가게 된다면 제가 가야지요."

춘추의 말에 유신은 깜짝 놀랐다.

"자네가?"

"네."

"목숨을 건 일일세."

"잘 알고 있습니다."

"허허, 혹을 떼려고 와서 혹 하나를 더 달게 생겼구먼."

유신은 걱정스러운 듯 입맛을 쩍쩍 다셨다.

"먼저 임금과 얘기가 되어야지. 조정에서도 논의가 있어야 하고."

"내일 입궐하여 공론을 일으켜보겠습니다."

"너무 서두르지 말게. 사감(私憾) 때문에 무리수를 둔다는 의심을 받기 쉽네. 공론 일으키는 건 내가 해보지."

그리고 유신은 이렇게 덧붙였다.

"차선책으로 당과 동맹을 맺는 것도 염두에 두어야 할 걸세. 당나라 군대가 삼한 땅에 발을 들여놓는 일은 상상만 해도 위험천만하지만 길게 보고 준비를 착실히 해나간다면 아주 방법이 없지도 않네. 그러니 고구려가 무리한 요구를 해오면 절대 응해선 안 되네."

이날 두 처남 매부 간의 대화는 9월에 신라 조정의 공론에 부쳐져서 중신들 사이에 일대 설전이 벌어졌다. 고구려와 동맹을 맺고 원군을 청하는 일에는 찬성하는 쪽도 있었지만 반대하는 신하가 훨씬 많았다. 반대하는 측은 자력으로 백제 토벌을 주장하는 측과, 공수 동맹을 맺는 데는 찬성하지만 전통적인 우호를 내세워 당나라의 원군을 빌려오자는 측으로 다시 나뉘었다. 그런데 조정 공론에 참여한 병부령 알천이 중신들을 설득하다 말고 하도 울화가 치밀어,

"정말 답답들 하시오! 자력으로 백제를 토벌할 힘만 있다면 무엇하러 이런 공론이 나오겠소? 누군 그게 최선책인 줄 몰라서 이러는 줄 아시오? 공들이 우리 군사들의 사정을 얼마나 아오? 이제 겨우 오합지졸을 면하고 창칼이나마 손에 들 수 있게 된 건 병부대감 김유신이 아침부터 저녁까지 비지땀을 흘리며 3년째 군사들을 훈련시킨 공덕이오. 자력을 좋아하니 묻겠소만 자력으로 왜 백제만 토벌합니까? 고구려도 토벌하고 당나라도 토벌해서 천하 통일은 왜 못 하는 게요?"

불같이 역정을 낸 뒤에야 자력 소리는 쑥 들어가버렸다. 그래서 남은 공론이 당과 고구려 가운데 어느 쪽과 동맹을 맺고 원군을 청해오느냐는 거였다.

신라 조정에서 한창 논의가 진행되고 있을 무렵 다시 당항성에서 급보가 날아들었다. 위계로 대야성과 미후성 일대를 공취한 의자왕이 당초 목표대로 또다시 엄청난 군사를 일으켜 당항성 공략에 나섰

다는 전갈이었다. 만일 당항성마저 잃어버린다면 신라는 입당로(入唐路)가 끊어져 그야말로 동쪽 변방의 이름 없는 소국(小國)으로 전락할 판이었다. 이에 신라 조정은 전군을 동원해 당항성으로 보내는 한편 사신을 장안으로 급파해 위급함을 호소하고 구원을 청하기로 했다. 사정이 다급하니 김춘추가 다시 사신으로 가지 않을 수 없었다.

그는 쌀 한 말, 비단 한 필 챙기지 않고 홀로 말잔등에 올라 밤중에도 말을 달리고 길 위에서 주먹밥을 먹으며 불과 하루 만에 당항성에 도착했다.

당항성에서 춘추를 맞은 사람은 성주 진춘(陳春)과 원병을 끌고 달려온 북한산주 군주 변품이었다. 두 사람이 급히 관선을 준비하는 사이에 춘추는 진지의 망루에 올라 적의 동향을 살폈다. 호수 건너편 육로에도 개미 떼처럼 적군이 깔려 있었지만 더욱 간담을 서늘하게 하는 건 당나루 쪽에 포진한 수십 척의 전선(戰船)들이었다. 백제는 육로와 수로를 통한 협공을 준비하고 있었다. 춘추는 자신이 당나라를 다녀올 동안 과연 당항성이 무사할지를 걱정하다가 문득 한 가지 꾀를 떠올렸다.

"배를 잘 부리는 사람이 있습니까?"

춘추가 진춘과 변품을 불러 묻고 연하여 까닭을 설명하자 진춘이 웃으며,

"마침 귀신 같은 수장이 한 사람 있습니다."

하고 추천한 자가 온군해(溫君解)였다. 온군해는 당항성에서 선단 일군을 부리던 장수였다. 춘추는 온군해에게 자신의 계획을 말하고 협조를 구했다.

"어렵겠지만 자네가 나를 태우고 적선이 즐비한 당나루 해역을 한

바퀴 돌아서 당나라로 가주어야겠네. 그래야 서적이 당항성을 함부로 침공하지 못할 것이네.”

춘추의 말을 들은 온군해는 당나루 해역을 살펴보고 나서 이렇게 말했다.

“소장이 뱃길과 물길을 잘 알아서 별로 문제 될 건 없습니다만 나라에 귀하신 분을 태우고 가다가 만에 하나 실수가 있을까 걱정입니다. 그런데 우리 영내에 며칠 전부터 수상한 노인 한 분이 머물고 계신데, 제가 일곱 살 때부터 갯가에서 살다시피 했지만 그분이 하시는 말씀을 다 알아듣지 못합니다. 그 노인께서는 뱃길과 물길을 아는 건 고사하고 물빛만 보고도 그 밑에 노니는 고기 숫자까지 알아내고, 손바닥으로 바람을 잡아서 물길이 바뀌는 때와 파도의 높낮이를 점치며, 심지어 알 수 없는 주문을 외면 잔잔하던 바다에 거짓말처럼 풍랑이 일기도 합니다. 이런 기적들은 저희 수부들이 모두 눈으로 직접 본 것이고, 소문에는 하룻밤에도 쪽배 한 척만 있으면 서역의 난장에서 파는 털 깔개를 가져온다고 하는데 그것만 아직 확인을 못했을 뿐입니다. 만일 그 노인을 함께 배에 태운다면 귀인이 공무를 수행하는 데 아무 근심이 없을 듯합니다.”

“우리 영내에 그런 신출귀몰한 사람이 다 있었던가?”

진춘과 춘추는 온군해의 말을 듣고 크게 기뻐했다. 그들은 온군해를 따라 노인이 머문다는 포구의 한 허름한 집을 찾았다. 노인은 마침 부엌에서 쌀을 씻어 안치려다가 장수들을 맞았다.

“짐작보다 되우 빨리도 왔네.”

예순쯤 되었을까. 허름한 평복 차림에 긴 머리를 질끈 동여맨 노인이 고개를 쳐들고 웃음을 터뜨렸다.

"아니 노인장께서는?"

일순 춘추는 눈을 휘둥그레 뜨고 노인을 뚫어지게 쳐다보았다. 그는 아주 오랜 옛날, 운문산 가실사 밑의 초막에서 가야금을 타며 노래를 불렀던 바로 그 두두리 거사였다.

"나를 알아보시겠는가, 담날 문하생."

노인이 춘추에게 인사를 건넸다.

"물론입니다, 제게 귀한 가르침을 주시고 앞길까지 인도해주신 분을 어찌 모르겠습니까? 다음 세대를 준비하라던 거사의 말씀을 저는 그때 이후 지금까지 한날 한시도 잊은 적이 없습니다."

말을 마친 춘추는 감격한 나머지 그 자리에서 넙죽 절을 했다.

돌이켜보면 자신의 오늘을 있게 해준 노인이었다. 하필이면 그때 중국으로 건너간 것도, 이세민의 집에서 시문을 지어 세객들을 물리친 것도 모두 그를 만났기에 가능한 일이었다. 춘추의 절을 받은 노인은 잠깐 흐뭇한 표정을 지었다.

"잊지 않으니 고맙네. 자네는 나를 20년 만에 처음 보겠지만 나는 짬짬이 자네를 보았지. 몇 해 전 선친 장례에서도 조문객 틈에 섞여 보았고."

"그럼 저희 선친과도 교유가 있으셨던가요?"

그 질문에 노인은 답을 피하고 천천히 바다 쪽으로 눈길을 돌렸다.

"중참 때가 지나면 파고가 높아질 테니 멀미로 고생하지 않으려면 지금 나서는 게 좋아. 더구나 당나루를 한두 바퀴 돌아서 가야 우리 당항성이 안전할 게 아닌가?"

마치 모든 것을 다 알고 있는 듯한 눈치였다. 춘추는 물론이고 같이 왔던 장수들도 한결같이 살아 있는 귀신을 보는 듯 눈이 어지러웠다. 남루한 차림에 신분을 종잡을 수 없었으나 김춘추가 깍듯이 공대를 하는데도 태연히 하게 소리로 응대하니 장수들도 자연히 허리를 낮추고 머리를 숙이지 않을 수 없었다.

"어르신, 그렇다면 무엇을 더 준비해야 할까요?"

진춘이 묻자 노인은 고개를 저었다.

"준비할 게 뭐 있나. 그저 배 한 척과 바람 잡을 돛 하나, 그리고 노를 잘 저을 팔뚝 굵은 수부들만 있으면 족하지."

"호위선은 몇 척이나 필요한지요?"

"호위선은 무슨 호위선, 일없네. 밑창 든든한 돛배 한 척이면 족하니 공연히 헛수골랑 말게나."

그랬다가 노인은 다시 말을 보탰다.

"참, 당나루 백제인들에게 김춘추가 당나라로 간다고 시위를 하려면 뱃전에 요란하게 치장들이나 하시게. 우선은 이물과 고물에 깃발과 휘장을 높이 세우고 갑판에는 단을 쌓아 사신이 앉을 걸상을 올려두게. 고관(高冠)에 대례복까지 준비하면 금상첨화지. 휘장엔 김춘추라고 이름을 써놓아도 좋지 않겠나?"

"어이쿠 어르신, 그러잖아도 흔들리고 울렁대는 갑판에 단을 쌓고 걸상까지 올리면 사신이 너무 위태롭지 않겠습니까?"

잠자코 있던 변품이 난감한 기색으로 물으니 노인은 어린애처럼 해맑게 웃었다.

"걱정 말고 시키는 대로 하게나. 여기 이 사신은 이 세상에서 누구보다 내게 제일 중한 사람일세. 자네 같으면 만천하를 준대도 바꾸지 않을 사람을 위험에 빠뜨리겠는가? 광풍이 온 바다를 집어삼킬 듯이 불고, 풍랑이 일어 바다 밑의 용궁이 뭍으로 나와도 내가 탄 배는 우물에 뜬 달처럼 고요할 테니."

눈먼 망아지 워낭 소리만 듣고 따라간다고, 범상치 않은 노인이 워낙 입찬말을 하니 장수들은 그저 시키는 대로 할 수밖에 없었다.

춘추는 노인의 권유로 고관을 쓰고 대례복을 입은 채 갑판 위에 높이 쌓아올린 단의 꼭대기에 앉았다. 노인이 이물에 건 밧줄을 말고삐를 그러잡듯이 쥔 채 나머지 팔로 배를 지휘하자 수부들이 그 신호를 따라 힘차게 노를 저었다.

춘추를 태운 관선은 깃발과 휘장을 펄럭이며 백제의 선단이 포진한 당나루 해역으로 들어섰다. 그 모습을 본 백제 수군들은 어이가 없어 입을 다물지 못했다.

이때 당나루 남단에서 백제 선단을 이끌던 자는 달솔 벼슬의 기미진(岐彌珍)이란 장수였다. 그는 선왕 때부터 수군 책임자로 복무했는데, 임금이 매양 입버릇처럼 말하기를 육로에 백기가 있다면 수로엔 기미진이 있다고 칭찬하던 인물이었다. 의자왕은 대군 3만을 이끌고 육로로 당항성을 치기 위해 아술현(아산) 북방 50리까지 진출해 있었다. 기미진은 혹시 사신을 태운 관선이 출항할지도 모르니 발견하는 즉시 수군을 내어 기필코 격침시키라는 왕명을 이미 받아놓은 터였다.

"저놈의 배가 아무래도 미친 모양입니다. 무엇 때문에 이쪽으로 올까요?"

기미진이 초병의 급보를 받고 해안에 나가 자세히 보니 관선은 틀림없는 관선인데, 사방에 깃발과 만장이 펄럭이는 점도 수상하고, 갑판에 단을 쌓고 사람이 앉은 점도 수상하고, 무엇보다 가장 수상쩍은 점은 북향해야 마땅할 신라 배가 오히려 당나루 해역으로 들어오는 것이었다. 기미진은 혹시 무슨 꿍꿍이가 있을 것을 우려해 금방 추격선을 내지 못했다. 조금 뒤에 신라 배가 당나루를 두어 바퀴 돌더니 그대로 뱃머리를 돌려 북쪽으로 달아나는데 고물에 걸린 휘장에 신라 사신 김춘추라는 글자가 선명하였다. 기미진은 그제야 만일 사신을 태운 배를 놓치면 당항성은 얻지 못한다던 임금의 당부를 떠올렸다.

"어서 추격선을 놓아라! 무슨 일이 있어도 반드시 저 배를 격침시켜야 한다!"

이어 당나루에선 쇠뇌로 무장한 추격선 수십 척이 출항했다.

의자왕은 아술현에 임시로 꾸민 진채에서 장수들을 모아놓고 당항성을 치기 위한 계략에 골몰하고 있었다. 그는 아술현 동쪽의 대목악군(천안)과 동북방의 감매현을 둘러보며,

"저곳이 모두 신라에 뺏긴 우리 땅이다."

한동안 감회에 젖었다가 우선 신라인들이 말하는 당은포로(唐恩浦路)를 끊어 당항성을 고립시키기로 결정하고 감매현 쪽으로 막 군사를 움직이려 할 때였다.

"대왕께 아뢰오. 방금 당나루 해역에서 전갈이 왔는데 신라 사신을 태운 배가 당항성을 출발해 우리 배가 추격에 나섰다고 합니다."

기미진이 보낸 전갈을 받자 의자왕은 잠시 출정을 미루었다.

"그것 봐라, 과연 신라는 당에 의지해 우리를 막으려 할 뿐 스스로 지키지는 못할 형편이다. 하긴 창과 칼도 구분하지 못하는 오합지졸 군대로 어찌 우리 대군을 막을 수 있으랴. 이제 곧 우리 추격선이 신라 사신을 보기 좋게 수장시키고 나면 그때 군사를 내어 들이쳐도 늦지 않을 것이다."

당나루 해역으로부터 두 번째 전갈은 얼마 뒤에 날아왔다.

"적선은 한 척이요, 그를 추격하는 우리 배는 서른세 척이나 되는

데, 한 가지 이상한 점은 도망가는 배에 깃발과 휘장이 어지럽게 펄럭이고 갑판에는 고관(高冠)에 대례복을 입은 자가 단을 높이 쌓고 앉았으며, 신라 사신 김춘추라는 글자가 휘장에 선명하게 적혀 있다고 합니다."

그러자 의자왕은 앉았던 자리에서 벌떡 몸을 일으켰다.

"김춘추라고? 휘장에 정녕코 그렇게 쓰였더란 말이지?"

"그러하옵니다."

"잡아라! 잡아야 한다! 김춘추가 탄 배라면 절대로 놓쳐서는 안 된다! 그가 당나라에 가면 모든 일이 수포로 돌아갈 테니 무슨 수를 써서라도 그 배를 잡도록 기미진에게 전하라!"

왕은 흥분을 감추지 못하고 소리쳤다. 파발이 기미진에게 왕명을 전하기 위해 출발하고도 꽤 오랜 시간이 흘러갔다. 그사이에 의자왕은 손에 땀까지 닦아가며 전례 없이 초조하고 불안한 기색으로 진채를 서성거렸다. 하지만 학수고대하던 세 번째 전갈은 좀처럼 오지 않았다.

"도대체 어찌 된 일인지 궁금해서 견딜 수가 없구나! 김춘추는 죽었는가, 살았는가? 설마 호위선도 붙지 않은 돛단배 한 척을 철갑선 서른세 척이 붙잡지 못했을 리야 없겠지?"

의자왕은 시간이 갈수록 애가 탔다.

그러고도 다시 한참이 더 지나갔다. 드디어 당나루 해역으로부터 기다리던 전갈이 당도한 때는 부쩍 짧아진 9월 해가 서편 마루를 향해 빠른 속도로 넘어갈 무렵이었다.

"그래, 어떻게 됐느냐?"

의자왕이 다그쳐 묻자 기미진의 전갈을 들고 온 군사는 땅에 머리를 박고 기어드는 목소리로 말했다.

"오후가 되면서 갑자기 바다에 심한 풍랑이 일어나 부득불 적선을 놓쳤다고 합니다."

그리고 그 군사는 더욱 작은 소리로 이렇게 덧붙였다.

"또한 우리 추격선 가운데 다섯 척이나 풍랑에 휩쓸려 돌아오지 못했다고 하나이다."

초조해하던 의자왕은 맥없이 그만 자리에 털썩 주저앉았다.

"김춘추를 놓쳤다면 다 글렀도다. 오오, 당항성은 이번에 얻지 못하겠구나."

임금을 따라온 장군 의직이 말했다.

"기왕 예까지 온 군사들입니다. 우선 당항성을 치고 보는 게 어떻습니까?"

그러자 의자왕은 천천히 고개를 가로저었다.

"당항성은 신라의 명줄이나 마찬가지이므로 저들은 사생결단으로 이를 지키려 할 것이다. 미후성이나 대야성과는 그 격이 다르다. 따라서 군사를 내면 적어도 두어 달 싸움은 족히 간다고 보는 게 옳다. 그사이 당나라 사신이 와서 간섭을 한다면 우리는 힘들여 빼앗은 땅을 돌려주지 않을 수 없을 것이다. 더구나 신라는 오직 당항성을 통해서만 사신을 보내고 조공을 바치므로 그런 곳을 쳐서 뺏는다면 자칫 당조의 원한을 살지도 모른다. 당이 알기 전에 쳐야지 이미 안 뒤에는 군사를 내기 어려운 데가 바로 당항성이다."

이때만 해도 의자는 부왕이 남긴 유지를 충실히 받들어 당조에 거역하려는 뜻이 없었다. 하지만 너무도 애석했던 그는 금방 회군하지 못하고 며칠간 더 머물다가 10월 초순에서야 모든 걸 체념하고 환궁했다.

"기회는 얼마든지 있다. 이번엔 운이 따라주지 않았을 뿐이다."

의자는 그렇게 스스로를 위로했다.

당나라에 급보를 알리고 구원을 요청하러 갔던 김춘추는 10월 중순에 금성으로 돌아왔다. 춘추가 돌아오자 임금은 반가움을 금치 못했다.

"원로에 노고가 많았소. 무사히 다녀오셨소?"

춘추가 당에 다녀오는 사이 여주 덕만(선덕왕)은 자신의 직권으로 춘추에게 품주의 전대등(오늘날의 차관) 직을 내려놓고 있었다. 품주 대신은 이찬 수품이 맡고 있었으므로 춘추는 수품 밑에서 나라의 기밀사무를 다루게 된 거였다. 이는 춘추에게 조정의 공론이 없이도 자신과 의논해 뜻한 바를 추진할 수 있도록 만들어놓은 여주의 배려였다. 그래 놓고 여주는 나라의 대신을 대하는 예우로 조카인 춘추에게 공대말을 쓰기 시작했다.

"당주께서는 안강하십디까?"

"당주는 곧 재상 상리현장(相里玄奬)을 백제에 파견하기로 신과 굳게 약조했습니다. 그는 백제를 거쳐 우리나라로 와서 대왕께 시말을 낱낱이 고할 것입니다."

춘추의 대답을 들은 여주는 크게 안도하는 표정이었다. 그는 춘추가 당나루 해역을 순시하듯 돌고 갔다는 진춘의 보고를 받자 만조의 중신들과 더불어 박수를 치며 통쾌해했었다.

"이번에 목숨을 건 공의 기지가 아니었다면 서적이 어찌 저절로 물러갔겠소? 10만 대군의 수고로움을 공이 혼자 대신했는데, 이제 당에서 또 재상까지 파견하도록 만들고 왔으니 과연 공은 나라의 간성(干城)이오. 실로 듬직하구려."

임금은 춘추를 한껏 칭찬하고 나더니 돌연 신하들을 둘러보며 한탄하듯 말했다.

"그러나 언제까지 남의 나라에 들어가 원조를 구걸하고 적의 침공에 속수무책으로 가슴 졸이며 살아야 할지를 생각하면 참으로 서글프고 비통하기 그지없소. 계림에 법흥대왕과 진흥대왕 시절이 있었다는 게 마치 환상 같구려. 혹시 과인이 여자의 몸이라서 구적들에게 더욱 만만하게 보이는 건 아닌지, 갈수록 자곡지심(自曲之心)만 깊어갈 따름이오."

여주의 자책하는 말에 중신들은 어쩔 줄 몰라 하며 머리를 조아렸다.

"망극하옵니다, 마마!"

"산을 넘고 물을 건너 만릿길을 다녀와서 간신히 발등에 떨어진 불을 껐다고는 하지만 또 언제 이런 일이 일어날는지……."

계속되는 임금의 탄식에 신하들은 한결같이 말문이 막혔다. 한동안 침묵 끝에 상대등 사진(思眞)이 조심스레 입을 열었다.

"일전에 논의하다 중단한 공수 동맹의 상대를 시급히 결정하여 서적의 발호를 원천적으로 제압해야 할 줄 압니다."

사진의 제안으로 공론이 다시 일었다. 이번엔 백제의 당항성 침공이 있고 난 직후여서 중신들은 과거처럼 자신들의 주장만을 막무가내로 고집하지는 않았다. 당과 연합하자는 측도, 고구려와 동맹하자는 측도 어느 쪽이 됐건 결정을 서두르자는 데 의견의 일치를 보았다.

그런데 그 논의가 아직 끝나지 않았을 때 고구려에서 일어난 정변소식이 전해졌다. 관심은 자연히 정변의 주역인 연개소문에게 집중

되었다.

"막리지 연개소문이란 자는 어떤 인물이오?"

여주가 묻자 춘추가 나서서 대답했다.

"신이 마침 연개소문을 잘 압니다."

"오호, 그래?"

여주는 물론이고 중신들조차 눈이 휘둥그레져서 일제히 춘추를 주시했다.

"연개소문은 신이 옛날 장안에 숙위할 때 바로 이웃에 살며 조석으로 면대하던 사람이었습니다. 연개소문뿐 아니라 그때는 지금 백제의 상좌평인 성충도 한동네에 살았는데, 두 사람이 모두 신의 연배라 고향을 잊고 벗 삼아 어울리며 객수(客愁)를 달랠 때가 많았나이다. 연개소문은 서부 욕살 연태조의 아들로 성품이 활달하고 용맹스러우며, 심신이 강철처럼 단단하여 한번 마음을 먹은 일은 반드시 행하고야 마는 사람입니다. 게다가 그는 양광의 대군을 물리친 을지문덕을 존경하고 담덕(광개토대왕)과 거련(장수왕)의 시대를 그리워하였는데, 언젠가 당주 집에서 술에 만취하여 나왔을 때 신의 어깨를 붙잡고 을지문덕이 있을 때 중국을 정벌하지 못한 일을 눈물까지 흘려가며 한탄하였습니다. 또한 당주가 보위에 오르기 전, 진왕으로 있을 때까지는 그 역시 당주와 가깝게 지냈으나, 현무문에서 당주가 형제를 살해할 때 사이가 틀어져서 그 뒤론 온다 간다 말도 없이 사라졌는데, 소문에는 그가 당주의 아우인 원길(元吉)과도 매우 절친한 사이였다고 합니다. 지금 생각해보면 연개소문은 당주가 어떤 인물인지를 잘 알았기 때문에 이미 그때부터 당주가 보위에 오르는 걸 내심 불안하게 여겼던 게 틀림없습니다. 그러나 그가 도성 남쪽에 도부수들을 은밀히 감춰놓고 백 명도 넘는 조정 중신들을 무참히 살해한 수법은 그때 당주가 썼던 방법을 그대로 모방한 것입니다. 욕을 하면서 배운다더니 연개소문의 정변이 바로 그렇습니다."

"그가 당주와 사이가 틀어졌을 때 공과도 그러했는가?"

대강 설명을 듣고 난 여주가 물었다.

"그렇지는 않습니다. 신과는 마지막 인사만 나누지 못했을 뿐 사이가 줄곧 좋았습니다."

"그렇다면 하늘이 우리를 돕는 것입니다. 춘추공을 고구려로 보내 연개소문과 공수 동맹을 의논해보심이 좋을 듯합니다."

상신 사진이 말했으나 여주는 대답하지 않았다.

"상신의 말씀이 옳습니다. 하필이면 이때 연개소문이 정변을 일으킨 것은 분명히 예사로운 일이 아니올시다."

이찬 염종도 거들었다. 염종은 본래 비담과 함께 불충한 마음을 품었으나 겉으로는 칠숙의 난을 평정하는 데 공이 있었고, 또한 여주가 왕실의 화목을 내세워 비담을 감싸주었기 때문에 이때는 예부령 직책을 맡고 있었다. 염종의 재청에도 여주는 역시 가타부타 말이 없었다. 하지만 춘추와 연개소문의 친분이 알려진 뒤로 대세는 고구려 쪽으로 기울고 있었다.

"신을 보내주십시오, 마마. 반드시 연개소문을 설득시켜 군사를 얻어오겠나이다."

춘추가 직접 나서서 아뢰자 여주는 사뭇 괴로운 표정을 지었다.

"사정이 다급하긴 하나 며칠만 더 생각해보는 게 좋겠소."

여주는 그렇게 말하고 먼저 몸을 일으켰지만 중신들은 대부분 그 이유를 알지 못했다. 이제 조정 공론은 고구려와 동맹을 맺자는 데로 모아졌는데 임금의 윤허가 나지 않는 게 문제였다.

　그날 저녁 김춘추는 김유신의 집을 찾았다.

　이 무렵 춘추의 집에서는 한 가지 작은 소동이 생겨 춘추 내외가 골머리를 앓고 있었다. 다름이 아니라 바로 춘추의 둘째딸 지소 때문이었다.

　고타소가 품석에게 시집을 간 뒤 지소에게도 산지사방에서 매작(媒妁)이 들어왔다. 인물도 언니보다 낫고, 빈틈없는 처신이며, 야무질 데 야무지고 다소곳할 데 다소곳한 품성으로도 양첫감으론 언니보다 윗길이라 보는 사람마다 탐을 냈지만 어쩐 일인지 지소는 그 숱하디숱한 명문 세도가의 군침 도는 혼처들을 모두 마다하고 매작이 들어올 때마다 콧방귀만 뀌었다. 이찬, 잡찬 집 며느리라고 해도 고개를 젓고, 신랑 벼슬이 아찬, 파진찬이래도 관심조차 보이지 않으니 하루는 어머니 문희가 수상히 여기고,

　"애야, 너는 도대체 어디로 시집을 가려고 그처럼 도도하고 태평스럽니? 성인의 아들이나 신의 자손을 찾니? 아니면 너도 혹시 네 언니처럼 따로 마음에 둔 사람이라도 있는 게니?"

하고 물었더니 지소가 묻는 말에 대답은 안 하고,

　"큰외숙께서는 왜 아직도 성혼하지 않으시나요?"

하고 난데없이 되물었다. 하긴 김유신이 나이 마흔이 넘도록 장가를 안 든 것은 많은 사람들이 궁금해하던 바였다.

　거기엔 다음과 같은 사연이 있었다.

　김유신은 경사에서 상수살이를 할 때 천관(天官)이라는 가야 출신 여인과 정분이 났다. 천관은 전날 백석이 흉측한 마음을 품고 유신을

꾀었을 때 골화천 객관에서 도움을 준 여인이었는데, 그 뒤 경사의 색주가에서 재회한 뒤로 갈수록 정이 깊어졌다. 천관은 본래 금관국에서 학문과 예절을 가르치던 이학(伊鶴)의 증손녀였다. 구해대왕이 금관국을 들어 신라에 왔을 때 이학이 18대나 되는 수레에 금관국 5백 년의 예기(禮記)와 경서를 싣고 오니 진흥대왕이 친히 옥좌에서 내려와 두 손으로 인수하고 말하기를,

"금관은 다만 시운이 불리하고 병세(兵勢)가 약해 망하였을 뿐 그 정신의 고귀함은 오히려 우리 계림을 가르칠 만하다. 이제 금관의 찬란한 비기(秘記)가 계림에 전해졌으니 이 나라에 문물이 창성하고 학문과 예절이 번영할 것은 불을 보듯 뻔하구나."

하고서 이학에게 진골 품계와 이찬 벼슬을 내려 왕사(王師)로 삼았다. 그러나 이학이 죽은 뒤 자식들은 이렇다 할 벼슬을 얻지 못해 금관 땅으로 낙향해 살았고, 천관의 아버지 역시 평생 가야국 망민들과 어울려 울분이나 토로하다가 나이 마흔에 병사하니, 그 어머니가 아들 둘은 국원 사는 백부 집에 양자로 보내고, 딸 천관은 칠불암(七佛庵 : 수로왕의 일곱 왕자가 성불했다는 절)에 시주한 뒤 자신은 신라인을 만나 재가하였다.

국사 원광과 도반이던 칠불암 주지 경선(庚善)은 낭지 선사 밑에서 신통을 배우고 무예를 익힌 기승(奇僧)이었는데, 불목하니로 들어온 천관을 특히 예뻐하여 어려서부터 공부도 가르치고 남자처럼 옷을 입혀 말 타고 창칼 쓰는 법도 가르쳤다. 스승도 별났지만 배우는 여자아이도 별나서 가르치는 것마다 남자아이보다 오히려 체득이 빨랐다. 이에 재미가 난 경선이 자꾸만 가르치고 더 가르쳐서 천관이 스무 살 안쪽에 머리를 질끈 동여매고 마상 무예를 펼치면 아무도 여자

인 줄을 모를 정도였다.

경선이 천관을 마치 제 딸처럼 끼고 돌며 한방에서 밥도 먹고 잠도 잤는데, 그러던 어느 날 자다가 낌새가 수상해 눈을 떠보니 잠결에 자신이 천관의 앞가슴을 풀어헤치고 어수선한 수작을 벌이고 있었다. 꿈에서야 명백히 다른 이유가 있었지만 실제로는 처녀 젖가슴을 주무르다 깨어났으니 고승 소리를 듣던 경선이 하도 무참하여,

"언제 젖통이 그처럼 커졌느냐? 내가 너하고 더 있다가는 큰일을 내겠다."

하고는 당장 그 이튿날부터 주변에 혼처를 알아보았다.

그때 절과 인연이 깊은 사람 가운데 금관 출신의 제사장이가 있었다. 그는 젊어서부터 앞을 못 보는 소경이었는데, 사람이 제법 신통해서 보지 않고도 눈앞의 일을 아는 건 물론이고 언제 날 궂어 비 내릴지, 악인과 선인은 어떻게 구별하는지, 배부른 아낙네 산일 짚고 병든 노인 숨 떨어질 날 알아맞히는 따위, 눈 달린 사람이 못 보고 못 하는 일까지도 모두 보고 살았다. 그 제사장이 처를 먼저 보내고 외동아들마저 군역에 나간 뒤로 침식을 돌봐줄 사람이 없어 고생하다가 하루는 칠불암을 찾아와 천관을 민며느리로 달라고 청하였다.

어떻든 좋은 혼처를 구해 천관을 시집보내려던 경선은 봉사 제사장이의 부탁이 하도 시뻐서,

"이 사람아, 자네 집 민며느리로 줄 바에야 내가 파계를 하겠네."

하고 고개를 절절 흔들었지만 당사자인 천관은 오히려 그 제사장이 불쌍하다며,

"스님은 불도를 닦는다는 분이 남의 젖가슴을 만지시더니 이제는 신분 귀천까지 논하십니까? 정말 되잖은 중이올시다."

하고 흉을 보면서,

"그분이 비록 앞은 보지 못하지만 마음은 올바른 분이고 또 저와 같은 금관국 출신이니 풍습도 맞고 마음도 맞습니다. 지금 세상은 신라인, 가야인이 두 패로 나뉘어 서로 욕질이나 하는 판인데 저와 같은 몸으로 어떻게 떵떵거리고 사는 신라인한테 시집을 갈 수 있겠으며, 설혹 그런 자리가 있어 시집을 가도 뒤가 편할 까닭이 있겠소? 게다가 저는 스님이 이상한 것들을 하도 많이 가르쳐서 그런지 다른 여염의 처자들처럼 밥하고 빨래하며 살 자신이 없습니다. 차라리 제사장 어른의 민며느리가 되어서 자유롭게 사는 편이 훨씬 좋겠소."

하고 고집을 부려 하는 수 없이 제사장이의 민며느리로 들어갔다.

그런데 군역 나간 아들이 이듬해 주재성(主在城)에서 백제군의 손에 죽어 천관은 신랑 얼굴도 모른 채로 과부가 되었다. 제사장이가 천관에게 말하기를,

"첫날밤도 못 치르고 과부가 되었으니 말이 과부지 처녀나 다름없다. 나만 입을 다물면 세상에 알 사람이 아무도 없으니 다른 혼처를 구해 시집을 가거라. 미안하다, 아가. 내가 노욕이 과해 네 앞길을 망칠 뻔했구나."

하며 재가를 권하였으나 천관이 늙고 눈먼 노인을 혼자 버리고 갈 수 없다며 전과 다름없이 침식을 돌봐주고 같이 지냈다.

유신을 만났을 때 천관은 처녀였다. 제사장이 시부가 죽은 뒤로 천관은 천경림에 집을 구해 유신과 같이 살았는데, 두 사람이 주로 은밀한 방에서 사랑도 나누지만 때로는 밖에 나가 말도 타고, 그러다가는 심심찮게 창칼을 들고 무예 시합도 벌였다. 하루는 유신이 상수살이 비번 날을 택해 점심밥을 싸들고 가지산에 사냥을 나갔는데, 산에

당도하니 갑자기 뇌성이 울고 번개가 쳤다. 그런데 남장한 천관이 말에 우뚝 올라 기암괴석이 양쪽으로 늘어선 고원의 평지를 내달리며 붉은빛을 머금은 먹구름 아래서 화려한 마상 무예를 펼치니 유신이 혀를 내두르며,

"마치 하늘에서 옥황상제를 보필하던 신장이 땅에 내려온 듯 귀기마저 감도는구려!"

하고 탄복을 금치 못했다. 또 하루는 고승 원광이 가실사에서 김유신을 초청했을 때 천관이 따라가서 원광이 지은 시문에 답시를 지으니 원광이 깜짝 놀라며,

"경선이 대저 아들을 키웠느냐, 딸을 키웠느냐?"

하였고, 낭지 법사도 취산에 놀러온 천관을 만나보고는,

"칠불암에 사는 중놈이 솜씨가 제법이다. 용화의 배필감으로 부족함이 없구나."

하며 경선과 천관을 두루 칭찬하였다. 후에 유신이 천관으로부터 국원 백부 집에 양자로 들어간 두 남동생 얘기를 전해 듣고 이름을 물으니,

"큰아우는 이름이 천존이고, 작은아우는 천품입니다."

하여 이미 두 형제와 가깝게 지내던 유신이 더욱 반가워하였다.

두 사람의 가까운 관계가 점차 입소문이 나서 알 만한 사람들은 다 알았으나 오로지 유신의 어머니인 만명부인만은 오래 그 사실을 몰랐다. 칠중성에 고구려 군사가 쳐들어왔을 때도 김유신은 천관과 함께 며칠간 거로현에 나들이를 가서 금성에 없었다. 그가 돌아와 집에를 들어가니 마침 서현이 마당에 떨어진 낙엽을 쓸고 있다가,

"너희 어머니가 골이 단단히 나셨다. 어서 안채로 들어가 뵈어라."

하고는,

"나는 그 처자가 마음에 든다만 너희 어머니 생각은 또 다른 모양이다. 네가 어머니를 설득시키든지, 어머니 뜻을 따르든지 어쨌든 이런 일로 모자간에 마음 상하는 일이 없도록 해라."

하고 당부하였다. 서현은 천관이 금관국 석학이었던 이학의 증손녀라는 소문을 듣고 흡족해하였지만 만명의 뜻은 단호했다.

"유신은 금관국의 자손이기도 하지만 신라 왕실의 피도 이어받은 아입니다. 더욱이 둘로 갈라진 가야와 계림의 민심을 하나로 아우를 수 있는 유신이 아닙니까? 차라리 배필 없이 혼자 살았으면 살았지 금관국 처자는 안 됩니다. 그렇게 되면 가야인의 마음은 얻을지 모르지만 계림의 민심은 잃습니다. 중도를 지켜야지요. 춘추가 문희와 결혼하여 가야인의 마음을 얻었듯이 유신은 계림의 명가 처자와 성혼함이 옳습니다. 하물며 나라의 세도가 모두 계림에 있는데 큰일을 하려면 금관국 처자로는 어림도 없습니다."

너그러운 아버지에 엄한 어머니였다. 마흔이 넘은 유신도 아직 어머니 앞에서만은 고양이 앞에 쥐였다. 기굴한 덩치에 검고 윤이 나는 수염을 가슴까지 기른 유신이 안채 방문 앞에서 안절부절 서성거리자 안에서 잔기침 소리가 나더니,

"누구냐?"

하는 만명부인의 목소리가 들려왔다. 유신이 기어드는 소리로,

"유신입니다."

하니 돌연 방문이 왈칵 열리며,

"냉큼 들어오너라!"

그러잖아도 무서운 얼굴에 쌍심지까지 켠 만명이 버럭 소리를 질렀

다. 유신이 엉덩이를 잔뜩 뒤로 빼고 도살장에 끌려가는 소처럼 마지 못해 안방으로 들어가자 만명이 다짜고짜,

"잘 왔다. 나는 내일 날이 밝으면 머리를 깎고 절로 들어가서 중이 되려고 하거니와 출가 전에 네 얼굴을 보고 가서 다행이다."

돌연한 소리를 뱉었다.

"그게 무슨 말씀이십니까? 왜 어머니께서 절에 들어가 중이 되려고 하시는지요?"

유신이 깜짝 놀라 되물으니 만명이 사납게 유신을 노려보며,

"네가 하고 다니는 짓을 보니 세상이 허무해서 그런다. 아무리 공들여 자식을 키우면 무슨 소용이 있느냐? 나라에 중대사가 생겨 임금이 찾고, 부모가 찾고, 국변이 나서 만인이 찾아도 번번이 나타나지 않는 그런 한심한 위인을 자식이라고 낳아 키웠으니 나는 집안에도 죄인이지만 나라에도 죄인이다. 너는 옛날 칠숙이 난을 일으켜 임금을 시해했을 때도 소문을 듣자니 신선 놀음에 도끼 자루 썩는 줄을 모르고 천한 여자와 어울렸다는데, 이번엔 북적이 쳐들어와 세상이 발칵 뒤집혔는데도 그림자조차 찾을 길이 없으니 내가 집 안 하인들한테조차 부끄러워 얼굴을 들고 다닐 수가 없다. 도대체 넌 무엇을 하는 위인이며 올해 나이가 몇이냐? 이제 나는 네게 아무것도 기대할 게 없다. 자식이 죄인이면 부모 또한 죄인이다. 내가 출가하여 비구니가 되고 나거든 너는 천관인가 하는 그 여자와 마음놓고 살아라. 이제 아무도 방해할 사람이 없으니 둘이서 오손도손 깨가 쏟아지게 산들 무슨 근심이 있겠느냐?"

눈에서 눈물이 쑥 빠지도록 가슴 아프게 야단을 쳤다. 유신이 자라면서 어머니의 꾸지람을 몇 번 들었지만 그만큼 격노한 모습을 보는 것

도, 그만큼 호되게 야단을 맞기도 그때가 처음이었다.

"너는 금관국 왕실에서 뼈를 얻고 신라 왕실에서 살을 얻어 태어난 몸이다. 사람이란 본시 조상의 음덕으로 육신을 얻어 명줄을 이어가는 법인데 네가 지금 뉘 덕으로 여기에 있고, 너를 지켜보는 음부의 조상이란 과연 어떤 분들이냐? 헌원(軒轅 : 황제 헌원씨)과 소호(小昊 : 소호 金天氏. 김씨의 시조)까지 갈 것이야 없다 해도 수로대왕 이후 남가야의 열성조와 미추대왕 이후 계림의 열성조가 모두 너에게 골육을 제공하고 생장과 광명의 길을 터주지 않았더냐? 고결하고 귀중하기로 친다면 이 세상에 누가 너만 할 것이며, 어느 나라의 제왕이 너보다 후한 덕을 입었을 것이냐?"

흥분한 만명은 극도로 언성을 높였다가 갑자기 차분하게 말투를 고쳤다.

"어미는 이미 늙었다. 내 마지막 소원은 네가 공명을 세워 임금과 어버이를 영화롭게 하고, 사직과 나라의 대들보가 되기만을 바랄 뿐이다. 그런데 하늘처럼 믿었던 네가 근본도 알 바 없는 천한 여자와 어울려 일생을 보내니 어미는 너무도 기가 막혀 무슨 말을 해야 할지 모르겠구나. 이게 과연 뜻을 품은 장부가 할 짓이며 또한 부모를 섬기는 자식의 도리더냐? 천하의 김유신이가 어쩌다가 이 지경에 이르렀단 말이냐?"

만명의 낮고 근엄한 말투는 유신이 듣기에 차라리 화를 불같이 내며 소리를 높여 꾸짖는 것보다 훨씬 차갑고 매서운 느낌을 주었다. 계속되는 꾸중에 유신은 고개를 떨구며 용서를 빌었다.

"잘못했습니다, 어머니."

상수살이의 울분으로 천관을 만났고, 천관의 재색(才色)에 반해 정이 깊어졌지만 부모가 찾고 임금이 찾을 때 나타나지 않은 허물은 무슨 말로도 변명의 여지가 없었다.

"앞으로 이번과 같은 일은 두 번 다시 없을 것입니다. 그러니 출가하신다는 말씀만은 거두어주십시오."

"도대체 임금이 찾는다는 소식을 들었느냐, 못 들었느냐?"

"……못 들었습니다."

"사방에 파발이 뛰고 관령이 남산 꼭대기까지 날아갔다. 게다가 알천은 그 다급한 때에 이틀씩이나 출정을 미루고 기다렸다. 누구와 어디를 갔기에 금성의 개도 아는 소식을 너만 몰랐단 말이더냐?"

"거로현에 산보를 갔었습니다."

만명은 땅이 꺼지도록 한숨을 푹 쉬었다.

"이번에도 그 천관인가 하는 여자와 동행했더냐?"

"……네."

유신의 머리가 더욱 아래로 꺾였다.

"그 여자는 안 된다고 몇 번이나 말했거늘 그렇게도 정을 끊기가 어려운 게냐?"

"죄송합니다."

"좋다. 그럼 오늘 이 자리에서 아주 담판을 짓자."

만명은 작심한 듯 팔을 걷어붙이고 나섰다.

"계림의 법도는 엄격하다. 내 사촌 오라버니였던 진지대왕께서는 지아비가 있는 부녀를 잠시 대궐로 데려가 우어한 까닭으로 임금 자리에서 쫓겨났고, 내 경우만 해도 진골인 네 아버지와 인연을 맺은 탓에 부모가 돌아가실 때까지 뵙지를 못했다. 국법을 어겨 배필을 구하거나, 신분에 어긋나는 정인을 두고는 만인의 존경을 받지 못하고 또한 만군을 통솔할 수 없는 것이 이 나라의 오랜 관습이며 전통이다. 하니 너는 어느 하나를 결정해야 한다. 나라의 큰 장수가 되고자 하면 금일 이후로는 처신을 깨끗하게 할 것이지만 만일 천한 기생의 지아비로 만족하려거든 어디 조용한 산골로 들어가서 농사나 짓고 살아라. 어느 쪽을 택하든 네 자유다. 그러나 옛일을 살펴보면 사전(史傳)에 이름이 오른 인물은 그 숫자가 적고 여인의 지아비가 되는 일은 사내라면 누구나 쉽게 할 수 있는 일이다. 결정은 네가 해라. 나라를 구할 큰 장부가 되려면 때로 정분 따위는 단념할 줄도 알아야 한다. 그럼에도 네가 굳이 여인을 택하겠다면 나는 장차 죽을 때까지 너를 다시 만나는 일이 없을 것이다."

한 번 뱉은 말은 목에 칼이 들어와도 그대로 지키는 성품을 누구보다 서로 잘 아는 어머니와 아들이었다. 유신은 잠깐 괴로운 표정을 지었으나 이미 노할 대로 노한 어머니 앞에서 달리 빠져나갈 구멍이 없었다. 그동안 아무리 천한 여자가 아니라고 강변하고 또 골화천 객관에서 도움받은 일을 호감을 곁들여가며 말했어도 어머니는 언제나 요지부동 고개만 저었다.

"……헤어지겠습니다."

"정말이냐?"

"네."

만명은 한동안 유신의 기색을 살피고 나서 비로소 평상의 온화한 모습으로 되돌아왔다.

"알았으니 그만 나가보거라."

유신이 안방을 물러나 마당으로 나오자 아버지 서현이 뒷짐을 진 채 감나무 밑을 서성거리고 있다가 입맛을 쩍쩍 다시며 말했다.

"모두가 시절 탓이다. 태평세월만 같아도 하룻밤에 꽃다운 정인을 들쳐업고 거로섬에 가서 산들 무슨 잘못이 있겠느냐. 아비는 못나서 너희에게 그런 시절을 만들어주지 못했다만 너는 훗날 네 자손들에게 마음 따라 살 수 있는 세월을 반드시 만들어주어라."

서현은 유신의 처진 어깨를 가볍게 두드렸다. 유신은 어머니의 호통보다도 아버지의 그 말에 더욱 마음이 크게 움직였다.

"어머니가 무얼 원하는지 안다면 그 뜻도 네 마음속에 품어라. 그래야 만사를 아우르는 큰사람이 된다."

"심려를 끼쳐 죄송합니다. 다시 이런 일이 없도록 하겠습니다."

"오냐, 알았다."

이런 때가 반드시 오리라고 천관은 미리 짐작이라도 했던 것일까.

거로섬에 둘이 나들이를 갔을 때 그는 잠자리에 누워 마치 어린애를 다루듯 김유신의 머리를 가슴에 안고 검고 긴 수염을 쓰다듬으며 말했다.

"저는 당신과 헤어지면 다시 칠불암으로 들어가겠습니다. 그런데 칠불암이 지금 서적의 손에 들어갔으니 만일 우리가 헤어지고 나거든 제일 먼저 칠불암부터 찾아주세요."

유신보다 나이가 두 살 위인 천관도 자신을 받아들이지 않는 만명부인의 뜻을 이미 알고 있던 터였다.

"왜 별안간 그런 소리를 하오? 이렇게 지낸 게 어디 한두 핸가?"

유신이 책망하자 천관은 유신을 내려다보며 조용히 웃었다.

"칠불암을 내려와서 당신을 만났으니 후회는 없지만 더 늦기 전에 당신을 꼭 닮은 아이 하나 낳았으면 여한이 없겠어요. 이렇게 품에 안고 있을 땐 더욱 그런 욕심이 생깁니다."

유신은 어머니와 약속한 뒤 과연 천관의 집을 찾지 않았다. 하지만 그는 속정이 깊은 사람이었다. 비록 어머니와 철석같이 약속은 했어도 인연이 깊어질 대로 깊어진 정겨운 이와 하루아침에 헤어진다는 게 말처럼 쉽지만은 않았다.

그는 혼자 술을 마시며 괴로운 나날을 보냈다. 만명은 그런 유신을 못 본 체 외면했으나 아버지 서현은 달랐다. 수시로 유신의 방에 들러 기분을 물으며 아들을 위로했다. 하루는 유신이 술에 취해 들어와 아버지를 보고,

"장부란 본시 의리가 있어야 하는 법인데, 부모님의 가르침과 기대를 좇는 일은 자식의 도리지만 여인과 맺은 의리도 가벼이 여길 수는 없지 않습니까? 소자는 그 둘 가운데 하나를 버려야 하니 마음이 너무 아프고 괴롭습니다. 어머님 말씀은 하나도 그른 데가 없고 또한 소자도 장차 벼슬길에 나서려면 국법을 지키고 전통을 따라야 하지만 그렇기 때문에 천관의 일이 더욱 괴롭습니다."

하며 피를 토하듯이 하소연을 하니 서현이 무거운 표정으로 고개를 끄덕이며,

"한 사람의 마음을 얻지 못하고 어찌 천하의 덕을 논하며, 한 여인의 마음을 헤아리지 못하고 무슨 수로 만인을 이끌고 다스리겠느냐. 괴롭거든 실컷 울어라. 정인 때문에 우는 것도 필경은 장부의 일이거늘."

하고 등을 어루만졌다. 그 뒤로 서현은 유신이 괴로워하는 기색을 보일 때마다 밤에 슬그머니 바깥으로 나와 뒷문을 열어놓곤 했다.

그날도 유신은 아버지가 몰래 열어놓은 뒷문으로 빠져나와 늦게까지 주막에서 술을 마셨다. 첫날밤의 달고 아름다운 가약(佳約)에서부

터 마지막 헤어지던 순간까지 두 사람 사이에 있었던 숱한 일들이 뇌리를 스쳐갔다. 아우들이 시집 장가를 다 가도록 홀로 지낸 이유도 뒤에 천관이 있었기 때문이었다. 그는 술잔을 비우며 어머니의 노한 얼굴과 천관의 해맑은 웃음을 번갈아 떠올렸다.

해거름에 시작한 자작이 어느덧 3경, 반쯤 이지러진 달이 월성 망루 꼭대기에 처연히 내걸려 있었다. 유신은 바깥으로 나와 달을 쳐다보며,

"저놈의 달도 절반을 잃고 나온 꼴이 영락없이 내 신세구나."
하고 혼잣말로 중얼거렸다. 그는 비틀거리는 걸음으로 백설총이에게 다가갔다.

"세상 사람 다 몰라도 너만은 내 마음을 알 테지? 이놈아, 똑바로 걷지 말고 오늘만은 갈 지(之)자 걸음으로 가자꾸나. 그래야 어지러운 내 심사를 저 달도 알 게 아니냐."

말귀를 알아듣기로는 웬만한 사람보다 낫다는 백설총이였다.

난승한테 얻어온 뒤로 유신은 그 말을 무엇보다 애지중지했다. 한번 땅을 박차고 뛰기 시작하면 빠르기가 비호와 같고, 전장에서 상대편 말을 제압하는 기세는 마치 어른이 어린애를 다루듯 했다. 낭비성에서 성주 적문을 단칼에 벨 수 있었던 것도 백설총이가 꼬리를 물고 돌던 적문의 말을 뒷발로 힘껏 차서 중심을 흔들어놓은 덕분이었다. 평소에는 성질이 양순하다가도 싸움터나 사냥터에만 나서면 거세고 포악하기가 이를 데 없었다. 때로는 주인의 마음까지 신통히 알아차려서 천관과 나들이를 나갔을 때는 생전 안 그러던 녀석이 천관이 타고 나온 암말을 향해 시종 꼬리를 치고 아양을 떨기까지 했다.

백설총이는 만취한 주인을 등에 태우자 엉덩이를 한껏 낮춰 어기

적거리며 걷는 듯 마는 듯 요동 없이 밤길을 걸었다. 그렇게 한적한 민가와 숲길을 차례로 지나친 말은 황룡사 남변의 좁은 갈림길에 이르러 잠시 걸음을 멈추고 주인의 명령을 기다렸다. 그러나 주인은 이미 고개를 숙인 채 가볍게 코까지 골아가며 깊은 잠에 빠져 있었다. 말은 갈림길에서 천경림 쪽을 택했다. 그 길은 오랫동안 주인을 태우고 다니던 익숙한 길이었다.

얼마 뒤, 천관이 사는 집 앞에 당도한 말은 특유의 우렁찬 소리를 내며 집 안 사람들을 불러내는 한편 조심스레 등을 흔들어 잠든 주인을 깨웠다. 애마에게 몸을 맡긴 채 졸음에 빠져 있던 유신은 그제야 눈을 뜨고 사방을 둘러보았다. 그때 천관의 집 대문이 활짝 열리더니 말 울음 소리를 들은 장미가 반색을 하며 달려나왔다.

"아이고, 이게 누구십니까? 용화 나리님 아니십니까요?"

천관의 몸종 장미는 오랜만에 유신을 보자 기뻐 어쩔 줄 몰라 했다.

"야속하십니다, 나리님! 어찌하여 그토록 왕래가 없었나이까? 우리 아씨께서 얼마나 기다리셨는데 왜 이제야 오십니까요?"

호들갑을 떠는 장미를 보고야 유신은 사태를 짐작했다. 그는 곧장 말에서 내려 안장에 걸고 다니던 보검을 뽑아 들었다.

"이놈아, 너는 어쩌자고 나를 여기로 데려왔느냐?"

유신은 마치 사람을 꾸짖듯이 말을 꾸짖었다. 주인의 호통에 놀란 백설총이는 잔뜩 겁을 집어먹고 대가리를 숙이더니 무슨 변명이라도 하는 양 붉은빛이 도는 갈기와 숯처럼 검은 주둥이를 자꾸만 흔들어 댔다.

"천경림이 그간 내게는 오도 가도 못하는 첩첩산중의 수만 리 벽지였거늘 너는 어찌하여 이토록 한달음에 나를 다시 여기로 끌고 왔더란 말이냐? 이 괘씸한 놈아, 너는 주인의 심사를 이다지도 모른단 말이냐? 너 따위는 소용없다. 내 너를 죽여서 다시는 오늘 같은 일이 없도록 하리라!"

자책이 심해 자학으로 번진 것일까. 꾸짖기를 마친 유신은 뽑아 든 보검을 가차없이 휘둘러 아끼던 애마의 목을 쳤다. 순간 백설총이는 천경림의 밤하늘이 진동할 듯 구슬픈 울음을 토하며 목을 잃고 바닥에 고꾸라졌다. 잘린 말 목에서는 피가 한 장(丈) 높이로 치솟고 그것은 금세 눈처럼 새하얀 백설총이의 몸을 선홍빛으로 물들였다. 반색을 하며 섰던 장미는 기겁을 하며 대문 안으로 달아났고, 그 참혹한 광경을 문틈으로 지켜본 천관도 감히 나서지 못한 채 하염없이 눈물만 흘렸다. 금쪽 같은 애마의 목을 벤 유신은 뒤도 돌아보지 않고 걸어서 천경림을 떠났다.

이튿날 새벽, 술에서 깨어난 유신은 비로소 간밤의 일을 떠올리고 땅이 꺼져라 깊이 탄식했다.

"내 어리석음 때문에 공연히 충성스러운 말이 목숨을 잃었구나!"

그는 아침 일찍 소천을 시켜 백설총이의 사체를 거두어오게 하고 자신이 직접 무덤을 만들어 묻어주었다.

썩 뒤의 일이지만 김유신은 자신이 꿈꾸던 대업을 완수하고 나서 백설총이의 목을 친 천관의 집터에 사재를 털어 절을 짓고 그 이름을 천관사*라고 했다. 후세 호사가들의 갖가지 억측과 구구한 해석이야 더 말해 무엇하랴. 다만 신분의 장벽을 사이에 둔 남녀의 애틋한 사랑과 죽은 말의 가슴 아픈 사연만이 구슬픈 전설로 화하여 천관사 절터와 함께 오늘까지 이어질 따름이다.

그로부터 3년 반이 흘러갔지만 유신은 따로 배필을 맞이하지 않았다. 천관이 남긴 상처가 워낙 마음에 컸던 탓이리라. 이런 사연을 모두 아는 문희로선 지소가 당돌하게 묻는 소리에 얼른 대답할 말이 없었다. 우물거리고 선 문희를 보고 지소가 다시 말했다.

"저는 큰외숙과 같은 분이 아니면 시집을 안 갈 거예요."

그때만 해도 문희는 지소의 뜻이 정확히 어떤 건지를 알아차리지 못했다.

"큰외숙과 같은 분이라니? 수염 긴 사람을 말하는 거냐?"

"수염도 짧은 것보다는 긴 게 좋지만 반드시 수염을 말하는 건 아니구요."

"그럼? 체구가 큰 사람? 아니면 나이가 많은 사람?"

"하여간 큰외숙하고 똑같이 생긴 사람이오."

문희는 지소가 철이 없어 그런 말을 하는 줄 알고 깔깔대며 웃었다.

---

* 천관사(天官寺)는 삼국 통일의 화려한 무용담 이면에 흐르는 남녀의 애틋한 정담을 간직한 절이다. 그러나 경주 5릉(陵)의 동편, 낮은 구릉지대에 있었다는 천관사는 애석하게도 창건 이후 연혁을 분실하여 언제 폐사(廢寺)되었는지 알 길이 없고, 지금은 덩그러니 빈 절터만 남아 있다. 고려 중기에 문사 이공승(李公升)이 천관사 앞을 지나치며 지은 시 한 수가 논으로 변한 절터와 함께 옛날의 구슬픈 감회를 후세에 전할 따름이다.

　절 이름을 천관이라 부르니 옛적에 무슨 사연이 있었으리
　홀연히 절을 세운 내력을 듣고 보니 마음은 더욱 처연해지누나
　다정하던 귀공자는 꽃 그늘 아래서 노닐고
　원망 품은 가인은 말 앞에서 흐느끼네
　말은 유정하여 오히려 돌아가는 길을 알았건만
　하인은 무슨 죄로 부질없는 채찍만 더하였던고

　寺號天官昔有緣　忽聞經始一凄然
　多情公子遊花下　含怨佳人泣馬前
　紅鬣有情還識路　蒼頭何罪謾加鞭

"얘, 세상에 똑같이 생긴 사람이 어디 있어? 특히 너희 큰외숙은 무섭게 생겨서 그런 비슷한 사람을 찾기도 쉽지 않을 게다."

"그럼 어렵게 찾을 것도 없이 큰외숙한테 시집을 가버리면 되지?"

지소는 그렇게 말하며 얼굴을 붉혔다. 문희가 그제야 깜짝 놀라,

"얘가 지금 무슨 말을 하니? 큰외숙한테 시집을 가는 사람이 어딨어?"

하니 지소가 대뜸,

"왜 없어요? 왕실 얘기를 들어보니까 진흥대왕은 고모하고 살았고, 어머니의 외할아버지만 해도 입종할아버지가 형님 딸을 배필로 맞아 낳으신 분이잖아요?"

하며 문희의 집안 내력을 들먹였다. 법흥대왕의 아우 입종이 형님의 딸인 지소태후를 아내로 맞아 진흥대왕과 문희의 외조부인 숙흘종을 낳았음은 어김없는 사실이라 문희가 일순 말문이 막혔다. 계림 풍습에 지소의 말이 굳이 안 될 일은 아니지만 그렇다고 금방 승낙할 문제도 아니어서,

"그거야 성골들이 자기들끼리 혈통을 이으려고 그랬던 거지."

궁색한 변명을 하니 지소가 이젠 아주 드러내놓고,

"아무튼 난 누가 뭐래도 큰외숙한테 시집을 가고 말 거야. 큰외숙이 아니면 세상에 나를 지켜줄 사람이 아무도 없을 것 같아요. 언니가 죽고 나서 더욱 마음을 굳혔으니 어머니도 그렇게 아세요."

하며 말을 분질렀다. 문희가 곰곰 생각하니 지소의 마음을 알 듯도 했다. 그래 춘추가 왔을 때 지소의 뜻을 전하자 춘추도 처음엔,

"애가 철이 없어 그런 게요."

하며 웃고 말았는데, 갈수록 지소가 고집을 꺾지 않고 목소리를 높이

므로 급기야는 집안에 우환이 되고 말았다. 그런데 춘추의 어머니 천명부인이 그 말을 듣고는,

"지소가 제 아버지를 닮아 사람 보는 눈이 있구나."

호통을 칠 줄 알았더니 도리어 지소 편을 들고는 한 걸음 더 나아가,

"너희가 말을 못 꺼내면 내가 하마."

사단의 전면에 나서서 다짜고짜 유신의 집을 찾아갔다. 만명과 천명, 두 사람은 나이가 들수록 사이가 점점 더 좋았다. 촌수로야 만명부인이 고모할머니여서 천명한테는 어려운 사람이었지만 서현과 용춘의 남다른 우애 덕에 허물없이 지낸 지 오래였고, 춘추와 문희가 혼인을 한 뒤론 사돈이 된 데다, 덕만이 보위에 오르고는 또 왕실의 든든한 외조자로서도 인연이 깊은 두 사람이었다.

"동서고금에 우리 같은 진귀한 연분이 또 있으랴."

이는 두 사람이 만나기만 하면 늘 입버릇처럼 해온 소리였다.

천명이 만명을 찾아가서 무슨 대화를 나누었는지는 알 길이 없지만 돌아온 천명부인의 얼굴엔 희색이 감돌았다. 그는 돌아오자마자 춘추와 문희를 불러,

"윗전의 마음은 정해졌으니 남은 건 신랑 될 사람의 마음이다. 세상에서 뭐라 하든 우리네는 우리네 갈 길을 가면 그만이야. 처남 매부에 옹서 간이면 겹사돈 중에서도 천하에 둘도 없는 인연이니 더벅머리 청년 시절에 생사고락을 같이하기로 약조한 너희 아버지와 하주 어른의 아름다운 맹세가 너희들 세대에 이르러 꽃을 피우는구나. 지하에 계신 아버지도 이 사실을 알면 무척 기뻐하실 게다."

마치 혼사가 다 정해진 것처럼 흡족해하였다. 그리고 춘추에게 말하기를,

"윗전의 뜻이야 내가 물었지만 당사자 마음은 처남 매부 간에 담판을 지어봄이 좋을 듯하구나."

하여 춘추가 내심 난감해하면서도,

"기회를 봐서 제가 하지요."

대답을 했는데, 그 말을 저희 할머니한테 전해 들은 지소가 춘추를 볼 때마다,

"외숙께서는 뭐래요? 저를 언제 데리고 간대요?"

퇴궐이 늦을 때는 잠도 자지 않고 기다렸다가 빚쟁이 빚 갚을 날짜 을러대듯 매섭게 잡도리를 하고 나오니 날짜가 흐를수록 춘추 신세만 불쌍해졌다. 대답 얼버무리는 데도 한계가 있고 한집에 사는 딸 피해다니는 고충도 하루이틀이라, 춘추는 당나라를 다녀와서 연일 이 문제로 골머리를 썩였다. 그러던 차에 임금이 고구려 사신을 윤허하지 않자 춘추의 뇌리에 홀연 번쩍 하고 떠오르는 것이 있었다.

그는 초저녁에 술을 한잔 걸치고 김유신의 집을 찾아가 먼저 장인, 장모를 큰절로 뵈니 장인은 당나루 해역을 한바퀴 돌아 당나라로 간 일을 거론하며,

"내 사위 배포가 과연 두둑해. 큰일들 하시네."

하고 치하한 뒤 술상이라도 내어오라고 말하였다. 그러나 장모가 무슨 눈치를 챘는지,

"오늘은 당신한테 용무가 있어 온 게 아닐 겁니다. 그렇지?"

하고서,

"가서 얘기들을 잘 나눠보시게. 내가 미리 넌지시 말은 넣어두었는데 워낙 내색을 안 하는 사람이라 뜻을 알 수가 없다네."

하며 언질을 주었다. 춘추가 안채를 물러나와 유신이 거처하는 딴채

로 건너가니 유신이 반갑게 맞이하여 자리를 잡고 앉았다.

"임금께서 사신 승낙을 하지 않은 연유가 무어라고 보십니까?"

춘추의 질문에 유신은 별로 망설이지 않고 대답했다.

"그야 아우님이 잘못될까 염려해서지. 실은 나도 그게 걱정이거든."

"고구려는 적지입니다. 전들 어찌 불안한 마음이 없겠습니까."

춘추는 사신 얘기가 나오고 처음으로 두려움을 내비쳤다. 유신이 무거운 표정으로 고개를 끄덕였다.

"비록 구연이 있다고는 하지만 연개소문은 무서운 사람입니다. 게다가 그와 사귄 것은 20년 전의 일이니 그사이에 사람이 어떻게 달라졌는지도 알 길이 없습니다."

"소문을 들어보면 복병을 세워 조정 대신 1백 명을 무참히 죽인 뒤 곧장 왕정으로 뛰어들어 임금을 찔러 죽이고 그 시신을 시궁창에 버렸다고 하니 그런 잔학한 자가 무슨 일인들 하지 못하겠나? 그래서 말인데 내가 아우님을 수행해 가면 어떻겠는가?"

"그건 안 됩니다."

춘추가 단호하게 말했다.

"저쪽에선 어차피 낭비성과 칠중하의 일을 거론할 게 명백한데 만일 그 자리에 형님이나 알천공이 있다면 일이 순조롭지 못할 건 뻔합니다. 더욱이 이런 일은 단기(單騎)로 가야 의심을 사지 않는 법입니다."

그러자 유신은 한층 침통한 낯으로 중얼거렸다.

"진퇴양난일세. 가지 않을 수도 없고, 그렇다고 보낼 수도 없으니……."

그런 유신을 향해 춘추가 짓궂게 물었다.

"만일 제가 고구려에 가서 해를 입어 돌아오지 못하게 된다면 그땐 어떻게 하시렵니까?"

춘추의 질문이 끝나기 무섭게 김유신의 얼굴이 돌연 벌겋게 달아올랐다.

"자네가 털끝 하나라도 다친다면 나의 말발굽이 기필코 고구려와 백제, 양국 궁정을 모조리 짓밟아 쑥밭을 만들어버릴 것이네! 그러지 않고 무슨 면목으로 우리 백성들을 볼 수 있으며, 어떻게 양가 어른들과 식구들을 대할 수 있겠나?"

유신의 고함 소리가 집 안을 쩌렁쩌렁 울렸다. 그는 생각만으로도 이미 참을 수 없는 분노가 치민 듯 눈에 광채가 이글거리고 수염이 뻣뻣하게 일어났다. 평소에 유신과 지친의 우애를 나눠온 춘추였지만 그 모습을 대하자 새삼 감격스러워 눈물이 핑 돌았다.

두 사람은 만명부인이 들여보낸 술상을 마주하고 몇 순배 잔을 돌렸다. 전작이 있던 춘추는 금세 취기를 느꼈다. 그는 갑자기 손가락을 깨물어 피를 낸 뒤 잠자코 유신을 바라보았다. 유신은 춘추가 무엇을 원하는지 알아차렸다. 그 역시 두 번 망설이지 않고 손가락을 깨물었다. 두 사람의 피 묻은 손이 허공에서 하나로 합쳐졌다.

"제가 계획한 날짜는 두 달, 60일입니다. 만약 그 안에 돌아오지 않으면 저한테 무슨 변고가 생긴 줄 아십시오."

"알았네."

두 사람의 음성이 사뭇 비장했다.

"이제야 안심이 됩니다."

춘추가 말했다.

"유신 형님께서 바위처럼 뒤에 버티고 계시니 용렬한 춘추는 이제

어딘들 가지 못할 곳이 없습니다."

춘추의 말에 유신도 잠자고 있던 혈기가 끓어오르는 듯했다.

"아무렴. 아우는 내 목숨과도 같은 사람일세. 비록 못난 형이지만 김유신을 믿게. 자네를 잃고 나 혼자 사는 일은 이승에선 없을 테니!"

유신은 호탕하게 말하고 앞에 놓인 술잔을 비웠다.

"아쉽습니다."

"아쉽다니 무엇이 아쉬운가?"

"형님과 저의 이런 모습을 어떻게 하면 임금께 보여줄 수 있을까요? 그럼 임금께서도 틀림없이 안심하시고 윤허를 내릴 것입니다."

춘추는 잠시 사이를 두었다가 은근한 눈빛으로 유신을 바라보았다.

"형님."

"말씀하시게."

"염치없고 어려운 청이지만 제 딸년을 거두어주십시오."

느닷없는 부탁이었다. 그러나 김유신은 곧 그 말에 담긴 뜻을 알아차렸다.

"처남 매부로는 부족하던가?"

"처남 매부도 제게야 과하지만 세상 사람 눈이 어디 제 마음 같은가요?"

"지소는 금지옥엽 귀한 딸이고 나는 허물이 많은 사람일세."

"그런 말씀 마십시오. 가르쳐서 데리고 사시다가 영 아니다 싶으면 내어쳐도 좋습니다."

"허…… 그 아이가 과연 늙은 나한테 시집을 오려 하겠는가?"

"이 외람된 청이 실은 그 아이한테서 나왔습니다. 큰외숙한테 시집을 가겠다고 어찌나 징징거리는지 안사람과 저는 머리가 다 셀 지경입니다."

"그래? 허허……."

유신은 과히 싫지 않은 듯 너털웃음을 터뜨렸다.

"하면 자네가 이 몸의 장인이 되시겠다?"

"그러니 시초에 염치없는 청이라고 하지 않았습니까."

춘추도 웃으며 대답했다.

"어렵게 임금을 설득할 것도 없습니다. 말 난 김에 내일부터라도 준비를 서두르고 길일을 택해 혼사부터 올립시다. 그러고 나면 윤허는 절로 날 것입니다."

"준비는 무슨 준비, 그저 물 떠놓고 절한 뒤에 천지신명께 고하면 되지."

"어쨌든 승낙을 하신 겁니다?"

춘추가 신바람이 나서 목소리가 절로 높아졌다.

"알았네."

유신의 대답이 끝나자마자 춘추는 벌떡 자리에서 일어났다.

"어디를 가시나? 술이 아직 반이나 남았네. 게다가 자네가 그토록 좋아하시는 우리 금관국의 차 맛도 보고 가야지? 벌써 어머니가 찻잎을 끓이시는 모양이네. 바깥에서 차 달이는 냄새가 향기롭지 않은가?"

"오늘 못 마신 차는 후일에 다시 마시지요. 지금 한가롭게 차나 술을 마실 때가 아니올시다."

"왜, 무슨 급한 용무라도 있는가?"

"있지요. 어서 집에 가서 혼사 준비를 서둘러야 할 게 아닙니까."

행여 누가 붙잡을세라 춘추는 벗어놓은 복두도 쓰는 둥 마는 둥 문을 밀고 나가며,

"처남 매부로 보는 건 오늘이 마지막이고 뒷날엔 옹서 간으로 다시 만납시다."

올 때와는 달리 기운이 펄펄 나서 돌아가니 유신이 배웅을 하려고 뒤따라 일어나며,

"허허, 사람 참……."

하고 싱거운 웃음을 지었다.

이렇게 양가 혼사가 결정나서 급하게 날을 잡고 잔치를 준비하는데, 하필이면 잡은 길일이 말 꺼낸 지 사흘 뒤여서 두 집 모두 발등에 불이 떨어졌다. 처음에 날을 잡을 때는 길일이 보름 뒤에 또 있어서 문희는,

"보름이면 음식 장만하고, 베 떠다 새 옷 짓고, 일가친척한테 기별하기 적당하다."

했는데, 그 소리를 들은 지소가 보름씩이나 무슨 수로 기다리느냐고 하도 펄펄 뛰는 데다 참말인지 거짓말인지 보름 뒤엔 시집가서 남편받아들일 몸 사정이 못 된다고 우기니 뒤에 다른 계획이 있던 춘추도,

"기왕 치를 혼사, 불이 번쩍 나게 치릅시다."

하고는 사흘 뒤가 어떻겠느냐고 유신의 집에 사람을 보냈다.

만명부인도 애먹이던 장남 혼사가 급했지만 사흘 뒤라는 말엔 엄두가 안 나서 잠시 난색을 보였는데,

"물 한 그릇 떠놓고 절하는 데 사흘이면 넉넉하지요."

하는 유신의 대답을 듣고는 장가 빨리 들고 싶은 아들 마음을 헤아리느라,

"그럼 어디 번갯불에 콩을 한번 볶아보세."

하며 팔을 걷어붙였다.

두 집안의 경사가 있던 날은 소문을 듣고 찾아온 하객들로 양가 사이 두 마장 거리가 통째로 북적거렸다. 늙은 신랑은 시종 겸연쩍어 헛웃음을 치고, 어린 색시는 자꾸만 그런 신랑을 훔쳐보며 입에서 웃음이 떠나지 않았는데, 겹사돈 경사에 잔재미가 없을 리 없어 모처럼 치장을 곱게 한 문희는 친정어머니 만명부인에게 사뿐사뿐 다가와 턱을 거만스레 치켜들고는,

"앞으로 잘 지내봅시다, 사돈."

하며 우스개를 내니 만명부인이 장단을 맞춘답시고,

"그럽시다, 안사돈."

나부시 목례까지 하여 구경하던 사람들의 폭소를 자아냈다. 내친김에 문희는 초례청으로 가서 절을 마친 신랑 어깨를 툭툭 치며,

"이보게 사위, 내 딸 잘 부탁하네."

하니 그러잖아도 잔뜩 긴장해 헛웃음만 연발하던 신랑은 아무 대꾸도 못하고 다시 헛웃음을 치며 얼굴을 붉혔다.

춘추가 대궐로 임금을 찾아간 것은 김유신과 지소의 잔치가 있고 난 바로 다음날 저녁이다. 이때는 임금도 아우네 집의 잔치 소식을 듣고 마음이 기꺼워 이미 약간의 재물을 하사한 직후였다.

"이번에 범 같은 사위를 보았다니 공의 뒤가 실로 든든하겠구나."

덕만왕이 먼저 잔치 얘기로 말문을 열었다.

"공의 가문과 유신공의 가문은 선대부터 우애가 돈독하더니 이번에 겹사돈까지 맺은 걸 보면 불가에서 말하는 만세대의 전생지연이 없이는 어려운 일이다. 이런 예가 고금에 둘이 있으랴. 두 집안의 결속은 귀신이 시샘하고 만인이 부러워할 정도니 부디 남다른 인연을

아름답게 잘 가꾸도록 하라."

"여부가 있겠나이까. 잔치가 끝나고 양국의 열성조와 천지신명께 고하여 선대의 굳은 맹약을 이어가기로 하였나이다. 또한 신과 김유신 두 사람은 서로에게 변고가 생기면 목숨을 바치기로 이미 피로써 맹세하였으니 이제 안심하시고 신을 고구려로 보내주십시오."

춘추의 말에 덕만은 당장 대답하지 않았지만 전과는 달리 표정이 어둡지 않았다.

"이모님……."

내관도 멀찌감치 떨어져 졸고 있는 고요한 시간이었다. 춘추가 간절한 얼굴로 덕만을 바라보았다.

"사신으로 갈 사람은 만조를 통틀어 오직 저뿐입니다. 제가 만약 육십 일 안에 돌아오지 않으면 김유신이 군사를 이끌고 고구려의 왕정을 짓밟을 것입니다."

"너는 내게 친자식과 진배없는 사람이다. 정말 무사히 귀환할 자신이 있느냐?"

"있습니다."

"……좋다."

덕만이 마침내 결심한 듯 말했다.

"네가 알아서 잘 테지만 낭비성과 칠중성은 당장이라도 돌려줄 수 있다. 백제를 멸하고 난 뒤엔 한수 이북의 땅도 모두 돌려준다고 해라. 그 정도면 동맹의 대가로 족하지 않겠느냐?"

(7권으로 계속)

부록

요동 9성과 천리장성

부여성
요하
통정진
조양
회원진
신성
대릉하
현도성
낙랑
국내성
탁군
개모성
북살수
요동성
북경
광양
백암성
압록강
대방
안시성
박작성
천진
건안성
살수
(청천강)
오골성
대동강
비사성
평양성
해포
내주
등주
산동반도

* 요동 8성에 건안성을 보태어 9성이 되었다. 연개소문이 16년에 걸쳐 쌓은 고구려의 천리장성은 북쪽의 부여성에서부터 남쪽의 비사성까지, 요동 9성을 연결하는 성곽이다.

연표로 보는 삼한지

연도	신라	고구려	백제	중국
654년	진덕여왕 사망. 태종무열왕(29대) 즉위.	말갈군과 함께 거란 공격.	사택지적비 건립.	당, 수도에 나성 축조.
655년		백제·말갈군과 함께 신라를 공격해 30여 개 성 점령.		당, 왕후 왕씨를 폐하고 측천무후 세움.
656년			성충, 의자왕에게 충언하다 옥사.	
657년			왕의 서자 41명을 좌평에 임명.	
659년			신라의 독산·동잠 2성을 공격.	당, 측천무후 득세.
660년	백제와 황산벌 전투에서 반굴, 관창 전사.	신라의 칠중성 침공.	황산벌 전투에서 계백 전사. 의자왕, 웅진성으로 피난. 백제 멸망. 당, 웅진도독부 설치.	당, 백제 출병 결정.
661년	태종무열왕 사망. 문무왕(30대) 즉위.	공격해온 당나라와 압록강에서 격전.	복신·도침·흑치상지, 백제 부흥 운동 전개.	당, 고구려 공격 명령.
662년	백제 부흥군 토벌.	연개소문, 사수에서 당나라 군대를 크게 이김.		
663년	당, 계림도독부 설치		백제·왜 연합군, 백강에서 나당 연합군에 패배.	당 유인궤, 백제에 주둔.
664년		신라에 돌사성 점령 당함.		
665년	백제 부여융과 화친 맹약.			
666년		연개소문 사망. 남생, 당나라에 망명. 연정토, 신라에 투항.		당, 이적에게 고구려 공격하게 함.
668년	당군과 함께 고구려의 평양성 포위.	평양성 함락. 고구려 멸망.		
669년	고구려 왕족 안승, 신라에 망명.	당, 평양에 안동도호부 설치.		당, 고구려 유민을 지방 각지로 옮김.
670년		검모잠, 한성에서 안승을 고구려 왕으로 추대.		
673년	김유신 사망.			
675년	칠중성·천성 등에서 당 군대와 싸움.			
676년	부석사 창건. 사찬 시득, 설인귀의 당군을 대파. 당군을 완전히 몰아냄. 삼국 통일 완성.			

당나라 초기의 주요 인물들

당나라 건국 초기, 특히 정관치세로 불리는 당태종 대에는 지금까지 어진 신하로 추앙받는 이가 많았다. 이들은 군주 이세민을 위해 자신들의 재능과 역량을 아낌없이 바쳤고 경우에 따라서는 비난에 가까운 직언도 서슴지 않았다. 고대의 강국 당제국의 기틀이 확립된 것은 첫째가 이들의 공이다. 당조를 직접 체험한 역사가 오긍(吳兢 : 670~749)이 지은《정관정요(貞觀政要)》의 내용 일부를 발췌, 소개한다.

방현령(房玄齡)

제주(齊州) 임치(臨淄 : 산동성 임치현) 사람으로 자는 교(喬)이다. 처음엔 수나라를 섬겨 습성(隰城 : 산동성 분양현)의 하급 관리가 되었으나 모종의 사건에 연루돼 호적에서 제명되고 상군(上郡)으로 보내졌다. 이세민이 위북 지방을 순행할 때 방현령은 말고삐를 잡고 군문 앞에서 면회를 요청해 처음 만났다. 이세민은 초면인 그를 마치 옛날부터 잘 알고 지낸 사람처럼 대우하며 위북도(渭北道)의 행군 기실참군(記室參軍 : 문서를 기초하는 서기관으로 참군 가운데 가장 중요한 직책)에 임명했다. 방현령은 자신을 알아주는 사람을 만나 기뻐하며 이세민을 위해 전심전력을 다하기로 맹세했다. 이후 외적들을 평정할 때마다 많은 사람들은 적군으로부터 뺏은 금은보화를 탐냈지만 오직 방현령만은 먼저 인물을 구해 태종의 군막으로 보냈다. 그는 여러 차례 승진해 진왕부(秦王府 : 이세민의 막부)의 기실로 임명되었고, 섬동도(陝東道 : 하남성 일대)의 행대 고공낭중(考功郎中 : 고공은 관리의 근무 성적을 조사하는 곳이며, 낭중은 그 부처의 수장이다)을 겸했다.

방현령은 진왕부에서 10여 년간 문서를 기초하는 기실의 일을 맡았다. 은태자(이세민의 형인 건성)는 태종의 공덕이 나날이 융성해가는 것을 방현령과 두여회(杜如晦) 때문이라고 생각해 그들 두 사람을 고조(高祖) 이연(李淵)에게 헐뜯어 일러바쳤다. 그 바람에 방현령은 두여회와 나란히 진왕부에서 내쫓겼다. 은태자가 마침내 아우 이세민을 죽이려는 변사를 꾀하자 이세민은 방현령과 두여회를 불러 도사(道士)의 옷을 입히고 은밀히 합문(閤門 : 편전의 쪽문)으로 들어오게 하는 거사를 계획했다. 일이 끝나고 이세민이 태자가 되어 동궁에 들어가게 되자 방현령을 태자우서자(太子右庶子 : 시종관으로, 의식 지도나 상주문의 내용을 검토하는 직책)로 발탁했다.

정관 원년에는 중서령(中書令 : 기무와 조칙을 담당하는 중서성의 수장)으로 승진하고, 정관 3년에는 상서좌복야(尙書左僕耶 : 상서성의 차관)가 되었으며, 국사를 감찰해 편수하는 일을 도맡았다. 그는 재상으로 백관을 통솔하고 이른 아침부터 밤늦게까지 부지런히 일했다. 늘 극진한 마음가짐으로 충절을 다했고, 다른 사람에게 좋은 일이 있으면 자신의 일처럼 기뻐했다. 관직에 밝아 사무를 훤히 통달했으며, 문학적인 재능도 갖춘 사람이었다. 법령을 심사하고 제정할 때는 뜻을 관대하고 공평하게 했고, 사람을 채용할 때는 완벽함을 구하지 않았으며, 자신의 장점을 남의 단점과 비교하지 않았다. 능력에 따라 관직을 주면서 미천한 자에게도 거리를 두는 법이 없었다. 논자들은 그를 훌륭한 재상이라고 칭찬했다. 누차 승진을 거듭해 양국공(梁國公)에 책봉되었고, 정관 13년에는 태자소사(太子少師 : 황태자의 교육 담당자)의 직책을 더하였다.

방현령은 자신이 재상의 지위에 오른 지 15년이 되었으므로 여러 차례 표를 올려 사임할 것을 원했으나 태종은 그때마다 조서를 내려 그를 칭찬할 뿐 사임을 허락하지 않았다.

정관 16년, 그는 또다시 승진해 사공(司空 : 3공의 하나. 천자의 고문격으로 국가 원로에게 하사하는 명예직)에 임명되었다. 방현령은 나이가 많은 것을 이유로 사직하기를 청했으나 태종은 사람을 보내 다음과 같이 말했다.

"국가가 오랫동안 책임을 맡겼는데 하루아침에 훌륭한 재상을 잃는 것은 갑자기 사람이 양손을 잃는 것과 같다. 만일 그대가 근력이 쇠하지 않았다면 직책을 사양하지 말라."

이후로 방현령은 더 이상 사직을 요청하지 않았다.

태종은 또 방현령이 자신을 보필해 창업을 보좌한 공로를 생각하고 〈위봉(威鳳)의 부(賦)〉라는 시를 지어 하사했다. 태종이 방현령을 칭찬하고 신임한 것이 대개 그 정도였다.

두여회(杜如晦)

경조(京兆 : 섬서성 장안 부근) 만년현(萬年縣) 사람으로 자는 극명(克明)이다. 무덕(武德 : 당고조 연호) 초기에 진왕부의 병조참군(兵曹參軍)이 되었다가 얼마 뒤 섬주 총관부의 장사(長史)로 옮겼다.

그때 진왕 이세민의 막부에는 우수한 인물이 많았으므로 다른 곳으로 전임되는 이 또한 적지 않았다. 이세민이 이를 두고 걱정하자 방현령이 말했다.

"진왕부 관리 가운데 떠나는 자가 비록 많지만 대부분은 그리 아쉬워할 것까지는 없습니다. 그런데 다만 두여회만은 총명하고 식견이 높아 제왕을 보좌할 만한 재사입니다. 대왕께서 제후의 지위에 만족하신다면 그는 쓸모가 없는 인물이지만, 만일 천하를 경영할 생각이라면 그가 없이는 어려울 것입니다."

그리하여 이세민은 고조에게 청해 두여회를 진왕부의 속관으로 임명하고 항상 휘하에 두어 회의에 참여토록 했다. 당시에는 군사(軍事)와 관련되는 국정이 매우 많았는데 두여회의 판단은 늘 막힘이 없어 마치 물 흐르는 것처럼 명쾌하므로 동료들로부터 존경을 받았다. 그는 차차 승진을 거듭해 천책부(天策府 : 이세민의 공과 위상이 높아져서 진왕부에 더해 천책부를 개설하고 관속을 둠)의 종사중랑으로 임명되었고, 문학관학사(文學館學士)를 겸임했다.

은태자가 반란에 실패했을 때 두여회는 방현령과 공이 똑같았으며 태자좌서자(太子左庶子)로 임명됐다. 얼마 뒤에는 병부상서(兵部尚書 : 병부의 수장)로 승진했고 채국공(蔡國公)에 봉해져 봉지(封地) 1천3백 호를 받았다. 정관 2년에는 본래 관직인 병부상서 자격으로 시중을 검교했으며, 정관 3년 상서우복야로 임명되고, 이부상서(吏部尚書 : 6부의 우두머리. 관리의 선발과 파직, 승진과 강등 등의 업무를 관장했다)를 겸했다.

두여회는 방현령과 함께 정사를 관장했다. 조정의 규모와 상벌, 법령, 제도, 문물에 이르기까지 모두 그들 두 사람이 상의하고 결정했다. 현령은 지모가 뛰어나고 여회는 결단력이 뛰어나 당대 사람들은 항상 그 둘을 일컬어 '방두(房杜)'라 칭하며 훌륭한 재상이라고 입을 모아 칭송했다. '방두'란 방현령과 두여회를 함께 가리키는 말이다.

위징(魏徵)

위징은 고아로서, 거록(鋸鹿 : 하북성 평향현) 사람이다. 이후 집을 상주의 임황으로 옮겼다. 무덕 말년에 은태자의 세마(洗馬 : 태자의 궁중에서 도서를 관리하는 직책)가 되었다.

그는 은태자와 진왕 이세민 형제가 서로 헐뜯고 다투며 제위를 탐내자 언제나 태자 건성에게 계책을 만들어주며 빨리 실행에 옮길 것을 권유했다. 이세민은 은태자를 죽인 후 위징을 불러 꾸짖었다.

"네가 우리 형제를 이간시킨 이유가 무엇인가?"

주변에 있던 사람들은 모두 위징이 죽게 될 거라고 생각해 두려움을 감추지 못했다. 그러나 위징은 오히려 기세를 누그러뜨리지 않고 태연히 대답했다.

"황태자가 만약 신의 말만 들었다면 오늘과 같은 봉변은 당하지 않았을 것이오."

그 말을 들은 이세민은 곧 자세를 고쳐 예를 갖추고 그를 간의대부(諫議大夫)로 발탁했다. 그리고 항상 그를 내실로 불러들여 정치에 자문을 구했다.

위징은 나라를 다스릴 만한 재능이 있고 성격 또한 강직했으며, 어떤 일에도 뜻을 굽히지 않았다. 태종은 위징과 이야기를 나누고 나면 언제나 기뻐했다. 위징 또한 자신을 알아주는 군주를 만난 것을 크게 기뻐하며 힘을 다해 태종을 보필했다. 어느 날 태종은 위징에게 다음과 같이 말했다.

"그대가 지금까지 간언한 3백여 가지 일은 모두 내 마음과 일치하는 것이었소. 경이 성심성의를 다해 나라에 봉사하지 않았다면 어찌 그와 같을 수 있었겠소?"

정관 3년에 위징은 여러 번 승진하여 비서감(秘書監)이 되었고, 이때부터 조정의 정사에 깊이 참여했다. 그의 깊이 있는 계략과 원대한 계획들은 국사에 많은 보탬이 되었다. 태종은 일찍이 위징에게 이렇게 말했다.

"그대의 죄는 제(齊)나라 환공(桓公)의 허리띠를 쏜 관중(管仲)보다도 크지만 내가 그대를 대우한 것은 환공이 관중에게 한 것보다 낫소. 근대에 군주와 신하가 서로 뜻이 맞음이 우리와 같은 예가 다시 있겠소?"

정관 6년에 태종은 구성궁(九成宮)으로 행차해 가까운 신하들과 주연을 베푼 일이 있었다. 그때 장손무기(張孫無忌 : 태종의 처남)가 다음과 같이 말했다.

"왕규(王珪)와 위징은 과거에 은태자를 섬겼고, 저는 그들을 원수처럼 생각했습니다. 오늘 이들과 나란히 이 연회에 참석하게 될 줄은 정말 몰랐습니다."

그러자 태종이 대답했다.

"과거에는 위징이 분명히 나의 적이었다. 그러나 그는 자신의 주인을 전심전력으로 섬겼을 뿐이니 그 또한 칭찬할 일이지 나무랄 일은 아니다. 나는 그 점을 보고 위징을 등용했다. 어찌 옛날 열사에 비해 부끄러움이 있겠는가. 위징은 나의 뜻을 거스르면서까지 진실한 마음으로 간언하여 늘 내가 옳은 길만 가도록 보필한다. 이것이 내가 그를 중히 여기는 까닭이다."

정관 7년, 위징은 시중으로 옮기고 여러 번 승진해 정국공(鄭國公)에 봉해졌다. 그는 오래지 않아 질병 때문에 사직을 청했으나 태종은 이를 허락하지 않았다.

정관 12년, 태종은 황손이 태어났기 때문에 조서를 내려 관리들을 연회에 초대했다. 그 자리에서 태종은 매우 기쁜 낯으로 신하들에게 말했다.

"정관 이전에 나를 따라 천하를 평정하고 고생한 것을 말하자면 방현령의 공을 그 누구와도 비교할 수 없다. 정관 이후에 내게 충심을 다하고 나라를 안정시켜 백성들을 이롭게 한 공은 위징이 으뜸이다. 특히 내가 오늘날과 같은 업적을 이루고 천하 사람들로부터 칭찬을 듣게 된 것은 오로지 위징이 있었기 때문이다. 고대의 뛰어난 신하들 가운데 누가 이들만 하겠는가."

그리고 태종은 차고 있던 칼을 끌러 두 사람에게 하사했다.

정관 17년에 위징은 태자태사(太子太師)에 임명되어 태자를 가르치게 되었다.

그로부터 얼마 뒤 위징은 병을 얻었다. 그때까지 위징은 변변한 집이 없었다. 태종은 마침 작은 궁전을 지으려고 했는데 그곳에 쓸 목재로 위징의 집을 지어주도록 명해 닷새 만에 완성했다. 이어 사자로 하여금 무명 이불과 무늬 없는 요를 하사함으로써 위징의 소박한 성품을 천하에 알렸다. 수일이 지나 위징이 죽자 태종은 친히 위징의 장지를 찾아가 슬피 통곡했으며, 사공(司空) 벼슬을 추증하고 시호를 문정(文貞)이라 지어주었다. 아울러 직접 비문을 만들어 돌에 새기고 그의 집에 식읍 9백 호를 하사했다.

"동으로 거울을 만들면 의관을 단정히 할 수 있고, 역사로 거울을 만들면 천하의 흥망성쇠와 왕조가 바뀌는 이치를 알 수 있으며, 사람으로 거울을 삼으면 정사의 잃고 얻음을 깨우칠 수 있다. 나는 일찍이 이 세 가지 거울을 구비하여 스스로 허물을 범하지 않으려고 애썼다. 그러나 지금 위징이 병으로 세상을 떠났으니 거울 하나를 잃게 되었구나!"

태종은 위징의 죽음을 슬퍼하고 오랫동안 눈물을 흘렸다. 그리고 조서를 내려 이렇게 말했다.

"과거에 오직 위징이 있어 항상 나의 잘못을 지적해주었는데 그가 죽은 후로 나에게 허물이 있어도 그것을 명확히 밝혀주는 사람이 아무도 없다. 내가 어찌 과거에만 잘못을 저지르고 지금은 전부 옳은 행동만 하겠는가. 신하가 옳은 말을 해도 천자가 쓰지 않는다고 비난한다면 짐은 그 비난을 달게 여기지만 짐이 쓰고자 해도 아무도 말하지 않는다면 그것은 누구의 책임인가. 오늘 이후로 모든 사람들은 각자 충성을 다하라. 만약 나에게 옳고 그른 점이 있거든 누구든 직언하고 절대로 은폐하지 말라."

왕규(王珪)

왕규는 낭야군 임기현(臨沂縣 : 산동성) 사람이다. 위징과 마찬가지로 처음에는 은태자의 중윤(中允 : 태자를 시종하고 상주문을 논평해 바로잡으며 경전과 주상에게 올리는 요리나 약 등을 주관하는 직책)이 되어 건성으로부터 존중과 예우를 받았다. 후에 그는 음모 사건에 연루되어 수주(巂州 : 사천성 서창현)로 유배되었다. 건성이 살해된 후 태종이 불러 간의대부 벼슬을 주었다.

그는 항상 성의와 충성을 다하는 인물로, 태종 또한 충언을 받아들이는 경우가 많았다. 왕규는 일찍이 밀봉한 상소문을 올려 태종의 잘못을 지적했다. 태종은 그를 가까이 불러 이렇게 말했다.

"그대가 내게 관해 말한 것은 모두 나의 허물을 정확히 지적한 것이었다. 옛날부터 사직의 편안함을 도모하지 않았던 군주는 한 사람도 없다. 그러나 이런 소망을 실현할 수 없었던 까닭은 다른 사람이 자신의 잘못을 지적하는 것을 듣지 않거나, 들어도 마음을 바르게 하여 고칠 수 없었기 때문이다. 지금 그대가 나의 허물을 정확히 지적해주고 내가 그 말을 받아들여 고친다면 어찌 사직이 순탄하지 않겠는가?"

정관 원년, 왕규는 승진하여 황문시랑이 되었고 정사에 참여해 태자 우서자를 겸직했다. 정관 2년에 다시 진급해 시중이 되었으며, 방현령, 위징, 이정(李靖), 온언박(溫彦博 : 자는 대임. 우국공에 책봉된 당나라 중신), 대주(戴胄 : 자는 현윤. 상서 좌승 검교 이부상서로 역시 당조의 중신) 등과 함께 조정을 관리했다. 하루는 태종이 왕규에게 물었다.

"그대는 인물을 식별하고 사람의 됨됨이를 분별하는 능력이 뛰어날 뿐만 아니라 담론에도 탁월하오. 방현령 등의 인물됨이 어떠한지 모두 품평해보고 또 자신이 그들에 비해 어떠한가를 말해보시오."

그러자 왕규가 대답했다.

"부지런히 국사를 처리하고, 아는 것을 모두 실행에 옮기는 능력으로 말하면 신은 방현령만 못합니다. 우리 군주가 요순에 미치지 못함을 자신의 부끄러움으로 여기는 점에서는 제가 위징만 못합니다. 문무의 재능을 겸비한 출장입상(出將入相)의 자질로는 제가 이정에 미칠 수 없고, 정사를 밝게 펼치고 상명하복을 성실히 수행하는 점에서는 온언박보다 못합니다. 복잡하고 급한 문제를 처리하고 많은 사무를 순탄하게 처리하는 능력은 신이 대주보다 부족합니다. 그러나 세상의 어지러움을 제거하고 청렴함을 드날리며 악을 증오하고 선을 좇는 데 이르면 신이 위의 대신들과 비교해 약간 뛰어납니다."

태종은 왕규의 말이 정확하다고 판단했다. 대신들 또한 그의 논평에
아무 불만이 없었다.

이정(李靖)

경조 삼원(三原 : 섬서성) 사람인 이정의 본명은 약사(藥師)이다. 그는
수나라 말년에 마읍군의 승(丞 : 군수의 차관)이 되었는데, 그때 당고조 이
연은 태원유수(太原留守)로 있었다. 이정은 천하를 소유하려는 이연의
야망을 간파하자 이를 조정에 보고하고 강도(江都)로 가서 양광을 만나
려고 했다. 그러나 장안에 도착한 뒤 길이 막혀 뜻을 이루지 못했다.

이연은 수도 장안을 취한 뒤 이정을 체포해 참수하려 했다. 그때 이정
은 목청을 높여 이렇게 외쳤다.

"공이 의병을 일으킨 것은 흉포하고 어지러운 세상을 바로잡기 위함
이 아니던가? 그런데 대사를 이루기도 전에 사사로운 원한으로 장수를
베어 죽이려는가?"

이세민 역시 이정의 죄를 용서해줄 것을 청하자 이연은 하는 수 없이
이정을 풀어주었다.

무덕 연간에 이정은 소선(蕭銑 : 후량 선제의 증손으로 수말 파릉에서 거병하
여 자칭 양왕이라 했다. 이듬해 황제라 칭하고 도읍을 강릉으로 옮겼는데, 장강 중하
류에서 할거하다 패하여 장안에서 피살되었다), 보공석(輔公祏 : 단양에서 모반하
여 나라 이름을 宋이라 했다. 이정에게 체포돼 참수형을 당했다) 등을 평정해 공
을 세웠고, 이후 여러 차례 승진해 양주(揚州) 대도독부의 장사(長史)가
되었다. 이세민이 천자의 자리를 계승하자 그를 형부상서로 임명했다.

정관 2년에는 본관에서 중서령을 검교하고, 이듬해엔 병부상서로 옮겼으며, 대주도 행군총관이 되어 돌궐의 정양성을 격파했다. 그 바람에 돌궐의 부락들은 모조리 사막 북쪽으로 도망갔다. 돌궐의 임금 돌리가한(突利可汗)은 당왕조로 투항하고, 힐리가한(頡利可汗)은 전쟁에서 패한 뒤 겨우 달아났다.

정관 4년에는 세력 회복을 꿈꾸던 힐리가한을 공격해 부하 1만여 명과 힐리가한의 아내를 죽이고 남녀 10만 명을 포로로 잡았다. 그로 말미암아 변방의 국경을 확장시키고, 음산 북쪽으로부터 사막 이북에 이르기까지 광활한 영토를 당왕조에 복속시켰다. 얼마 뒤 힐리가한마저 체포하자 태종은 매우 기뻐하며 신하들에게 이렇게 말했다.

"지난날 우리가 막 창업할 당시 돌궐은 매우 강해 제압할 수 없었다. 태상황이신 고조께서는 백성들을 생각하고 위수(渭水) 강가에서 힐리가한에게 엎드려 자신을 신하라고까지 칭했다. 그때의 치욕스러운 일만 생각하면 나는 항상 마음이 상하고 머리가 아팠으며 음식을 먹어도 맛을 느낄 수 없었다. 그런데 이정은 적은 숫자의 군대를 동원하고도 가는 곳마다 승리하여 적이 이마를 조아리고 절하며 항복했다. 이는 전날에 신하라고 칭했던 우리의 치욕을 깨끗이 씻어준 셈이다. 옛날 말에 군주가 근심하면 신하는 이를 자신의 치욕이라 생각하고, 군주가 치욕을 당하면 신하는 죽음으로써 그 치욕을 씻는다고 했는데 이정의 일이 바로 그러하다."

태종의 신하들은 모두 만세를 불렀다. 아울러 이정에게 광록대부와 상서좌복야를 제수하고 식읍 5백 호를 하사했다. 또한 그는 서해도 행군대총관이 되어 토곡혼(吐谷渾 : 선비족의 한 갈래로, 서역 청해 지방에 있던 나라) 정벌에 나서 크게 승리했으며, 그 공로로 위국공(衛國公)에 봉해졌다. 이정은 사서에 정통하고 병법에 뛰어났는데, 그가 태종과 병법에 관해 문답한 《이위공문대(李衛公問對)》는 《손자병법》과 더불어 '무경7서(武經七書)'의 하나로 오늘날까지 전해지고 있다.

우세남(虞世南)

우세남의 자는 백시(佰施), 회계군 여요현(餘姚縣 : 강소성 동부 절강성) 사람으로, 관직은 비서감(秘書監)에 이르렀고, 영흥현자(永興縣子)에 봉해졌으며, 사람들은 우영흥(虞永興)으로 칭하기도 했다. 정관 초기에 이세민의 상객이 되어 문학관(文學館)을 개설했다. 문학관에서는 전국의 인재를 불러모았고, 우세남을 종(宗)으로 삼았다. 그는 옷의 무게조차 버겁게 뵐 만큼 허약했지만 의지와 성격만은 무척 곧고 강했다. 또한 문사와 서법에도 뛰어나 구양순, 저수량, 설직 등과 함께 당나라 초기의 4대 서법가로 불리기도 한다.

태종은 무슨 일이든 깊이 생각하는 문인 우세남을 일컬어 그에게 다른 사람들이 뛰어넘기 어려운 다섯 가지 우수한 점이 있다고 말했다. 첫째는 덕행, 둘째는 충직함, 셋째는 박학, 넷째는 문장, 다섯째는 서체였다. 그는 죽은 뒤 방현령, 두여회, 이정, 장손무기 등 24명의 형상과 함께 장안의 능연각(凌烟閣)에 봉안되어 불후의 공적을 드높였다.

이적(李勣)

조주 이호현(離狐縣 : 산동성 조현) 사람으로, 자는 무공(懋功)이다. 본래 이름은 서세적(徐世勣)이었지만, 당나라로 귀순한 뒤 이(李)씨 성을 하사받았고, 다시 이세민의 세(世)자를 피해 이적이 되었다.

수나라 말엽에 이적은 이밀(李密)의 휘하에서 관리가 되어 좌무후대
장군이 되었으나, 뒤에 이밀이 왕세충(王世忠)에게 패하여 당나라로 귀
의할 때 끝까지 그 주인을 섬기자 이를 알아차린 고조 이연이 크게 감복
하여 그를 여주총독에 임명했다. 이밀이 당왕조를 모반하여 피살되었을
때 이적은 이밀을 위해 상복을 입고 군신의 예를 모두 실행했다. 또 표를
올려 이밀의 시신을 거두고 장사 지낼 것을 청하여 고조의 허락을 얻었
다. 조정과 재야가 모두 이적의 행동을 의롭다고 했다.

그 후 이적은 두건덕(竇建德)에게 포로가 되었으나 간신히 탈출해 장안
으로 달아났고, 뒷날 태종을 따라 왕세충, 두건덕을 정벌하여 평정했다.

정관 원년에 병주(并州 : 산서성과 섬서성 북부 지방) 도독에 임명되었으
며, 탁월한 통솔력으로 군사들을 이끌어 군기를 확립시켰다. 특히 그는
돌궐을 평정하는 일에 남다른 공을 세웠다.

이후 병주 대도독부 장사에 임명되었고, 승진을 거듭해 영국공(英國
公)에 봉해졌다. 이적은 병주에서만 도합 16년을 복무했다. 뒤에는 병부
상서가 되고, 겸하여 정사를 관리했다.

한번은 이적이 중병에 걸렸는데 의원이 말하기를 수염을 태운 재로
약을 만들어 먹으면 낫는다고 했다. 소문을 들은 태종은 스스로 수염을
잘라 재를 만들어서 이적에게 보냈다. 감동한 이적은 머리를 땅에 박고
피가 나도록 절을 했고, 눈물을 뿌리며 주군의 은혜에 사례하였다.

정관 17년, 이치(李治)가 태자가 되어 동궁으로 들어가자 이적은 태자
첨사(太子詹事 : 집안일을 관리하는 직책)로 임명되었으며, 특진을 더해 국사
를 관장했다. 태종은 일찍이 연회석상에서 이적을 보고 이렇게 말했다.

"나는 태자를 그대에게 부탁하려 하오. 아무리 생각해도 그대보다 더

한 적임자를 찾기 힘드오. 그대는 과거에 끝까지 이밀을 버리지 않았는데, 설마 오늘 나를 저버리겠소?"

이적은 이 말에 감동해 눈물을 흘리며 감사의 뜻을 전했고, 손가락을 깨물어 피를 흘렸다. 이적이 취하여 잠시 깨어나지 않자 태종은 친히 옷을 벗어 이적의 몸을 덮어주었다. 이적에 대한 태종의 신임이 대개 이러했다.

이적은 매번 군사를 움직여 병력을 배치할 때마다 전체적인 작전을 짰으며, 싸움에 임해서는 임기응변에 능했다. 태종 정관 이래로 돌궐의 힐리와 설연타(薛延陀), 고구려 등을 정벌할 때 이적이 항상 앞장섰다. 태종의 이적에 대한 평가는 다음과 같았다.

"이정과 이적 두 사람은 마치 고대의 한신(韓信 : 전한 초기의 제후)과 백기(白起 : 진나라 명장 공손기) 같다. 위청과 곽거병인들 어찌 이들을 뛰어넘을 수 있겠는가!"

장손무기(長孫無忌)

장손은 복성이고, 무기는 이름이다. 하남 낙양 사람으로, 자는 보기(輔機)이며, 태종의 정비인 문덕황후(文德皇后 : 장손황후라고도 함)의 오라버니다. 태종의 정벌에 종군하여 여러 차례 공이 있었고, 이부상서를 거쳐 조국공에 책봉되었다. 어려서부터 학문을 좋아해 경전과 역사책을 두루 섭렵했다. 무덕 9년에 태종 이세민을 도와 왕위를 탈취했으며, 이후 상서우복야, 사공, 사도 등의 관직을 역임했다. 고종 때는 태위직을 맡기도 했다. 고종이 측천무후(則天武后)를 황후로 삼으려 했을 때 반대하다가 관직에서 쫓겨났으며, 검주(黔州)로 추방되어 거기서 죽었다.

당고종 이치(李治)

태종에겐 열네 명의 아들이 있었지만 황위 계승권을 가진 사람은 정비인 장손황후가 낳은 승건(承乾), 태(泰), 치(治)뿐이었다. 선비족 명문 집안의 딸인 장손황후는 평생 정사에 관여하지 않았으며, 오빠인 장손무기만 제외하면 친족들도 일절 정사에 관여하지 못하게 단속했다. 그녀는 정관 10년(636년)에 죽었는데, 이후 태종이 죽기까지 13년간 당조에는 황후가 없었다. 한때는 현무문에서 죽은 태종의 아우 원길의 처를 황후에 앉히려 했으나 신하들의 반대로 실현되지 못했다는 설도 있다.

장손황후가 낳은 아들 가운데 처음엔 장남인 승건이 황태자가 되었다. 그러나 그는 기행(奇行)이 많았고 다리도 불편했다. 그리고 무엇보다 동성애 기질이 있어 태종을 격분시켰다. 승건은 칭심(稱心)이란 미소년을 사랑했는데, 이를 안 태종이 칭심을 처형하자 승건은 칭심의 동상을 만들어 궁녀들에게 제사 지내게 하고 자신도 눈물을 흘리며 동상 주변을 배회하곤 했다. 결국 태종은 승건을 폐했다.

나머지 태와 치 가운데 한 사람을 선택해야 했다. 태는 네 번째, 치는 아홉 번째 아들이었다. 그런데 태는 아버지인 태종과 성격이 너무 닮아 보위에 오를 경우 형인 승건과 아우인 치를 살해할 가능성이 있었다. 태종은 자신이 현무문에서 형제를 죽였기 때문에 아들 대에서는 그런 일이 되풀이되는 것을 막고 싶었다. 게다가 태는 몸이 너무 비만해서 궁중에서조차 가마를 타고 이동했다.

반면 치는 병약하고 우유부단한 면이 있었지만 성품이 인자했다. 결국 태종은 이치를 황태자로 삼았다. 여기에는 장손무기를 비롯한 당조의 중신들이 가세한 흔적도 역력하다. 성격이 강한 태보다는 인자한 치가 더 다루기 쉬운 인물이라는 판단 때문이다.

측천무후(則天武后)

태종의 뒤를 이어 즉위한 고종 이치는 사실 조종하기 쉬운 인물이었다. 장손무기를 비롯한 당조의 중신들은 황제를 꼭두각시로 만들고자 했다. 그러나 그들이 손을 뻗치기도 전에 이치는 무조(武照)라는 여인의 치마폭에 휩싸이고 만다.

무조는 태종의 후실이었다. 이치는 황태자 시절부터 아버지의 후실인 무조를 좋아했다. 무조는 태종이 죽자 불가에 귀의해 비구니가 되었는데, 이치가 다시 후궁으로 맞아들였다. 이치에겐 이미 부인 왕씨(王氏)가 있었고, 당연히 그녀가 황후가 되었다.

그런데 왕황후와 소숙비(蕭淑妃)란 후궁이 사이가 좋지 않아 매사에 마찰을 빚기 시작했다. 이치의 마음은 황후보다 소숙비에게 기울어져 있었다. 왕황후는 소숙비를 견제하기 위해 무조를 환속시키는 데 앞장섰다. 황후의 의도대로 이치는 무조에게 마음을 빼앗겼고, 소숙비는 몰락했다. 그러나 무조는 무서운 여자였다. 그녀는 이치에게 황후 자리를 요구했고, 이치는 중신 네 사람과 이 문제를 의논했다.

저수량과 장손무기는 당연히 반대했다. 우지령(于志寧)은 침묵했으며, 이적은 병을 핑계로 집에서 나오지 않았다. 하지만 이적은 뒤에 이치를 만나자 이렇게 말했다.

"그것은 폐하의 집안일입니다. 남에게 물을 필요가 없습니다."

이적의 이 말은 무조 문제로 고민하던 이치에게 큰 위안이 되었다. 결국 무조는 황후 자리에 올랐고, 왕황후와 소숙비는 모두 처형당하고 만다. 무조, 그녀가 곧 측천무후다.

황후 책봉에 반대한 저수량과 장손무기는 좌천된 뒤 처형된다. 침묵한 우지령도 좌천되었다. 무조가 황후에 오른 것이 영휘 6년인 655년인

데, 이치는 그로부터 28년 뒤인 683년에 사망한다. 무조는 황후가 된 뒤 남편이 죽기까지 약 30년 가까이 정사를 좌우했다. 특히 고종 이치가 죽은 뒤 20년은 완전히 무측천의 시대였다. 그녀는 당왕조를 없애고 주(周)왕조를 만들어 스스로 황제가 된다. 중국 역사상 처음이자 마지막 여자 황제였다.

신라 제27대 임금 선덕왕(善德王)

원년(632) 2월에 대신 을제(乙祭)에게 국정을 맡겼다. 10월에 사자를 파견해 가난하고 고독한 사람들을 구제하고 민심을 안정시켰다.

2년(633) 정월에 왕은 친히 내을신궁에 제사 지내고, 죄수들을 대사하고 모든 주군에 1년간 세금을 면제해주었다. 8월에 백제가 군사를 일으켜 서쪽 변경을 침범했다.

3년(634) 정월에 연호를 인평(仁平)으로 고쳤다. 이때 분황사(芬皇寺)를 건립했다.

4년(635) 당나라가 지절사를 파견해 왕을 주국낙랑군공신라왕(柱國樂浪郡公新羅王)으로 책봉하고 부왕(父王:진평왕)의 봉작을 그대로 이어받게 했다. 10월에 왕은 이찬 수품(水品)과 용춘(金龍春)을 각 주, 현으로 파견해 민심을 안정시켰다.

5년(636) 정월에 이찬 수품을 상대등으로 삼았다. 3월에 왕이 병이 들었다. 의원을 불러 약을 쓰고 기도를 했으나 효험이 없어 황룡사에 백고좌를 열고 중들을 모아 《인왕경》을 강독했다. 아울러 1백 명이 승려가 되는 것을 허락했다. 5월에 청개구리 떼가 궁성 서쪽 옥문지에 모여들었다. 왕은 이 말을 듣고 군신들에게 말하기를 "청개구리는 성난 눈이며, 이는 군사의 상징이다. 나는 일찍 서남쪽 변방에 옥문곡이 있다는 말을 들었는데, 아마도 백제 군사들이 그곳에 침입해 있는 것 같다" 하고는 곧 장군 알천(閼川), 필탄(弼吞) 등에게 명해 옥문곡을 수색하도록 명했다. 이에 알천 등이 군사를 거느리고 나가니 과연 백제 장군 우소(于召)가 독산성(獨山城)을 습격하려고 군사 5백 명을 거느리고 옥문곡(玉門谷)에 와서 매복하고 있었다. 알천 등은 적을 습격해 모두 토벌했다. 자장법사(慈藏法師)가 당에 들어가 불법을 구하였다.

6년(637) 정월에 이찬 사진(思眞)을 서불한(舒弗邯)으로 삼았다. 7월에 알천을 대장군으로 삼았다.

7년(638) 3월에 칠중성(七重城) 남쪽에 있던 큰 돌이 저절로 서른다섯 보나 옮겨갔다. 10월에 고구려가 군사를 일으켜 칠중성에 쳐들어오므로 백성들은 크게 놀라 산곡간으로 도망하느라 요란했다. 왕은 장군 알천에게 명해 민심을 안정시키고 도망간 백성들을 거두어 살게 했다. 11월에 알천은 군사를 거느리고 고구려 군사와 칠중성 밖에서 싸워 많은 무리를 참획하고 승리했다.

8년(639) 2월에 하슬라주(何瑟羅州 : 강릉)를 소경으로 만들고 사찬 진주로 하여금 이를 진수하도록 명했다.

9년(640) 5월에 왕은 자제들을 당나라로 파견해 국학에 입학하기를 청했다. 이때 당태종은 친히 국자감(國子監)에 행차하여 천하의 이름난 선비들을 학관으로 삼고 그들로 하여금 학문을 강론하게 했는데, 학생으로서 하나의 대경(大經) 이상을 통달한 사람은 모두 관리에 등용할 수 있도록 했다. 또한 학사 1천2백 칸을 증축해 학생 3천2백60명이 차도록 만들었으므로 사방에서 학자들이 구름처럼 경사로 모여들었다. 고구려, 백제, 고창, 토번 등도 자제들을 파견하여 국학에 입학시켰다.

11년(642) 정월에 사신을 당나라로 파견해 방물을 바쳤다. 7월에 백제 의자왕(義慈王)이 크게 군사를 일으켜 쳐들어와서 나라 서쪽 지방의 40여 성을 빼앗아갔다. 8월에 백제는 또다시 고구려와 더불어 군사를 일으켜 당항성(黨項城)을 공취하여 신라가 당나라로 통하는 길을 끊어버리려 하므로 왕은 사신을 당태종에게 파견해 위급한 사실을 알렸다. 이 달에 백제 장군 윤충(允忠)이 군사를 거느리고 대야성을 공격해 성이 함락되었는데 이 싸움에서 도독 이찬 품석과 죽죽, 용석 등이 전사했다. 겨울에 왕은 장차 백제를 정벌함으로써 대야성 싸움의 원한을 갚으려고 이찬 김춘추(金春秋)를 고구려로 파견해 구원병을 청했다. 그런데 먼저 대야성 싸움에 패할 때 도독 품석의 아내도 죽었는데 그는 곧 김춘추의 딸이었다. 그때 김춘추는 비보를 듣고 기둥에 의지하여 선 채 종일 눈도 깜짝하지 않고 어떤 사람이 그 앞을 지나가도 알지 못하다가 한참 만에 말하기를, "슬프다, 사나이 대장부로 태어나 어찌 백제를 멸망시키지 못한단 말이냐!" 하고는 곧 왕을 배알해 말하기를 "신의 소원은 고구려에 원병을 청해 백제에 진 원수를 갚을까 합니다" 하니 왕은 이를 허락했다.
(《삼국사기》 권5, 〈신라본기〉 제5)

백제 제29대 임금 무왕(武王)

34년(633) 8월에 왕은 장병을 파견해 신라의 서곡성(西谷城)을 쳐서 13일 만에 이를 함락시켰다.

35년(634) 2월에 왕흥사(王興寺)가 완공되었다. 절은 물가에 면하였고, 채색 등이 매우 장엄하고 화려했다. 왕은 늘 배를 타고 절로 들어가 향을 피웠다. 3월에는 궁성 남쪽에 연못을 파고 20여 리에서 물을 끌어 들여 사방에 버드나무를 심은 뒤 연못 속에 섬을 만들었는데 방장선산을 모방했다.

37년(636) 2월에 사신을 당나라로 파견해 조공했다. 3월에 왕은 좌우 신하들을 거느리고 사비하(금강)의 북포에서 연회를 베풀고 놀았다. 포구 양쪽 언덕에는 기암과 괴석을 세우고 그 사이에 기이한 꽃과 이상한 풀을 심었는데 마치 한 폭의 그림과 같았다. 왕은 술을 마시고 흥이 극도에 이르면 스스로 북을 치고 거문고를 뜯으며 노래를 불렀다. 신하들도 번갈아 춤을 추니 이때 사람들은 그곳을 가리켜 대왕포라 불렀다. 5월에 장군 우소가 군사 5백 명을 거느리고 가서 신라의 독산성을 습격했는데 우소는 옥문곡에 이르러 날이 저물자 군사들을 쉬게 했다. 이때 신라 장군 알천이 군사를 거느리고 와서 몰아치므로 우소는 큰 바위 위에서 활을 쏘며 항전했지만 화살이 다 떨어져서 포로가 되었다. 6월에 한재가 들었다. 8월에 왕은 군신들을 망해루에 모아 잔치를 베풀었다.

38년(637) 2월에 서울에 지진이 일어나고, 3월에 또 지진이 일어났다. 12월에 사신을 당나라로 파견해 철갑과 조부를 바치니 당태종은 금포와 채백 3천 단을 내주었다.

39년(638) 3월에 왕은 비빈과 큰 연못에서 배를 띄우고 놀았다.

40년(639) 10월에 사신을 당나라로 파견해 금갑과 조부를 바쳤다.

41년(640) 2월에 자제를 당나라로 파견해 국학에 입학시켜줄 것을 청했다.

42년(641) 3월에 왕이 돌아가시니 시호를 무왕이라 했다. 사자를 당나라에 보내 소복을 입고 글을 올려 왕이 돌아간 것을 알리자 당태종은 현무문에서 애도의 뜻을 표하고 조사를 낭독했다. 아울러 광록대부(光祿大夫)의 벼슬을 추증하고 부의를 후히 주었다. (《삼국사기》 권27, 〈백제본기〉 제5)

백제 제30대 임금 의자왕(義慈王)

왕의 휘는 의자로, 무왕의 원자이다. 성품이 용맹스럽고 담이 크며 결단력이 있었다. 왕은 무왕 재위 33년에 태자가 되었는데, 어버이를 효도로써 섬기고 형제와 우애롭게 지내므로 사람들이 해동증자(海東曾子)라고 불렀다. 무왕이 돌아가시자 뒤를 이어 즉위했다. 이에 당태종은 사부 낭중 정문표를 백제로 보내 왕을 주국대방군왕 백제왕으로 책봉했다.

원년(641) 8월에 사신을 당나라로 파견해 사의를 표하고 겸하여 방물을 바쳤다.

2년(642) 정월에 사신을 당나라로 파견해 조공했다. 2월에 왕은 주와 군을 순찰하고 죄수를 살펴 사형수를 제외한 모든 이를 석방했다.

7월에 왕은 친히 군사를 거느리고 신라를 침공해 미후성 등 40여 성을 함락시켰다. 8월에 장군 윤충(允忠)을 보내 군사 1만 명으로 신라의 대야성을 공격하니 성주 품석은 그 처자와 함께 나와 항복했다. 그러나 윤충은 이들을 모두 죽여 그 목을 잘라 신라 서울로 전하고 남녀 1천여 명을 사로잡아 나라 서쪽의 주와 현에 나눠 살게 했다. 또 군사를 주둔시켜 빼앗은 성을 수비하니 왕은 윤충의 공을 가상히 여겨 말 20필과 곡물 1천 석을 상으로 주었다. (《삼국사기》 권28, 〈백제본기〉 제6)

고구려 제27대 임금 영류왕(榮留王)

21년(638) 10월에 신라 북쪽 칠중성을 침공했는데 신라 장군 알천과 싸워 아군이 패했다.

23년(640) 2월에 세자 환권을 당에 파견해 조공하니 당태종은 그를 위로하고 특별한 물건을 후하게 주었다. 왕은 자제를 당나라에 파견해 국학에 입학할 것을 청했다. 9월에 해의 빛이 없어졌는데 3일이 지나서야 또다시 밝아졌다.

24년(641) 당태종은 고구려의 태자가 입조했으므로 직방랑중 진대덕을 파견해 답례했다. 그런데 진대덕은 국경으로 들어와 이르는 성읍마다 관수들에게 비단을 후히 주면서 말하기를 "나는 아름답고 우아한 산수를 좋아하니 좋은 곳이 있으면 구경시켜주십시오" 하므로 관수들은 기뻐하며 그를 곳곳으로 인도했다. 이런 까닭에 그는 고구려 국토의 자세한 부분까지 모두 알아냈고, 또 중국 사람으로 수나라 말엽에 종군했다가 아직 죽지 않고 살아 있는 사람을 만나면 눈물을 흘리며 그 가족들의 소식을 전해주었다. 왕은 병위를 성대히 벌이고 사신을 불러보았는데 진대덕은 우리나라의 허실을 엿보았지만 사람들은 이를 알아차리지 못했다. 진대덕은 본국으로 돌아가 실정을 알렸다. 당태종은 크게 기뻐하며 고구려 정벌을 꾀하기 시작했다.

25년(642) 정월에 사신을 당나라에 파견해 조공했다. 왕은 서부대인 개소문(淵蓋蘇文)에게 장성의 역사를 감독하도록 명령했다. 10월에 개소문은 왕을 시해하였다. 11월에 당태종은 왕이 죽었다는 말을 듣고 궁궐 동산에서 슬픔을 표하고 조서를 내려 폐백 3백 단을 보내고 지절사를 파견해 조제하게 하였다. (《삼국사기》 권20, 〈고구려본기〉 제8)

고구려 제28대 임금 보장왕(寶藏王)

왕의 휘는 보장(혹은 장)이며 재위 기간에 나라를 잃은 까닭으로 시호가 없다. 왕은 건무왕(建武王 : 영류왕)의 아우인 대양왕(大陽王)의 아들이다.

건무왕 재위 25년에 개소문이 왕을 시해하고 보장을 세워 왕위를 계승시켰다. (《삼국사기》 권21, 〈고구려본기〉 제9)